你就是这个世界的不可思议

YOU ARE THE WONDER OF THE WORLD

苏笑嫣●著

黄河出版传媒集团
阳光出版社

图书在版编目（CIP）数据

你就是这个世界的不可思议 / 苏笑嫣著. -- 银川：阳光出版社, 2019.12
ISBN 978-7-5525-5176-1

Ⅰ. ①你… Ⅱ. ①苏… Ⅲ. ①散文集－中国－当代 Ⅳ. ①I267

中国版本图书馆CIP数据核字(2020)第004458号

你就是这个世界的不可思议　苏笑嫣　著

责任编辑　靳红慧
插画作者　姚　曦
封面设计　赵　倩　苏笑嫣
责任印制　岳建宁

黄河出版传媒集团
阳　光　出　版　社　出版发行

出 版 人　薛文斌
地　　址　宁夏银川市北京东路139号出版大厦（750001）
网　　址　http://www.ygchbs.com
网上书店　http://shop129132959.taobao.com
电子信箱　yangguangchubanshe@163.com
邮购电话　0951-5014139
经　　销　全国新华书店
印刷装订　宁夏凤鸣彩印广告有限公司
印刷委托书号　（宁）0016048

开　　本　710 mm × 1000 mm　1/16
印　　张　17.5
字　　数　220千字
版　　次　2019年12月第1版
印　　次　2020年1月第1次印刷
书　　号　ISBN 978-7-5525-5176-1
定　　价　38.00元

目录

CONTENTS

我们爱过又忘记

目录
CONTENTS

目录

CONTENTS

目录

CONTENTS

（带★篇目为朗读篇目）

我们爱过又忘记

WOMEN AIGUO YOU WANGJI

爱的怪圈

一

不可否认的是，一个人喜欢的可能总是同一类型的东西。

昨天出去逛街，心里想得好好的，要买一身颜色花俏些的裙子，结果是又带回来一条小黑裙。把它挂在衣柜里的时候，我看着那占据了绝大多数空间的黑色裙子们叹了口气。

前些天送妈妈香水的时候，她也是一样。说好了换瓶新香也是换一种心情，结果她挑中的那瓶，气味和她一贯喜欢的并没有太大区别。

在对同一事物的偏爱这点上，同事慧姐更是发挥到了极致。她经常会买同一款包或者同一双鞋的不同颜色作为替换，桌上的一瓶保湿喷雾用完了，第二天一定会带一瓶崭新的但一模一样的来。

想来生活中这种情况还挺多见。经常是，看到一篇喜欢的文章，发现作者本就是自己一直喜欢的；在淘宝推荐页上看到心仪的东西，点开却发现店铺是早已关注过的；在外面去陌生的餐厅吃饭，但口味和菜系却总是选择自己熟悉的……

当然尝鲜和惊喜也是有的，但大多时候，能吸引一个人的，还总是他本就喜爱的那一款。

对待事物如此，很多时候，我们就连喜欢的人也总是同一个类型。

虽然并没有为喜欢的人特意制定什么样貌条件，也从来没有按照公式去找另一半，但是站远了往回一看，自己的喜好还真是有些大致的特点。

二

朋友 W 的四段恋爱，对方都是有些孩子气的“大叔”。

男方的年龄都比她长了许多，但他们的内心却都是有些幼稚、需要被爱，协调不好与这个世界、与自己年龄的关系的那种“老男孩”。甚而，其中有人除了一段过往婚史以外一无所有，反倒因此增添了更多的敏感和不安。也正是因此，每段恋情都会让 W 很心累，当然也意料之中地得不到她父母的同意。

虽然明知道不会修成正果，也在我一次次劝诫她不要重蹈覆辙的时候承诺“好的”，但下一次她还是会莫名其妙地又踩进那个怪圈里。

另一个朋友 M 也是如此，他喜欢上的女孩子也总是具有相同的特质：长相精致、爱慕虚荣、喜欢喝酒蹦迪、习惯性获得爱，但得到爱又习以为常、不知感激。一句话，就是勤勤恳恳的他根本 hold 不住的那种类型。

毛姆的《面纱》中有这样一句话：“我对你根本没抱幻想。我知道你愚蠢、轻佻、头脑空虚，然而我爱你。我知道你的企图、你的理想，你势力、庸俗，然而我爱你。我知道你是个二流货色，然而我爱你。”

总觉得对 M 来说再合适不过。

都说人要吃一堑长一智，但实际上我却看到了朋友们在感情里太多的循环往复。

不是没有经历过，不是不知道前面根本是个火坑，也不是不知道结局只有破碎，但一遇见那样的人啊，就像铁片遇到了磁石，两只脚就是不争气地又被吸了过去。

三

所以有时候当朋友问我说：“为什么我总是碰到渣男？”其实我都好想直接回答，因为你喜欢的就是渣男那一款啊。

但也有很多人，就像 W 和 M，总是在明明白白的情况下还是不由自主地做出错误的选择，就算之前劝诫过自己一百遍都没有丝毫用处。

想想也能理解，因为所谓的正确，对他们来说却根本不构成吸引力。“可能就是命吧”，一次 W 看似轻描淡写地说着，抻了抻脸上的面膜。

比起他们来说，还有人更完蛋，在一条阴沟里接连翻船就是爬不上来。

L 的前男友习惯性出轨，他们为此争吵不断。他承诺了无数遍，她也忍痛原谅了无数遍，反正最后只要他说上一大堆愧疚的好话，她就泪流满面心软下来，这样虐心的戏码循环上演了五年。

最后一次，是 L 在男友车子的副驾驶上发现一支不属于自己的唇膏。五年了，也太累了，终于离开了。L 决定不再和好、不再在他的身上继续浪费感情和时间。绝望和心如死灰都经历过了，喝过了很多的酒，骂过了自己的蠢，嚷过了再回头就是孙子，哭过了说仁至义尽了、以后要对自己好了。

可就在分手的一个月后，L 突然低低地说，他又来找我了。我一愣，问，你什么意思？看到她一言不发，只是低着头戳着碗里的鱼丸时，我就明白了——又 TM 完蛋了。

真是恨铁不成钢啊。可她这么多年就是死活跟这个人过不去了。

四

人在感情问题上总会变得像个傻子。

虽然相对于目的论来说，我也更倾向于体验自己喜爱的事物的过程，但在同样的感情事故里一直傻下去、不断消耗自己，实在是一件得不偿失的事。倘若过程中尚有美好也就罢了，但若痛苦已经成为日常，早一点抽身止损才是正道。

爱也好，习惯也好，带来的长情本是一件好事，但前提是他是值得被认真对待的人，否则一切就都是沉没的巨轮。

你更要知道的是，遇人不淑不是结局，但性格缺憾却可能是永世悲剧。

在这种情况里泥足深陷，恐怕也怪不得别人，调整自己的心态才是根本和首要的。我只希望你们都能获得平等和被爱护、珍惜与善待的感情。

还这么年轻，就别急着把自己框死了，把眼界放宽点，体验下别的口味又有什么坏处呢？就像我从前一直以为自己穿不了蓝色，后来才发现，蓝其实也有很多种啊，只不过是之前尝试的色号不对罢了。

不要习惯性地躲进一个熟悉但坏的姿势里去寻找依赖和安全感。

愿你能让爱终成好事，如凭栏看风景，但见田野一片喜气。

爱过的人，最终成为我们心底柔软的部分

年少时的感情大多未逢其时，轻灵干净的也好，激烈动荡的也罢，最终无疾而终，只留下一段恍惚的记忆，成为人生路上曾经的风景。其实这点，就连当时尚在年少的我们心里，都清清楚楚地知道，怎么可能走到最后，所以，有时爱着，都未免像是拙劣地演出一场青春偶像剧。只是，我们嘴上都不肯承认这份无疾而终。只是，在剧里，我们不免动了真情。

就像你知道，真切地付出过感情，无论多少，结束时都必然会受伤。但你还是选择义无反顾。那感觉就像你路过一个华美的殿宇，门半开着，你知道里面固然美丽但危险重重，但还是推开了门走进去。因为你知道这平淡的一生路过美的机会并不多，你不能过美而不入。于是，就连其中的危险都成为美丽的一部分，甚至是格外美丽的那部分。

最终我们还是离开了。以各种各样的姿势。庆幸有些分别，我们的姿势不至于那么难看。那是懂得爱的人，因而也懂得相互谅解。

而除了相互的谅解，我们最终还能做什么？

毕竟真心地相互温暖过。哪怕一刻。

我们爱过的人，最终成为我们心底柔软的部分。

希望你仍能记起曾经有过的温存。感恩爱过我们的人，或原谅过去的一切。

“不知原谅什么，诚觉世事尽可原谅。”

他

这一年里，我走了很多地方，背着我的书包，拿着一只相机，在不同的火车上出现、短暂地停留，然后消失。我一个人走了很多地方，在没有你的这一年里。然而我终归是要回到学校，其实我哪里都去不了，这也许并不是我想要的浪迹天涯。

现在是凌晨00:50，火车在沈阳北发动了，每一次我的启程都是这里，然而终点都不同，这一次尤其特别，虽然我去的是个大俗地方。我不知道等待着我的会是什么，可是我来了。是不是不抱有希望就不会失望，也就不需要从前一样的辗转反侧与勇气。

因为是五一的假日，也因为沈阳北不是首发站，凌晨的火车却也是十分的拥挤，我挤在人群中挂着耳机，看着一窗窗的黑色掠过。景物不明显，灯光不明显，有的只是黑色黑色永无止境的黑色。在这片黑色中，我看见自己面无表情的面孔投影在面前，陌生，僵硬，遥远。这么多的人在列车上，这世界这么多的人在不同的列车上，穷其一生去追寻不知所踪的幸福，寻得的只是生冷嘈杂，或许喧嚣，但不温暖，是如此冰冷落寞的寻找，寻不到希望，却不能止步。目光逡巡之处，都是歪斜的身体、疲惫的表情。如此无奈的人间。

而我呢，我在做什么，为何我出现在这班列车上，是否我依旧在寻找。

记得电影《2046》里说，2046年，全球密布着无限延伸的空间铁路网，一列神秘专车定期开往2046。去2046的乘客都只有一个目的，就是找回失去的记忆。

是否因为这样，我踏上了这辆属于我的2046专车。

这一年里，我们只联系了三次，仅仅三次。

第一次是在大学刚刚开学不久后，那天我也不知道为什么，只是突然很想很想你，想到我要不停拿起杯子来喝水才不会哭泣，想得我很痛，而你挥之不去。于是我打了电话，听起来你过得很开心，你告诉我你在学生会工作，刚刚开完会，你给我讲你的学校里的风景和趣事，就连讲到你自己的胃病都是一样没有任何惆怅的语气，于是我安心，也陪着你开心似的讲话，直到你说要和室友一起去洗漱了才挂掉电话。很好，你很好。那我便好。挂了电话我反反复复地想着我们的话，想象着你的生活，我们之前似乎什么都没有发生过，哭泣和痛苦都没有，一并没有了的是曾经那段暧昧与甜蜜。可你很开心，在没有我的世界。这在当初是我做不到的，虽然我一直竭力去做的，就只是想让你开心。其实，你并不需要我的，你的幸福与我无关。

第二次通话是 12 月 14 日晚，凌晨一点左右，我正在外面散步，东北有茫茫的雪。茫茫一片的银白色空旷，金属一样的颜色和气味，空气凛人，一切都是冷的，可我觉得是难得的逃遁与自由，在这一个人的雪夜里，深感舒爽。深蓝色的天空上星星泪滴一样地一颗颗地往下掉。然后我的手机响了，迎着惨白的光线，看见屏幕上是你的名字。不，不是你的名字，是你当初让我叫你的名字，半夏。多么的好听，然而很久以后我才知道，那是全株有毒的植物，会引起剧烈刺激。但直到今天它在我的通讯录里也没有变过。“快出来看流星雨啊！好多好多的流星呢！”你在电话那一头欢喜地对我喊着，我一时不知该怎样应对你这突然而欢乐的语气，只是“呃，嗯”的两个语气词，你依旧快活地对我大声说着，说你已经看了八十多颗流星，说你如何在寒风中冻得直跳脚，说你看到了一颗与众不同的彩色的大流星，我只是静静地听着，然后平静地躺下，在雪地里。呵，真凉啊。挂掉电话之后我仰头看着那些坠落的星辰划过寂寞的夜空，风很大，它们像是被吹掉的。我笑了笑，只因你在这个时候想到的，是我。

第三次通话就在前不久，你告诉我艾薇儿要到北京演出，就在五一期间，问我要不要来。我没有给一个准确答案，告诉你我要想一下。几天以后我短信给你说我决定过去，你不好意思地告诉我你已经买好了草莓音乐节的票不能去听艾薇儿了，问我可不可以来草莓，我一样答应了。是啊，我喜欢艾薇儿没错，可是她不是使我犹豫的原因，也不是我来北京的理由，这场旅行从始至终都与她无关。我想你也明白的。何况若不是你，当年我也不会听国内的摇滚，如今和你一起去草莓音乐节倒是也顺理成章。

只是，如今的你是什么模样，我们又该是怎样的模样。

车轮滚滚，重复的节奏响在耳边，我知道铁路在前方无限地延伸，我不知道路有多远，不知道它是否真的能够通达你的身边。

天渐渐亮了，景物渐次清晰，我知道我正渐渐接近你的城市。一瞬间我竟犹疑，为什么我要来这里呢，我来做什么呢。

可我来了。

9：50，列车稳稳地停在了站台上，我走在人群之后，慢慢地下了车，又不慌不忙地走出火车站。人流涌动，到处是穿梭不停的人群，各式各样的包裹，变化不一的表情，各地的方言，不同的方向，每个人焦急的步伐，似乎大家都有着方向，而我只觉眼花缭乱。我知道这许多的面孔里，没有你。然而我还是紧紧地握着手机，似乎期盼着它能突然地震起来，然后电话那头的你调皮地对我说：“笨蛋你转头啊，我就在你身边”，于是你就出现在我面前。然而这只是个想象。

我知道今天你和你的朋友们一起去了第一天的草莓音乐节，顾不上管我，你对我说第一天就随便逛逛，以前我到一个陌生的城市怎么样，来这就怎么样做好了。这座城市，还能怎么样呢。我背着书包到天安门转了一圈，像每一个外地来京旅游的人一样。然后就随便乱走着，坐公交、坐地铁、步行，陌生的城市一个人的路途。五一期间，很多宾馆都没有了空房，直到下午的时候也不知道自己走到了哪里，终于有家宾馆是有空房的，就住了进去，蒙头大睡。不知道为什么哪都不想去了，如此周折来到这里，此时我却只想睡觉。

和你约好了早上见面的时间，直到我在八通线上快要到站的时候才发现还是早到了，不知道是不是前一天睡得太多了导致早上醒得太早了的原因。

你急匆匆地赶来，黑色文化 T 上写着愤青的话，红色的裤子，厚厚的松糕鞋，很醒目，我一眼就看到了你。我知道是你没错，你对于穿着从来都是那么嚣张跋扈，这也曾经给你惹了不小的麻烦，可你坚持你自己。你坚持你自己，当然不只在衣着方面，还给我一潭死水的生活带来了那么不一样的东西，你的坚持你的挣扎你的奋斗，于是当我走进你的世界，我开始爱。可你的这份自我，最后也伤了我太深太深。可谁叫我爱上了呢。谁叫当初的我爱上了呢。

你走过来嘻嘻地冲我笑，还是烟熏妆，我脱口的第一句话竟然是“切——”的一声。我们在嘉禾一品吃饭，看着你吃饭我是欣慰的，因为当年的你每天都靠面包和饼干度日，有时干脆不吃。其实没有我的照顾你可以过得更好。你需要的是属于你的环境，而不是我。我想我明了。

时间还是很早，可我们也没有地方去，买了一堆吃的就到了现场。你带我到草莓舞台，看样子是不想动了，我倒是想到处转转看，就叫你等在那里，当然也没有多久，回来时给你带回了防潮垫和西瓜。于是我们聊天、吃西瓜、躺在草坪上晒太阳。调音在进行着，大地在嗡嗡地传音，效果不错，就是脑袋有点疼。我嚷着好无聊，可我知道你就躺在我的边上。其实我想说，真好。

你这丫头真是个疯子，几场都挤到前面去跟一群疯子跳啊跳的 pogo 得上气不接下气，也不知道你哪儿来的那么多力气。结束之后兴冲冲地跑回来喊着累死了累死了然后我还得去给你买水。后来你要去校园舞台那边给你们学校的队加油，而我要去看反光镜，于是便分开了。晚上找你的时候你说你还有事，最后该回了才接到你的电话说你在门口等我。当我到的时候你和那个乐队的贝司手坐在一起，今天算起来也有三次看到你们在一起聊天了，不知道是什么关系呢？不过什么关系也都是不关我事的，我又何必去想呢。

“有枕头有被子吧？”手机震动，打开看到是你的信息。火车还是以熟悉的频率发出震动和声音，只是这是我第一次坐卧铺，是你买的票。

“有。就差个姑娘了。”我无赖地回你的信息。却在后面加上了“我睡了，晚安。”等你回了“晚安”后便不再通信。然而我睁着眼睛就是睡不着，也没想睡，想着这两天和你在一起的一幕幕，吃饭、玩笑、照相，在南锣鼓巷喝酒买奶酪，在奥体中心放脸谱风筝，在西单无聊地转啊转结果买了顶劫匪帽，在后海边上的大石头上坐着聊天和逗小孩。都是那样的欢乐时光。然而，然而这欢乐时光是不落实于地的，有那么些真实存在的东西我们谁都没有去碰，真实的镜像背后有溃疡的伤疤有疼痛有不堪有丑陋。不能去碰啊，掩耳盗铃的人们。一切都停留在这个阶段，是刚刚好的距离。我又来找什么呢？或许我不是来寻找的，我只是来确认了，我们是应该这个样子的。有些事情发生了就是发生过了，哪怕是绝口不提。也再就回不去了。

还是《2046》：“我曾经爱上一个人，后来她走了，我去 2046 是因为我以为她在那里等我。”“一个人要离开 2046，需要多长的时间？没有人知道。有些人可以轻而易举地离去，但是，对某些人来说，就需要花很长的时间，你需要付出很大的努力，甚至会遍体鳞伤。”

然而我想我还是离开了。就是唯一从 2046 回来了的那一个。

火车不紧不慢地仍在以它自有的速度前行着，对面的窗口中还是一片黑色紧接着又一片黑色，这些秩序而又不动声色的事物是否就是生活该有的规律？我不知道。我也不想承认。我知道的，也不得不承认的是，我在与有你的方向背向而行，越走越远……我不知道地球是圆的会不会再让我们转一圈回到对方身边。

她

我知道你正在火车上，从沈阳到北京的距离满满铺的都是旧时的记忆，而你一路的奔波，是为了见我。我多么想站在出站口的前面伸长了脖子焦急地张望，然后在看到你的时候开心地笑着跑到你的身边“嗨”的一声吓你一跳。可是对不起，仅仅因为一个“人在江湖”，我去陪了更多的朋友而让来找我的你孤身一人在这个陌生的城市晃荡了整整一天。不过我想或许你也是喜欢这样的，在陌生的城市，一个人随性地走着，什么都不用去理睬，于是这整个世界都是你自己的。而我觉得，你当真会喜欢这样的，因为我喜欢。记得吗，曾经的一个晚上，你突然发短信给我，说“我正坐在阳台上，看着夜空和星星，抽着烟。我发现我的生活方式越来越像你了”。而那时，我只是看着屏幕笑了，我知道你长大了，我让你长大了。我没有回复。我竟然没有回复。

有的时候回想起来，我都不知道自己做了些什么，而时间又给予了我们什么。我只是后悔我伤了你那么那么深，那个时间段里被学业折磨麻木的我，竟用这种方式狠狠折磨了你。直到大考结束，心才终于苏醒过来，只是已经太晚了。

已经太晚了，任我哭得泣不成声你也还是钻进出租车里不再回头，任我走到你家附近发去短信你也不肯露面，我只是想说声对不起而已，仅仅是声对不起。可是我真傻。

时间荏苒，现在你还是坐着火车穿过这 869 公里来寻我，我心里的高兴不是因为何种奢望，只是那么想念你，只是单纯地想见到你。如果还有，如果还有或许也把这看做一种救赎，代表原谅。即使我永远都不会原谅自己。

当我终于见到你的时候，知道吗，那种由衷的开心是难以说出的。我只有看着你傻乐，我觉得那时候你也是一样的，不知所措的我们就那样笑着看着对方，然后你笨笨地打破僵局竟是一声“切——”。你染了红红的头发，一身的穿着很有型，在音乐节还被街拍。记得当年我说过，等我们考来北京我要好好帮你整理一下自己的，现在你一个人在沈阳，不需要我也把自己打理得不错，倒是我十足的懒散了，贪图自在，再也没穿当年那些花哨的东西。

我们坐在一起吃饭，我知道你在看着我的，于是我吃得很香，大口大口地喂着自己。当年在学校没有什么东西吃，都是你给我买面包和饼干，还有酸奶。只要是我想吃什么了，你就会马上从四楼的教室飞也似的跑到楼下的超市买回来，而我心里是满满的感动。只是那时学业紧还是吃得少，又没有正经的饭吃，胃就坏掉了，现在闹了慢性胃炎和胃溃疡，等我们到运河公园的时候我的胃也实在是难受得紧，于是我就坐在了草莓舞台旁边，你说你自己去转转，等回来的时候你拿了一大碗的西瓜，而我远远地看着就兴奋地喊“草莓、草莓！你买了草莓了啊！”

你离我大概也就 10 米的样子，听了就愣住了，本来没有什么表情的脸突然一下就乐了，骂我道：“哪来的草莓！你睁眼看看这是什么？”说着就快步走了过来，将碗递到我的面前。我看到那一碗西瓜也乐了，还狡辩着说都一样——反正都是红的还都有黑的籽儿，气得你直接给我脑袋上拍了一掌。而这从始至终不超过两分钟。就是这该死的两分钟，我们好像突然回到了没有任何隔膜的从前，一瞬间我就流下泪来。我赶紧低头拿起一块插着牙签的西瓜，没有叫你看见。可是，我知道我的泪水其实是多么的微不足道。

那天你问我要回程的票，我翻着包故意说找不到了，说找不到了你就回不去了就得留下陪我了，我注意到你愣了一下，然后看着我。那眼神我懂，是的，我懂。后来当然我还是把票拿了出来，你拿过去看是卧铺，竟然扭过头来傻傻地问我有没有枕头和被子。我吃惊地看着你，不禁“扑哧”就乐了。你说“你乐什么，我没坐过。真没坐过”，我就没说话，一个人愣了起来。我知道你自己走了很多地方，那是我们当年的愿望，无数次地提起的美好的希冀，就是旅行、旅行，没有任何束缚地走。后来，你一个人默默地走着，可是你现在告诉我你没有坐过卧铺。可是，可是，当年你给我买东西，我说用这么多钱做什么，你告诉我你的钱就是要给我花的，你说“不看到你什么都好好的我要钱做什么用！”然而你一直都不舍得给一路颠簸的自己买一张卧铺的票。

看着你通过检票口、身影消失在人群里，一瞬间落寞。你又要回到属于你的世界，而我也要继续一个人生活。又这样就失去交集。很多事情，我们都是明白的。世界太大，一辈子太长，很多事情都是由不了我们的。何况我们自己还在其中拙劣地恶作剧。

可是，可是，下次该换我去找你了吧？并非想着太多的什么，只要知道彼此的心里还有那么一点位置，只要，便怎样都好。而我们会怎样呢？我不知道。因为我不知道在 2046 是否真的一切都不会改变，因为从来没有人回来过。

但是过去的就是过去了，这个我知道。

爱上了浪子型渣男怎么办

一

我有个可以称之为渣男的朋友，最近又换了一个女朋友。

当然渣男换女朋友不奇怪，奇怪的是我发现这个女孩子是和他纠缠了五年的炮友突然转正。一时我都有点怀疑这回他是不是突然定了心，蓦然回首发现那人本就在自己身边。

于是我问：“所以她是你的真爱了吗？”得到的回答是这样的：“我交往过这么多女生，我都很喜欢，是很认真地喜欢。但是谈爱，她们都够不上。浪漫的土耳其，东京和巴黎，她可以她也可以，谁都可以……你明白的吧。”

最后他还在这段话后打上一个破折号，署名“渣男”，用一个落款反弹我可能会给他的所有回击。可以说是非常光明磊落的渣了，在这一点上他好过其他明明已经渣了还百般掩饰、给自己立牌坊的渣男。

而那个女生呢，和他纠缠了五年，想必也很清楚他在感情里本就是个浪子，但还是选择了和他在一起。

其实吧，事情就是这样的，很多女孩儿她们陷入的困境根本是一个死结，因为她难受的是她无法改变的事，比如她就是爱上了一个渣男。

明明知道他渣，但就是无法抽身，就是心甘情愿地和他纠缠不休再不断地折磨自己。宁愿生活里从此鸡飞狗跳、死去活来、没有安全感，也好过失去他。

二

平心而论，我这个朋友除了在感情上渣以外，也没有什么别的缺点。他长得挺帅气，学识也挺丰富，对历史对古典文化也有不少的研究，而且性格开朗、会照顾人、行动力强，对朋友还特别仗义。

也许正是因此，我认识他十几年，看着他从中学时期无数少女暗恋的对象开始，到现在一路换了无数拨女朋友。

当然作为他的朋友，我也没少受他的照顾。记得有一次晚上我说想吃小龙虾了，他立刻骑了个摩托突突突地过来接我去簋街。因为是夏秋换季时节，晚上有些冷，他还特地跑到自己住的地方给我拿了件外套，才把我送回去。

怎么说呢，确实挺暖挺贴心的，而且驾驶摩托的技术也不错，一路风驰电掣、左右奔突也还挺帅的。那时我就突然理解了为什么会有那么多女孩子喜欢他。

但我真的一点都没有超出朋友意义以外的感动。因为你明白，所谓的渣男，就是他做的那一件件令你感动的事，对他自己来说并没有什么特别的意义。

他这样对你，同样也这样对别人。他对你的好你觉得特别贴心，但是那对于熟练应用套路的他来讲只不过是顺带手的事。关于这点，他自己也承认。

但为什么还有那么多女生就是喜欢渣男呢？

因为只有和渣男谈恋爱才最有恋爱的感觉。

三

女生都很喜欢看肥皂偶像剧和言情小说，原因还不就是浪漫。而浪子型渣男通常深谙浪漫之道，知道如何讨女孩子的欢心，另外他们本身也多少是一个有趣且有自身魅力的人。

比如我有个做音乐的朋友，总能挑到非常有文艺气息的酒吧和女孩子约会，完了还能顺手摘下墙上挂着的吉他，跑到天台上去给女生深情脉脉地唱歌。

再比如我有个诗人朋友，他就总会给女孩子写情诗，言语之间极尽浪漫之能事，什么“你和我就是亿万光年之间偶遇的孤独脉冲”之类的。

现在能碰见几个还给你弹吉他写情诗的男孩啊，普通的直男给你送束玫瑰花就很了不起了，大不了也就再约你看个电影吃个爆米花，就算确定了关系。所以反正不论是玩滑板的、跳街舞的、搞摄影的还是什么，总能凭借自己的闪光时刻撩到不少的妹子。

还有些渣男虽然没有什么才艺，但是胜在脸好看或者人很暖啊。早上给你送早点，感冒马上来送药，你发个朋友圈说下班打不到车了，他立马就千里奔袭杀到你的眼前。当你孤独无助想要抱抱的时候，他也绝不只会嘴上说说让你多喝开水好好照顾自己，而是真的来到你的身边。

其实单看这些情节，它们本身都是很浪漫，或者很特别的。浪子型渣男在对待你一个人的时候，可能根本不渣，但他渣的地方就在于，这些都不是独一份的。他今天给了你，明天就能转身给另一个姑娘——甚至不用等到明天，完全可以同时进行。

他们知道自己的魅力在哪儿，杀手锏是什么，于是舍不得藏起来不用。

他们给人的感觉更像是在收集姑娘的喜欢中，不断地去验证自己的魅力，并从中获得一种满足感。但那些“好”，充其量只是收割你的武器，是万千的形式，而不是把你放在心口上那唯一一份的真情。

实际上有些真正的关心爱护反倒可能是笨拙的、木讷的、词不达意的，而有些无微不至、花好月圆可能只是他应用了无数遍后熟能生巧的套路。即使有些套路看起来很特殊，那也只是特殊的套路。这点，首先你最好要能分辨。

四

就算你知道他就是个浪子型渣男，但你已经爱上了，怎么办？

我觉得这件事你要权衡自己究竟是更贪恋那份浪漫的恋爱感，还是更希望获得真心实意的爱情和忠诚。

有些人就是不适合做男朋友的，你不要奢望自己会是他的特殊和唯一，也要知道爱他没有结局。妄图让一个浪子型渣男对你矢志不渝、忠贞不贰，那几乎是不可能的。但他也许会是一个不错的约会对象，可以满足你对所有花前月下的美好期待，或者你只要站在一个闪闪发光的男孩子旁边就心满意足了。如果你能接受上面的前提，那好，你和他开开心心去约会本身也不算什么很糟糕的关系。

但如果你无法控制自己的真情，又不愿接受他的浪子天性，想要管教和驯化他，想要他为你认认真真地走心，那还是算了吧。毕竟这个几率实在是微乎其微，对你来说，及时抽身止损才是最好的选择。

所以人要把合适的东西放在合适的位置上，不要寄希望于去改变一个人的本性，也不要以为自己或许就是那个例外。和适合约会的人可以仅仅去享受约会的浪漫，和适合恋爱的人再去恋爱去讲唯一。

很多事情只要把握自己想要的那一份好就够了，选择享受浪漫的当下你就不要再打破美好去问这件事你究竟还对多少人做过，选择和爱你的人手挽手逛超市时也就不要再要求他一定会为你弹吉他写情诗。

减少阈值，有时就是幸福的方式。看你最想要什么，摆好两个人的位置就够了。

拜托了，别再把缠精当深情

一

在抖音上看到一个视频，是女孩给喜欢的人发的无数条微信，从“今天要下雨记得带伞”，到“中午自己要好好吃饭”，每一条微信都事无巨细，但是对方从来没有一条回复。

终于在视频的最后，看到女孩打出的“以前打扰了，以后不会了”。

当然是能感觉到女孩的心酸的，可是不知道有多少感情里，人们只是在用一往情深感动着自己。喜欢是有的，但也许还有的是自己摆出的喜欢的姿态，也许这种姿态到后来甚至已经超过了喜欢本身。

评论里都是在感叹女孩的深情，有人说“如果有一个女孩能这么喜欢我就好了”。可是讲真，如果真的有一个你并不喜欢的女孩，一直给你发着一往情深的微信，你真的就不觉得厌烦？从那个男生的角度而言，我觉得只是置之不理已经是非常好的素养了。

记得在看《欢乐颂2》时，小包总对安迪的缠精式追求引起了很多女孩的羡慕，但是你有没有想过，这个前提是：他是外表俊朗有型的小包总，是你喜欢的那一款。

但假设是你讨厌的人用着和电视剧里一样的套路，一路追踪你到天南海北，连跑到国外度假的时间都不放过，还非要跟你挤在同一个房间里，那就已经算是骚扰了吧。

如果经历过这种甩不脱、丢不掉，明明一点也不喜欢对方，但又拿他毫无办法的“缠精”，你可能就会觉得这件事其实还是蛮恐怖的了。

说实话，除了两情相悦，其余的所有深情，对你而言是心酸，对对方而言是负担。

二

很多人喜欢大张旗鼓地去追求一个人，哪怕还不知道对方的意愿，哪怕已经知道了对方的不喜欢，但还是轰轰烈烈地追求到人尽皆知。

不断地送鲜花和礼物到对方的公司，把对方的照片发在自己的朋友圈，在共同的好友面前无所顾忌地谈论和表现自己的爱意，甚至莫名其妙地就来一场当众表白，鲜花气球满天飞的场景下，最终只是感动了自己，却尴尬了别人。

西西几个月来都处在这种尴尬里，那个男生追了她多久，她就拒绝了多久，但丝毫不影响对方依然无微不至地对她好。

早上坐在公司就莫名其妙地收到早餐的外卖，晚上下班他总是准时出现在公司门口来接，朋友圈里说了句感冒就不管三七二十一非要拉她去看病，水果、零食更是隔三差五地隔空邮递过来。

无论西西拒绝了多少次，对方依然不改初心，可能在他自己的眼里这是痴情，但对于西西来说，这样的大张旗鼓简直像是在单方面宣布自己的主权，并且毫无疑问地影响到了她的生活。

一次两次还好，时间长了，就连周围的人都在劝：“人家对你那么好，你怎么就不知道珍惜”，“他真的挺喜欢你的，就在一起试试呗”。

西西每次都只能无奈地说：可我真的不喜欢他。

“也不知道那些说‘试试’的人都是怎么想的，接受一个不喜欢的人，才是对双方最大的不负责任吧。”有一次西西一边喝着饮料一边向我吐槽。

谁知这个故事还不算完，在得知西西有次和另一个男性朋友一起参加了一次聚会之后，这个男生突然大受刺激，先是骂西西绿茶婊，然后干脆拉黑，这一波操作迅速到我们所有人都始料未及。

西西苦笑："那个男生也只是我的普通朋友，但是这件事真的和别人没有关系，无论有没有别人出现，最关键的是我一直也不曾喜欢过他啊。"

看到这样的狗血结局，我也替西西庆幸，幸亏她没有因为一时感动就和那个"对她很好"的人在一起。

三

在爱情里，很多人容易产生一种根本没有道理的想法：因为我喜欢你，所以我要对你好，因为我都对你这么好了，所以你喜欢我不是应该的吗？

也不知道为什么会有这种理所当然的强盗逻辑，简直等同于道德绑架。

对喜欢的人好有错吗？没有。但要是不顾对方的意愿而强加于人，丝毫没有界限感，不懂得看对方的回应和反馈去掌握其中的度，甚至影响到对方的正常生活，恐怕就是有错了。

而不能接受对方拒绝的人则更是无理取闹，你喜欢一个人是你的权利，但别人喜不喜欢你也是别人的权利，她可以选择接受，当然也可以选择拒绝。拒绝一个不喜欢的人，又有什么错呢？

西西追求者的恼羞成怒，不过是把自己付出的所有的"好"当成了绑架对方感情的武器。可那千百种的好，说到底也是自愿，如果得到的依然是拒绝，是追求不到，甚至是对方另有所爱，那也无论如何都怪不到对方身上。

感情是绑架不来的，时间长了，就连仅有的那点感动也会被这种方式里的不厌其烦而消磨殆尽。所以，别再用“爱”的名义去给别人套上枷锁了，也千万别感动于自己的诚意就去苛求对方的回报，或许你是爱她的，但她的选择永远是自由的。

而如果你不爱一个人，无论他对你有多么好，也千万别不好意思拒绝。不要欺骗他，更不要欺骗自己。不要因为一次感动就搭上两个人一生的幸福。

面对这样的追求，“谢谢”和“再见”永远是最好的答案。

毕竟从前除了你，我没有爱过任何人

嘿，你知道吗，我梦见你了。

分手已经三年半了，没想到还会突然梦见你。

前两天有个朋友问我："有没有一个前任让你最念念不忘、痛失所有"，我第一反应是你。

其实也没什么好选的，毕竟从前除了你，我没有爱过任何人。

对他们是喜欢也好，凑合也好，你知道的，那都不算爱。

然后我告诉朋友：现在没有了。

我真的没有说假话。我一直以为我对你已经做到冷漠无视、漠不关心、厌恶至极，甚至想过如果在街上让我遇见你，一定要给你一巴掌替过去的自己出口气。

可是梦里的我欲说还休、吞吞吐吐，那副欲言又止的样子无非是想告诉你，当你离开后的日子我有多么痛苦难熬，我都为你做了些什么傻事，而那，也算我想表达的情意。

梦里的你呢，你旁若无人的表情，你的每一个肢体动作，走路、弯腰、看电视的样子，都是那么熟悉，一点没变。毕竟三年的感情，我也算很了解你，那些都让梦里的你看起来如此真实。

我不知道梦为什么会这样，梦里的我并不是我，明明我已经不再爱你，甚至，就像我刚才说过的，我很厌恶你了。

然而醒来之后我还是哭了，真丢人啊。可是你别误会，我只是想到当初的自己，和那些感情里的不愉快，被无视、厌恶、冷战、背叛，当那些感觉又找回来，我为那段时间的自己难过而已。但也仅仅就难过那么一下而已。

我真的想不通为什么你会突然回到我的梦里。于是我有些迷信地去翻了翻你的微博，看看是不是出了什么事情。

当然，并没有什么新动态。而且说实在的，看到你的那张脸，和你和她在一起的样子，真的还挺恶心的。瞬间，这把我刚刚做的梦打得稀碎。让我忍不住都开始嘲笑和鄙夷自己。

是的。梦里的我和现实的我是如此不同，一个当再次见到你依然抱着满腔情意，而且我知道只要你有所表示，她还是会不管不顾、一意孤行。而另一个，现实中的我，醒来后依然对这种种嗤之以鼻。

有人说，“梦到的人，醒来就应该去见他”。我承认，当我醒来的那一刹那，我真的想过一秒钟。毕竟我看过你现任的微博，上面的小区定位，离我不过几分钟车程而已。

可是，你放心，我不会。那种荒唐的想法真的只有一秒钟而已。

就像我在看《欢乐颂》，看到小蚯蚓等在应勤家楼下的时候，我忍不住骂她傻X、叫她回来，但是其实我是替她心痛，因为她那么傻、那么狼狈，像极了当年的我自己。

我们的感情走到最后，姿势太难看，最后只剩歇斯底里、狼狈不堪，丝毫没有复合与重来的可能。何况时间过去得久了，我也看清了很多东西，包括你。

我深知我们的分开不是意外，是两个人之间的矛盾越来越多、没有解决，是裂缝越来越大、无法弥合，是经历了很多次反复的心理挣扎，在妥协与放弃之间做过无数次的选择，最后不得不接受的现实和不得不面对的结果。

毕竟，三年，那么多的日日夜夜，彼此渗透在生活的点滴之中，就连相互的语气和习惯里，都是对方的影子。

失恋失去的不只是一个爱人，而是过去的生活，和一种习惯。这对于当时的我们来说，抽身又谈何容易。离开就像撕开粘在一起的皮肤，血淋淋地痛。

而在那之后的很长时间里，我也失去了对爱的感知、坚定和勇气。

但是，现在想来，我发自内心地承认了我们之间的问题，也早已把导致我们分开的种种原因，以及两个人在这段感情中的对错一一想明白。于是我理解了你当时只是承认了我不愿意承认的事实，才选择了接受和放弃。

这一切我都明白。我不能接受的只是这一切来得太突然而且猛烈，直到最后你也没有丝毫考虑我的感受，翻脸无情、狠掷冷话、斩钉截铁。

因为有爱，平心而论，那真的是我受到过的，最深的伤害。

你知道的，我并不是一个不明事理的女孩，那些话，你原本可以好好说出来。

所以，为什么要见，怎么见呢。彼此的再次出现毫无意义，或许只是把一切不愉快与伤痛重新翻到台面上，又徒增不堪。

我不愿再影响和打扰彼此的生活。毕竟两个人的爱恨曾经都过于强烈。

我也不想堆砌怀念让剧情变得狗血，毕竟曾经深爱了多年又何必毁了经典。

不如两清，从此做彼此的路人甲乙丙丁。

午夜梦回也许并不说明任何事情。只是我选择了遗忘，而大脑十万之一的空间却还记得，它只是偶然地突然翻到了正面，在我毫无防备的睡眠里突然跑出来一下而已。

这都没关系的。人最擅长的就是不了了之。

你知道吗，在我醒来之后，再去回忆，那些爱过你的情绪啊，一丁点儿都找不到了。第一眼的怦然心动、暧昧的隐约忐忑、在一起的开心甜蜜、分开时的绝望失落，现在想到，都好像是别人的故事。我不否认你在我生命中的重要角色，但我再也找不到那些感觉了。

喜欢一个人的时候，好像你全身是光。但现在，突然如此黯淡，你终于成了宇宙里的一粒尘埃。

我努力回想你全身是光的样子，但怎么也想不起来，我开始怀疑自己为什么会喜欢你。后来我发现，那是第一次见到你时，我眼里的光。

我深知我不会忘记你，也知道你不会忘记我，因为我们无法逃避的是，无论怎样，彼此依旧是对方无法抹去的青春。哪怕删掉信息、号码、照片……生活无法删掉，记忆也删不掉。

但我们不再相爱了。

我再也看不到你的光了。

我也不再心碎了。因为我身边还有值得去珍惜对待与爱的人。

没有你的日子里，说实话，比爱你舒服。

我原谅你了。但我知道你早已无所谓原不原谅的了。

别丢了自己，也没活成他爱的模样

为了喜欢的人，变成 TA 喜欢的样子，应该是很多人都在爱情里做过的事。但最伤人的爱情，就是这种情况里最恶劣的那种："我全力改变，却做什么都不对"的被嫌弃式的爱情。而没什么比一个关系不对等的爱情更打击人了。

太喜欢对方，就觉得他什么都是对的，感情里有任何风吹草动都会怀疑自己，反思是不是哪里没有做好。等了他一夜没有回微信，一定是自己说话太无趣了所以冷场了吧。今天他看都不想看我一眼，一定是自己的妆容和衣品落伍了吧。他更喜欢和同事那个女孩说话，是不是我的思想跟不上他的节奏了。渐渐地恋爱谈成了一个错题本，里面写着他的不满，也写满了自己的卑微退让。

张爱玲写过这样一句话：见了他，她变得很低很低，低到尘埃里。但她的心里是喜欢的，从尘埃里开出花来。

一代才女尚且如此，莫说你我普通人，谁又不曾因为爱低到尘埃里，用力变成对方喜欢的模样。

他不喜欢你腿粗，你就拼命去减肥；他不喜欢你短发，你就想要长发及腰；他不喜欢你太文静，你就得把自己打扮成街头少女；他不喜欢你没有女人味，你就穿上别扭的紧身连衣裙、踩高跟鞋、喷香水……就如王语嫣天仙般的美丽，因为慕容复，还强迫自己去读了无数本本不感兴趣的武学典籍。

我有个朋友，曾经是个很自信的女生，遇到她的前任以后就完全变了一个人。最常说的就是“你说这个 XX 会不会喜欢啊”，或者“不行，他不喜欢这个样子的”。

这位朋友分手是因为前任喜欢上了别的女孩，但其实在摊牌之前，就已经有了很多的征兆。他变本加厉地对女朋友嫌东嫌西，嫌她放的歌太没有品位，嫌她王者的操作不对，说她在家素颜的样子真邋遢真丑，有时抱怨她微信发得太多，有时又说她对他不够关心——反正不管怎么做、做不做，都是错。直到分手她才明白，他不满意的根本就是她这个人而已，所以无论她怎么改变，都不对。

其实，爱你的人，你哭你笑你扮丑疯癫，都是可爱，你的每一个缺点，在他的眼里都有光。不爱你的人，你吃饭出声、走路拖拉，生活里任何一件不值一提的小事都会被放大嫌弃。

在一段彼此的爱不对等的关系里，他变成了你的人生挑错师，你的一举一动都被质疑，兴冲冲做的每件事都被泼冷水，甚至从外表到内在全都被否定。这样的感情，太黑暗，也太伤人了。我曾眼睁睁地看着朋友从恋爱前的阳光自信少女，渐渐有了可怜哀怨的气质。

改错题一样的爱，其实放弃比拥有更快乐。当你终于结束那样的关系，会感觉像在深海里挣扎到力竭之后，浮上海面呼吸到的第一口空气。像在经历过漫长寒冷的严冬之后，感受到阳光投射来的第一丝温暖。

后来那个朋友恢复过来，开始正常聚会，结交了很多新朋友，按自己的喜好穿着打扮，报了自己喜欢的兴趣班，把过去被剥落的自信一点一点找回，又变得开朗爱笑，有了热爱生活的少女模样。

其实你本来就是可爱的女孩，从没什么错，你值得这世上美好的一切，只是他不配。

如果在一段感情里，你感到的负面情绪大于快乐，它让你不是更爱自己而是更嫌弃自己，也许不是你自己不值得被爱，而是这段感情本身出了问题。

情侣之间虽然总会有小摩擦和偶尔毒舌的嫌弃，但玩笑和不满意、不尊重，总有区别和界限。好的爱情让人变得丰盛、自信和可爱，而坏的感情则像是长久不散的阴霾，它打击着你的一切，消耗着你的生命力，最终会让心上开出的花朵都渐渐枯萎。

如果你的他开始对你百般挑剔，毫无顾忌地表达对你的不满，也许就是爱情变坏的时候。永远不要垫着脚尖去爱一个人，希望你能保留心里自我的光亮，在认清他真的厌弃你、不再爱你的时候，干脆转身离开，别到最后丢了自己，也没活成他爱的模样。

不想做鸡肋，只想做你的鸡大腿

一

和朋友出去玩时一起自拍，用她的手机，屏幕上方突然弹出来一条微信："小鱼，明天有空吗，一起吃饭？"是个男孩子。

朋友把消息栏推上去接着自拍，拍完了也没有要理的意思。我说，你不回复吗？她说，哎呀，我也在想，到底要不要去吃饭。去了吧也挺无聊的，不去呢，又不是那么回事。

听她这么说，我以为大概是个普通朋友，可她又接着说："就是呢，和他在一起也没有特别开心的那种感觉，但也不是特别讨厌，而且男孩子的条件也还算不错，也不是不可以交往，所以自己也比较矛盾。"

哦，我懂了，就是并不喜欢，但若完全置之不理的话，又有点可惜的那种感觉，反正现在也没有更好的。

你说自私吧，但也不是完全不能理解，到这个年纪，真爱也不是那么常见，还总得考虑点所谓现实的因素，诸如你有车我有房，你有户口我有存款，所以这种情况其实并不少见，很多人就这么凑合着在一起的。但这样的关系里，至少总有一方成为另一方的鸡肋。

什么是感情里的鸡肋呢？大概就是食之无味、弃之可惜的那种。

前些天看《扶摇》，大师兄燕惊尘虽爱着扶摇，但为了前途还是选择背弃爱情、和国公府的郡主成婚。当时打开弹幕，屏幕上方写着满满的"渣""呵，男人"。你说渣吧，确实是渣的，但是很真实啊，比起剧情里永远在不断撩妹的男主来说，反倒是这个矛盾的角色比较立体。纵使成婚了，但心底最爱还是师妹扶摇，郡主就是燕惊尘感情里的鸡肋：我不爱你，但我需要你。

说白了，对很多人来讲，最爱的人其实都是自己，男男女女都一样。

二

当然感情里的鸡肋不只这一种。“奇怪”的分不开的理由还挺多的。

小 A 总是吐槽她的男友，说他不上进，说他办事毛毛躁躁，说他出门不带脑子……反正每次只要提到她男友，她总是忍不住火冒三丈。

我说：“你不喜欢他那么多，为什么还要继续在一起呢？”

小 A 头突然就低了，语气也变得缓和了许多：“但是他对我还蛮好的啊。”

虽然我们总说，图什么都不能图一个男孩子的好，因为如果你图他的钱、图他的资源，总有得到的东西，如果只是图他的好的话，一旦有一天他对你不好了，你就什么都没有了。道理我们都懂，也许也是我们亲身经历的血泪经验，但是对女孩子来讲，一个男孩子的好，真的是致命的啊。

在爱情里，谁不想自己的另一半对自己呵护备至、真心关怀呢，谁不想被宠成一个小宝贝呢，所以他明明有那么多缺点，就因为这个“好”，很多人都会放不下。

小 A 吐槽归吐槽，但还是有感情在的。但有些关系里，那个“好”根本就没有什么反馈。

我有个女伴，有点小钱的那种，喜欢上一个男孩子，没她能干，也没她成熟。但就是喜欢啊，今天给他买个这，明天给他送个那，为他花钱眼睛都不眨一下。但是男孩子呢，就不温不火的，也习以为常地接受着。

她说，我也知道他不怎么喜欢我啊，但就是想对他好，可能他不明确拒绝我一天，我就要一天对他这么好下去吧。

啧啧，真的是太无私了，反正我是做不到。第一个念头虽然是这样的喜欢请给我来一打，但想一下，算了算了，还是不需要了。对我来说，不喜欢的人对自己太好了，会于心不安的，也是另一种负累和麻烦。

三

小 B 的“分不开”也挺常见的。小 B 是个男生，他和女友在一起也好几年了。一开始也是情动似火、你侬我侬的，可时间太长了，也就淡下来了。若只是平淡还好，但两人不知不觉间变得谁看谁都不顺眼，生活里经常充满了互相的指责、抱怨、争吵，到后来就干脆变成冷战。

其实连冷战都说不上，就只是冷。两个生活在一起的人就像在两个次元空间里一样，近在咫尺，各自生活，谁也触不到谁。

其实两个人也都挺难受的，都知道感情变得畸形了，但是在一起那么长时间了，也不是说放就放的，何况还有感情。但是这种感情吧，并没有促进和缓和两个人的关系，反而变成了互相达不到期待值、也挽回不来时的令人心痛的利器。

一方面在一起真是难受，简直如同互相折磨，但另一方面，两个人在一起也习惯了，谁也狠不下心真的说分手。何况小 B 作为一个男生，也不想耽误人家女孩子这么久了，突然就分手，那样总觉得太对不起女方。可是谁说现在这样就不是一种伤害呢?

久而久之，两个人就都变成了彼此的鸡肋，又都不知该如何是好，只能拖过一天是一天。

别问我该怎么办，说分手都很容易，但是放在感情里就是纠结。只能说，先试着沟通一下彼此的想法再说吧，一个人怎么纠结都是死胡同。

我呢，当然不想做谁的鸡肋，只想做一只鸡大腿。也不想伤害谁或者拖着谁，所以也不能把别人当鸡肋。但是在现实里，比如上面那些情况，也真的挺难办的，小 A 和小 B 陷入的僵局当然也不是他们本来的初衷。

不分手吧，这段感情也不完全是自己想要的。分手吧，要么舍不得要么于心不忍。修复吧，毕竟是两个人的事情，很多时候只凭一己之力又办不来，更何况一些关系也不是如今想改变就能改变得了的，里面牵扯的事情太多了。

唉，人呐，但凡有点感情就无法做到完全理性的。

反正啊，感情就是麻烦，不是靠初心和一些道理就能解决的。想做一只美满的鸡大腿，也并是一件容易的事啊。

从未拥有你一秒钟，心里却已失去你千万次

网易云音乐年终报告出来的那天，琪琪又猝不及防地被扎了一刀：好不容易才按捺住自己的心思，把那个人缓缓放下，再也不翻来覆去观察他的生活，安心地做一个不动声色的普通朋友，可突如其来的歌单记录如同一记回忆杀，又把她拉回到了过往那些日子里的卑微心事。

歌单里记录她过去一年听的次数最多的曲目，和深夜听到最晚的曲目，是同一首：《特别的人》。而那一晚，恐怕也是琪琪在过去的一年中，最难以忘怀的一晚。

那是一次朋友们的聚会，KTV 里男孩拿着话筒深情脉脉地唱着那首《特别的人》，琪琪坐在角落，也同样深情脉脉地注视着他。多么甜的一首歌，她也多么希望这首歌他是唱给她的，但是他从始至终没有看她一眼。琪琪也知道，他心里有着一个特别的人，但他喜欢那个女孩，就像琪琪喜欢他一样，都是爱而不得。

后来男生喝得大醉，琪琪自告奋勇送他回家，车子兜来转去，琪琪也还是舍不得。最后她把车子停在河边，看着后座熟睡的他，自己走出车门，点上一根烟，把那首《特别的人》反复听了几十遍。天都快要亮了，琪琪才决定真正把他送回家，也决定真的放下。

“我们还没开始，就已经结束了。从来没有对白的一个人慷慨，也太累了。”琪琪说。

很多人都不相信一见钟情，但琪琪对他，真的就是一见钟情啊。第一次见面，看到他走过来的瞬间，她红着脸走了神，对方连说了三遍“你好”，

她才缓过神来。真的是“情不知所起，一往而深”。

从此她把他的微博设成了特别关注，把他的微信置顶，时刻关注他的动态，只为第一个点赞。一条回复评论犹豫好久删来改去，想让自己显得有趣又自然。有时她也发一些仅对对方可见的朋友圈，比如“今天天气这么好，有没有人想一起去看电影”，或者“又胃痛了，好难过”，但是对方几乎从无回应。

那也没关系啊，琪琪还是一样地喜欢他，偶尔没话找话，又不敢过于频繁，或者在节日、生日的零点准时送上祝福，虽然换来的只是一句无关痛痒的谢谢，最多加上一个笑脸的表情。

最亲密的一次，大概就是一起出去玩的时候，另外的朋友在开车，两个人坐在后座上，琪琪假装睡着了，随着拐弯就慢慢靠在了他的肩上。男生没有拒绝，还把身子特意往琪琪的方向靠了靠，琪琪心里暗自偷笑了很久，把那份感觉也记了很久。

其实朋友们慢慢都能看出来琪琪的用心，好像只有那个男生看不出来。毕竟当一个人喜欢另一个人的时候，看向他的每一个眼神都是在表白。他看不出来，只是不想看出来。

这点，琪琪也明白。她知道他心里有一个喜欢的人，就以一个朋友的身份站在他身边。她不说出口，只是怕一旦捅破了那层窗户纸，就只能形同陌路。

“我从未拥有你一秒钟，心里却已经失去你千万次。”琪琪说，遇到这样的感情，当时就觉得，能不能在一起，反倒没那么重要了。重要的是，我余下的日子里，生命中还有没有你。

亦舒在《她的二三事》里写道：如此情深，却难以启齿。原来你若真爱一个人，内心酸涩，反而会说不出话来，甜言蜜语，多数只说给不相干的人听。

暗恋的人左右忐忑，眼里的喜欢从来藏不住，但又不敢向对方吐露自己的心意。一方面盼望对方意识到自己的喜欢，能有所回应，另一方面又怕对方发现这份情感，等来不想要的答案。于是索性收起自己的心事，在他看不到的身边，默默关注着，偶尔装成普通朋友的存在。那种喜欢到发疯，可是却得不到的心情，如此难熬。就像在荒野搜到了信号最强的 wifi，却没有密码连到。

从早安午安到晚安，从日常寒暄到细小关心，那些最平常的点赞、问好，都是一个个不敢露头的心痒。然而被爱的那个人，每一次只有淡淡的回复，若有若无，他能给的那一点点温情，就像玛莎拉蒂的五元代金券，那个大奖你好像触碰得到，但永远都获得不了。

我明白你喝酒宿醉的心事，却不曾拥抱过你。

我知道你右手中指第一个指节的茧子，却不曾牵到过你的手指。

我每分每秒都在思念你也在失去你，却不曾拥有过你。

可是啊，我关于未来的梦里，却全部都有你。每天早上醒来，阳光和你都在，就是我想要的未来。这些，我都不曾告诉你。毕竟，你是我患得患失的梦，而我只是你可有可无的人。

暗恋是很辛苦，却是我唯一能够爱你的方式。

冷暴力是最渣的分手方式

在爱情里，不是只有暧昧、在一起和分开这三种状态，还有一种关系是虽然我们名义上还在一起，但你和我的距离却像隔了十万八千里。你我明明近在咫尺，却好似山远水长，我无法拥抱到你。

前些天我发现闺蜜樱桃有些反常，我写圣诞节那篇甜文，她却单单挑出了其中的一句“落单的恋人最怕过节”来转发，我问何故，她苦笑着说：因为这句才符合我的状态啊。

我一头雾水，樱桃明明是个有男朋友的人啊。

她说已经有一段时间了，明明有男朋友，却过着单身的生活。其实两个人之间什么都没有发生，没有矛盾、没有争吵，突然有一天对方就音讯全无，不发微信、不打电话、不见面，要不是他的朋友圈还如往常更新，简直让人怀疑他出了什么意外。

一边是活跃更新的朋友圈里的笑脸，一边是不会弹出消息的对话框，两个人像是在两个平行世界。

更没想到的是，没过几天男生就被公司外调去往另一座城市，于是他一声招呼也没打，就离开了。当樱桃看到他发出在另一座城市的坐标和状态，彼时人家连房子都收拾好了，于是樱桃的心也彻底就凉了。

其实，男生的冷暴力，只是在逼樱桃主动说分手而已。

毕竟先说出分手的那一方会承受负疚感和道德谴责，没准一不小心就要被骂成渣男，分不好就变成了车祸现场，于是冷暴力就成为了一种惯用分手套路。他要以“不忍伤害你”为由，让你先说出“分手”两个字，于是就能理直气壮地离开你的世界，而毫无罪恶感。

简单来说，冷暴力无道德风险，投资小，收益大，乃居家分手之良品。

但我觉得，这才是最渣的一种分手方式。

最深的伤害，不是直截了当的摊牌，而是我还在心心念念地规划着两个人的未来，你却在含含糊糊地谋划着如何才能妥善离开。

一段关系中，最让人饱受折磨的，也不是分手后的失落黯然，而是分手前你突如其来的态度冷漠，而我却反反复复思量分析到底自己是哪里不对，直到最后还死活不知道是为了什么。

樱桃遇到的这种“化作万年冰山脸，突然失联不见”的招式，是冷暴力里最常见的了。这一招通常很管用，另一方被憋出内伤，在冷暴力里痛不欲生，却看到你像个没事人一样，够不着、骂不了、打不到，也就明白了你的意图。这种情况下任谁也坚持不了太久，不是主动说了分手，就是默默开始了各自生活，分手于无形之中。

但毕竟这种冷暴力太直接了，风险也比较大，弄不好还是会落个渣男的名声，所以还产生了另外一种“温情脉脉式冷暴力分手”，希望大家同样也要擦亮眼睛。

冷暴力分手之招式二：心不在焉，分外客气。

这种冷暴力的分手方式，是他一如既往地出现在你的生活里，还会陪你吃饭、逛街、看电影，但是明显心不在焉，也越来越客气。和你在一起，他总是在盯着手机，不会主动找话题，也懒得接你的话题。你给他倒杯水，他跟你说谢谢，你问他说好的约会怎么取消了，他告诉你实在不好意思，公司那边有点事。他也还是会联系你，只是聊天的内容和相处的模式不再亲密，让你弄不清楚为什么眼前这个曾经最亲密的人突然变得像陌生人一样。

如果你问他到底怎么了，他会一脸无所谓地告诉你：“我没怎么啊，全都是你自己瞎想的。”

慢慢地过了很久女生才会终于明白，眼前的这个人虽然还在身边，但心早已经不在。在尝试N种缓和与解决方式无果后，女生过分心累，最后也只能走到说分手的那天。而他还十分惋惜地表示：我还是爱你的，是你放弃了我们的感情，不是我的问题。

这种“脉脉温情式冷暴力”相对于第一种来说甩锅甩得更漂亮，但对于对方来说因其暧昧难料，便也更拖延折磨。

而它最可怕的地方就在于，会使人产生一种错觉：他还爱我。

因为还抱有希望，而一次次的结果总是令人失望心冷，如此上下落差的反复，简直就像是凌迟酷刑，比起一刀毙命要更使人生不如死、惶惶不可终日。

其实很多情况下，“不爱了”本身算不得什么罪过。恋爱中曾经有过一见钟情，如今不想继续柴米油盐，两个人的不合适有万般原因，考量之下，做出离开的决定也在情理之中，哪怕仅仅是因为不爱了，总好过同床异梦地别扭一辈子。

但是分手时的态度，却至关重要。利落干脆胜于冷暴力千倍万倍。因为离开的痛苦总量是不会变的，但冷暴力的煎熬却是加倍的。

如果走不下去了，两个人大可以开诚布公、平心静气地谈一谈。而用冷暴力把对方逼退，自己卸下责任一身轻的做法，是最没有担当的一种方式。

学会分手比学会恋爱更难，人们在“分别”这件事上很少能够做到正确的方式。好好坐下来将很多事情说清楚，直到分手之际仍能体谅对方的感受，用冷静、公平的方式结束关系，才是合格的爱人和妥善的处理方法，才不枉真心相爱过一场。

就算心中有对不起，也请直面它，承担它，不要让它造成更严重的伤害。而另一方也不要因为不甘心，就将感情变得歇斯底里，将两个人困在牢笼里恶性循环。

分手要体面，无需处心积虑，也请给个磊落直接，这样大家还能好聚好散。

别怕真心话伤人，冷暴力才更伤人。如果有一天你不爱了，请一定直接告诉对方，别以“不忍”为名肆意消磨她对你毫无意义的期盼。

爱与不爱，坦荡一点就够了。

大千世界，都要尽兴，干了这杯酒，就算你先走，我也无需在寒风中瑟瑟发抖。

没什么大不了，我女朋友一哄就好

一

前些天和女友约了个南锣鼓巷的下午茶，出来后因为鼓楼西大街上也有很多小店，就随意逛了逛。进到一家“潮牌店”里，几个男生正聚在一起聚精会神地打游戏。应该是店主和他的朋友们吧，反正见我们两个进门就抬了一下眼，只是正好看到门上方挂着的钟表。

“哎那谁，五点了，你女朋友那儿是不是完事了？”

“哎呀，这才玩儿多长时间啊，没事儿，过一会儿我再去接她。”

“你们不是说好了吗，你就不怕人家生气啊？”

“没事儿，我女朋友好哄，再来一局的。”

说完，几个人又埋着头投入了紧张刺激的游戏，视外界为无物。

我和女友假装看了看东西，一出门就忍不住吐槽：这可是冬天，而此时一个女孩就因为他的男友沉迷于游戏，毫不知情地等在冷风里。可打一盘游戏，我们都知道，至少要半个小时。退一万步讲，就算你此时不想去接人家，找个由头让她自己回家也比让她干等着好啊。

然而很明显，男生连发个微信、打个电话的时间也不愿意“浪费”。最要命的是，他的理由竟然是因为“女朋友好哄”。

可是一个女孩到底是有多喜欢你，才能被你一哄就好啊。

二

的确，有些女孩子在爱情里就是很心软，很好哄。

但这并不意味着，因为我能哄好，你就能对我爱答不理。因为我能哄好，你就能肆无忌惮地不害怕我生气。

生活里，有的时候两个人为一点小事吵架，可能过了那么两分钟，女孩子就已经不那么气了。这时候，只要你只肯拉下脸来哄一哄她：问她想不想吃某个好吃的也好，夸她今天怎么这么美也好，哪怕只是在微信上给她发一个可怜巴巴的表情也好——只要有个示好的态度，再加上两句好听的话，她原本板着的脸就会瞬间软下来，甚至露出还在稍微让自己克制着点的忍俊不禁的坏笑。

而这一切，不是因为你的情商有多高，只是因为她早就做好了原谅你的准备。所以只要你能主动一点，无论是什么姿势什么理由，她都会原谅你。

那些一哄就会好的女孩子其实真的很可爱。她们并不是所谓的“在恋爱时智商为零”，也不是觉得你说的都是对的，她们之所以那么容易被满足，只是因为她爱你而已。

因为爱你，她才想尽快与你和好；因为爱你，她才不忍心看你着急；因为爱你，她才马上铺好台阶、就坡下驴，忙不迭又喜滋滋地原谅你。

这样一哄就好的女孩子明媚如世间瑰宝，她们应该得到应有的理解与善待，应该被值得这一切的人捧在手里尽心呵护，应该被懂得爱的人好好珍惜。

奈何偏偏有人却利用女孩的爱与心软，作为一次次伤害她无视她的理由，因为知道她“一哄就好”，就开始在感情里随意糊弄。

三

我之前有个同事，就叫他 M 吧。有一次我们刚完成一个为期好几个月的项目，一起出去庆祝，玩着玩着就到了半夜。他也没跟女朋友报备，期间他女友打来电话，因为闹哄哄的环境他也没有听见，等他回到家的时候已经是凌晨两点多，没带门禁卡的他还得打电话把熟睡中的女友叫起来开门。

当然一开门，他女友的脸色很不好，虽然没指责他什么，但是也根本没理他，径直就走回房间接着睡去了。他蹑手蹑脚地上床，想抱住女友，又被她挡开。

本来他以为这回玩大了，不知道接连两天要费多大的劲才能把女友哄好，忧心忡忡的他还是给女朋友掖了掖被角，又吻了一下她的脸。没想到，没过一会儿，女友就假借睡意自己翻了过来，还把胳膊搭在了他肩上。

虽然女孩子们总转发那些“如果道歉有用，还要迪奥香奈儿 YSL 兰蔻阿玛尼有什么用”的图片，但其实只要你表现出对她们的一点点在意，根本不用给什么，她们马上也就会回心转意。

然而有了这一次“前车之鉴”后，M 开始把很多事都不放在心上。回家晚了不跟女友说没事，在朋友圈里发和女同事的合影没事，原本订好的电影忘记了时间没事，女友嘱咐了要办的事忘记了没事……反正哄一哄总归都会好的。

后来，在忘记女友生日的第二天，他被分手了。

她爱你，才愿意一次又一次地原谅你。但接受你的“哄”，是接受你的不小心和还在意，而不是为了接受你的不在意，去一次次给你放纵的借口。

那些看起来的“和好如初”，又怎么会真的“如初”，不过是失望和心寒随着次数渐渐累积在心里。因为爱，她可以忍你一次两次乃至九十九次，但到第一百次的时候，她也会突然发现这一切毫无意义。

等到所有刻进骨子里的爱意都被磨光，那个当初你一哄就好的女孩，连哄的机会都不会再给你。

四

如果你的女朋友也是那个很好哄的女孩，那么请一定不要因此得寸进尺地去欺负她。女孩子不是有多好骗，只是你对于她来说很重要。

也希望你不要等到来不及挽回的那一天，才发现她对你来说真的很重要。

请珍惜那个“随便哄哄就会好”的姑娘，她是你一根棒棒糖就能骗来的女孩，却也是十座金山都换不回的人。

你就是这个世界的不可思议

我大概是个很无趣的人了
看书的时候要先看简介，了解人物设定
看电影的时候要先看预告片介绍，知晓故事走向
就连选择一个餐厅，我都要站在店前先把菜单从头翻到尾
总是要通过一些准备工作，来决定是否开始，是否继续
但也有些时刻是例外的
比如连续的高温天气后，今天突如其来的雨，
和那个阳光正好的午后，对我微微一笑的你

想来真的是很奇怪，一切都没有道理
在认识你之前，可乐是可乐，西瓜是西瓜
在认识你之后，可乐是你喜欢的可乐，西瓜是你讨厌的西瓜
世间琐碎都和你有关，或者弯弯绕绕地间接和你发生了关联
吓，这个世界怎么全部突然指向你
所以明明你不在我身边的那些时刻，却到处都充满你的身影

想在你身边久一些，想认识你能早一些
以至于总想做些事情，来弥补之前我没有遇见你的那些天
比如把你的朋友圈和 QQ 空间翻到有记录以来最早的一天
把你喜欢的音乐添加进我的歌单

把你标记出每个“已读”的书籍添加进我的“想要读”序列
想了解你的全部，想和你产生更多的交集，
想在你随口提起什么的时候，
我能表现出很懂的样子，能和你愉快地聊上半天

但是每次出现在你面前，我又笨拙地无所适从
笨拙地想表现出一切都很随意的模样，反而有些遮遮掩掩
记得那天和你一起无所事事地闲逛公园，我们都怀着些许拘谨
但在海盗船上不由得发出呼喊，那片刻的尖叫
掀开了我们真实的一角
我不敢看向坐在身旁的你，但内心却满是欢呼雀跃
我想我的脸一定是红了起来
温度很高，音乐很吵，我的心跳很快
——却不是因为海盗船

那天的阳光真好，就像每一个夏天的明朗，又胜过它们每一天
我还记得你给我拍照时的表情
你跟着音乐敲击木桌的食指关节，你走在我身边时的呼吸频率
你跟我一样努力装作没有尴尬的可爱样子
包括空气的甜度、孩子们的欢笑、气球的五彩斑斓
和我所有迷恋的心情
这些我都从未对你提起
你也不会知道那天我约你出来，仅仅是因为
你在我说梦到喜欢的人时，点了一个赞
你当然更不会知道，我梦到的人，原本就是你

喜欢一个人啊，整个世界都变得温柔起来

因为你就是这个世界的不可思议，改变了这一切的一切

我喜欢这样沉默又喜悦地爱着你

心甘情愿，小心翼翼，又满心欢喜

还是像我以前一样的没有出息

所以我大概还是那个很无趣的人呢

所以我非常抵触改变

那么呀，我就这样一直喜欢你了，可不可以

穷男人会要了你的命

一

粒粒和她的男朋友分手了，周末约上我们几个闺蜜一起“一杯红酒小龙虾”。

“你知道他是怎么和他朋友说我的吗？说我物质、拜金，和他分手就是嫌弃他穷！我就呵呵了，我是跟你要迪奥了还是跟你要香奈儿了？老娘要是嫌弃你穷，还陪你一起消耗那么多大好时光干吗！关键是，他让我觉得他这辈子就这样了啊！”

粒粒醉醺醺的一句话，说出了无数女孩子的心声。

说实话，她男朋友是真的穷。粒粒刚认识他的时候，他在北京拿着一份月薪 5000 的工资，没房没车没存款，粒粒选择和他在一起不是不知道他的经济情况，但也并没有嫌弃他，只是抱着日后两个人一起努力会越过越好的心态希望能和他共同打拼。所以两个人在一起的时候，房租和生活费用也都是共同承担的，以男友的经济水平，粒粒也从没让他买过什么贵一点的东西。

可是两年过去了，粒粒的工资都翻了一番，凭借自身的努力也攒下了一点钱，但他男朋友呢，每天拖拖拉拉地过着，依然是月薪 5000。

“我也不是嫌贫爱富，也不是因为自己好了一点就甩了他，我受不了的是，在我为我们的未来努力拼搏、多多积攒的同时，他永远是一副懒散的无动于衷的样子。我真的看不到未来。”

其实不用粒粒说，我也能理解她。粒粒一直是个很上进的女孩，工作加班勤勤恳恳，经常能在朋友圈里看到她凌晨两点的照片；好不容易和我们闺蜜一起出来吃个饭，都随身背着个笔记本电脑待命，以防项目上有什么需要临时更改的细节；偶尔在一个项目和新项目中间比较空闲的间歇，她还会接揽一些私活来挣外快。

相比较之下，她的男朋友真的是很不争气了。据粒粒说，每天他六点就下班回家，但在家里的时候不是在刷八卦、抖音，就是在看电影、打游戏，周末的时候更是什么都不做，一觉就能睡个天昏地暗。可想而知，他在上班的时候又是怎样在混生活。

“我说让他做点有用的事情，结果你猜他怎么说，他竟然问我，‘你说那我做点什么呢？’”

粒粒说着翻了个白眼，然后又长长地叹了一口气：“有时候我就忍不住为这种现状焦虑，想跟他沟通一下，他又一声不吭。结果我翻来覆去也睡不着觉，可是一回头，发现人家已经沉沉地进入梦乡。那时候我就觉得，真的是没指望了。”

二

有这么一种歪理：在感情关系里，一旦因为钱而出现了问题，那就是女方的错，是那个女孩爱慕虚荣、物质自私，应该被鄙视。

但其实大多数女孩们真的并不虚荣，像粒粒这样的女孩，和男朋友在一起的时候当然也没指望过什么名贵的礼物、奢华的旅行、跑车包包大房子，而是抱着和他共同承担的心态。当初能和“穷男孩”在一起恋爱，也是因为真的喜欢。

她愿意和你一起奋斗，想看到两个人为未来共同打拼下一个小家，起码，双方都努力的话，未来总是可期的。但就是有些男孩子，把她们那一点点的希望都磨灭了。

说到底，女孩们嫌弃的不是穷，而是不上进，是对方消极懒惰的态度，让未来一点希望都没有。

他说他会努力的，但始终只是嘴上说说；他承诺要给你更好的生活，但实际上为更好的生活一点点积攒的只有你自己；他或许也不是不舍得为你花钱，但是你看着他用信用卡和蚂蚁花呗给你买来的东西，真的是一点也高兴不起来。

在一次次忍耐和无奈后，恨铁不成钢的你终于无法忍受，也不想再拖延下去，才选择的放手，到头来却还要被对方骂作虚荣，就连我一个看客都忍不住为粒粒打抱不平。

“我觉得他就是对自己太好了”，粒粒说：“舍不得努力，舍不得辛苦，日常工作得过且过，对自己没有计划也没有要求。挣得不多又怕累，上班嫌弃公交麻烦还非要开共享汽车，钱不够了就透支信用卡。照这个样子下去，恐怕再过八百年我们也没有资本结婚。”

你看，她明明是想和你走到最后的。只是你自己逼得她不得不放手。

当和一个不上进的男朋友在一起时，女孩子真的是很累的：未来无法托付，只能自己拼尽全力；也无法像别的情侣一样共同加油打气，深夜里所有的压力和艰难只有自己负担；明明两个人在一起可以多一股力，到头来却只是多一份无奈和不甘；甚至一旦结婚，没准你还要帮他还卡债。

一个人可以什么都没有，但起码要有上进心和责任心，要有两个人用自己的双手去创造未来的决心和能力，可是在这样的恋爱里，走得越久你也就越怀疑。

你既不知道还能和他走多远，也不知道该如何让他上进，你苦口婆心地讲了八百遍，鸡汤也发了，职场文也给他看了，甚至连行业技术都搜集来送到他手边，可无论你如何出兵，他自岿然不动，没有一点点改观。

这样的两个人，又怎么能走到一起？

三

穷一时并不可怕，可怕的是，他没有一点责任感和担当，没有丝毫的进取心，也没有为你、为自己、为两个人的未来做出过一点努力。

女孩子也不是图对方大富大贵，但总要看到日子是有希望、有奔头和有动力的。她尚在为未来而努力着，你又凭什么要她承担你的懒散、被你拉下泥潭去到婚姻里吃苦？

所以，遇到一个不上进的男朋友该怎么办？

客观来说，只有三条路可选：一，干脆利落地分手。二，激励、促进他变成一个积极向上的人，你们依然可以一起努力。三，你自己变得非常强大有钱，可以养活两个人（和两个家庭），怀着对他的深爱，包容他所有的缺点。

但从主观来说，恕我直言，恐怕只有第一条最现实。第三条且不论可行性有多么低，我是没有那个信心，也没有那么圣母，更不会爱上一个自己都看不起的人。但如果你真的还放不下眼前人，又不想给自己找个累赘，第二条尚可一试。只是所谓江山易改本性难移，你也要做好希望破灭的准备。所以在践行这一条时，你最好给男友一个时间限制，让他做出改变。至于这个时间，你自己来决定——不是过了这个时间你就嫁不出去了，而是他不值得。一个真正爱你的人，不会对你们的未来没有一点打算，更绝不会看你一个人忙碌辛苦，自己却懒洋洋地摊手摊脚置之不理。

所以如果有一天你们还是因此而分手了，不要怕道德绑架，也无需责怪自己，不是你虚荣势力，也不是你放弃了他，而是他先放弃了自己。

如果不偏离轨道，我们又怎能坠入爱河

“一夜透雨，寒意沁胸，我秋天了。”

清晨醒来，因为雨天的缘故，更觉安静。走到客厅，空空荡荡，天空阴沉苍白。喝了杯水，觉得雨天的北京，就像没有北京一样。雨声渗出静寂，一种灰色的单调在我凝视的街道逐渐蔓延开来。我半睡半醒，倚窗而站，垂落的雨线闪闪发亮，用一种线条晃动着灰暗而寒凉的空气。

在这样的天气里，人不免孤单落寞，我想起从前自己写过很多关于一个人的文章，比如《半夏生》。

一个人久了，日子就有一种属于自己的节奏，一呼一吸，都格外清晰，很多感受也凸显出来，也就慢慢咀嚼出个中滋味。在写下那些文章的同时，我一边觉得，真是寂寞啊，同时又不禁感觉，好像一个人也没什么不可以。好像就可以这样下去，缓慢地安排自己的生活，读书，写作，健身，工作，摆弄些花花草草，把寂静的日子过成一首诗。任由自己一个人，温暖或悲凉。

下楼去买夜宵的时候，我拎着两袋垃圾，下了电梯，打开楼门，突然想起来自己没有带门卡，于是我就那么尴尬地推着门想了一会儿，是直接出去，还是反身上楼。然后意识到，已经这么晚了，如果没有其他人进楼，我就会一晚都被关在门外，因为纵使楼下有呼叫器，上面也没有一个可以呼叫的人。于是我只好又拎着垃圾上楼，重新下来，走在冷风中，去 24 小时便利店买可加热的盒饭。那时我想，如果这个城市没有 24 小时超市，多少孤独的人会无所适从。

单身久了，会被孤独同化的。

孤独如此恒常，好像，对于爱情，也不再有什么期待，心，也就麻木起来，不过有时对着屏幕里的爱情故事感动落泪罢了，然而自己，却好像怎么也遇不到那个应该来的，对的人。

朋友圈里，越来越多的人结婚了。有些人，我认识他的时候，连男女朋友都没有，而彼时尚且称自己为单身狗的他们，如今，有些孩子都挺大了。事情迅速得简直让我措手不及。

前两天，有个姑娘跟我说，现在家里都在催婚，很苦恼。我问，你现在多大了？她说，24 岁。我笑了笑，回复道，24 岁好像是不用着急的年龄吧。她说，我们这边都早，所以压力比较大。

环境，确实给我们不同的感受。我认为这个年龄不用着急，是因为我身边大把都是在这个年龄，单着的姑娘。大家忙于工作、娱乐、社交，至少看起来都挺好的，好像每个人都像文章里说的一样清醒自觉，认为二十多岁最重要的是提升自己，而单身，是最好的升值期。

当然没错。但是，真的在每一个时刻大家都是这么觉得的吗？还是像我，既自我满足，又不免落寞。

当人没有遇到那个所谓合适的人，单身是一种自然。可一个人太久，好像就不会爱了，就本能地会对他人投来的好感提防、抗拒，在自己的心房外面筑起一道高墙。本能地退回来，退到自己那个节奏稳定的小世界里，觉得这里的空气不用与人分享，就免了许多麻烦，就不会再受伤。当你的安全感都来自自己内心的重重盔甲和银行账户，所有试图走进你内心的人，都好像成为侵略者，而你把这种百毒不侵，视作一种骄傲。

这样的你，早已熬过了失恋和单身最艰难的时候，就变得不再想去寻找依靠，好像多一个人就是一种负累。

想想身边那些年过三十的“大龄单身女青年”，她们每一个，都很优秀。

加班起来，不知疲累，走得比男同事还晚，行事干脆利落，好像从来不需要人照顾。她们似乎在用自己的表情、动作、处事风格，甚至笔挺的衣角，来告诉别人，别靠近我。就算有那么一个人，想去走近，让你卸下独立支撑的坚强和防备，也都被生冷挡回，根本不给任何人机会。然后，回到一个人的公寓，摸索门廊的灯，瘫到沙发上，脱掉高跟鞋，在寂静无声中，轻揉自己早已生疼的脚踝。

一个姑娘跟我说，每次只有来大姨妈的时候，才觉得希望有一个人能递一杯热水，而每次也只有那个时候，才觉得自己是女人。但平常呢，天一亮，她就又变成那个刀枪不入的女战士，带着强硬而生冷的气场，拒人于千里之外。

你太习惯了一个人，害怕另一个的人的出现打破这种平静、影响你的生活，害怕如果他不是那个对的人，害怕你的付出不过又是无谓的牺牲，害怕伤害和得到后的落寞，害怕竹篮打水一场空，所以你嘲笑爱情的肤浅，从开始就直接选择了结束。

因为，你早已把爱的人全都替换成了你自己。

这样的你，就算爱情来敲门，也都被重重地关在门外。

而我，问了一个看似很快恋爱结婚的姑娘。她说，一个人的时候，对自己很好。遇到他以后，是多一个人对自己好。他对我是真心实意，我也真心实意地待他，于是，就是相互的这个人了。

听她这简单的三言两语，看着她脸上同样简单的笑容，我不禁想起一句话：天真的人容易爱。

然而，两年前她失恋的那个夏天，也曾是个说出“不会再爱了”的姑娘。后来，她遇到了很多人，失望过，放弃过，决定就此“孤独终老”的念头出现在每一个让她冷笑过的时刻。但最终，还是为这个“对自己好”的人，重新打开了心扉。

谁没受过伤呢？又有谁，没遇见过几个让人失望而陡生荒凉的“人渣”呢？但你不能就此封闭自己，不再给自己一个幸福的可能。

如果你正在一个人奋斗，行走在沥沥风中，尚没有遇到那个对的人，好姑娘，请你坚强地走下去，不为亲戚的劝说、年龄的压力、孤身的不安全感所妥协，不为除了爱以外的，任何理由而屈就。继续修炼自己，做独立而不断完善自我的完美姑娘。但同时，也请你面带笑容、打开心扉，去接受这个世界的温暖和爱意，给那个正在向你走来的人，一个走进你的世界的机会。

我相信，那个温暖如歌的你，终会遇到一个人，那个会每天早上吻你起床，为你准备好油条豆浆，在你回家时给你一个拥抱，在天冷时为你打水泡脚的那个人。你知道，清晨醒来阳光和他都在，就是每一天，你简单美好的未来。

不要因为习惯了自己的运行轨道，就拒绝另一颗小行星的出现。

如果不偏离轨道，我们又怎能坠入爱河。

不论经过多少磨难，希望你依然能葆有一颗柔软的心，而当你们的光芒交相辉映，一整个银河系，都因而夺目闪耀。

如果不是真心，请别对我太好

深夜翻朋友圈的时候，看到表妹发的状态：“没想到这场感情来得也快，去得也快，我以为你的出现是我生命里的光，未曾想到却只是一刹那的烟火。”

我想回复点什么，说了两句，又都删掉，在手机的这头轻轻叹了一口气。

我们都会遇到这样的感情吧，它绽放的瞬间那么灿烂夺目，照亮了你平淡无奇的生活，你满怀憧憬与欣喜，也充满勇气的灼热，突然发现原来自己还可以有这么多的激情。然后烟花熄灭了，夜晚空寂了，刚刚发生过的那个瞬间，宛如一场幻觉。到头来，只剩你一个人，在燃尽的火堆边还试图靠着它的余温取暖。

可是啊，你守着的只是越来越孤寂的寒凉。

擦光所有火柴难令气氛像从前闪耀，至少感激当日陪着我开甜蜜的玩笑。

还在上大学的表妹，她的前任，是她的学长。那是一个身材瘦削、长相俊朗的男孩子，又是学院的学生会主席，善于社交、人缘极好，可以算是学院里的风云人物了。

表妹性格羞涩，却偏偏喜欢上这个开朗明媚的大男孩，在她的眼里他就像是一轮太阳，在他身边的人都会不自禁地被他的光和热感染。

认识他的时候，聚会吃饭时他会关心她的口味，把她爱的菜一次次夹到她的盘子里，回寝室时，他会把她送到宿舍楼下，还贴心地送上一个暖手宝。很多很多的小细节，表妹都默默地记在心里，保存着那份感动。而令她最为受宠若惊的是，没过多久，大家去 KTV 时，男孩便当着朋友们的面对她表白，还唱了一首《今天你要嫁给我》。

这段感情可以说是有一个非常完美的开场了，简直是校园版的“霸道总裁爱上我”。一方面是自己爱慕着的人，一方面又面对如此温暖贴心的攻势，哪个女孩子能招架得住，表妹当即红着脸缴械投降。

在一起的时候，男生约表妹去喝咖啡，知道她胃不好后又立刻换成热牛奶，并匆匆去联系室友拿胃药。他教她打王者，在游戏里对她妥善保护，当她被队友骂了也会全力维护。出门逛街路过装修门面的地段，他也会马上用双手捂住她的耳朵，护着她往前走……

这过程多甜多美啊，就像一个独自在冰天雪地里漂泊很久的人，突然被邀请进一个暖融融的房间，冲到一个热水澡。于是你满怀憧憬、卸下所有的防备，不再仗剑独行，只想和他就这样一直一起走下去。哪想到就在突然的某一天，他杀给你一个措手不及。

那天表妹正上着课，和他聊着微信。突然，对方问道：你觉得我们合适吗？

表妹慌了，毫无防备的她，完全不明白男友怎么会问这种话。下了课，她急忙给男生打电话，匆匆找到他，可他就站在她的对面，却完全没有一点想要安慰她哪怕靠近她的意思。

表妹的眼泪瞬间掉了下来：“你为什么会问我那种话？”

男生也没有提到“分手”两个字，但是直接说：“对不起，都是我不对。但我想我们也许真的不合适。”

其实如果没人对你嘘寒问暖，你也可以抵御严寒；如果没人给你许下过“执子之手与子偕老”的诺言，你也可以一个人孤独终老；如果没有人照顾你的疼痛，你也可以打掉牙齿往肚子里咽。

一切的一切，原本你一个人都可以。

最可怕的是，有人突然闯入你的世界，用他的满腔柔情宠着你，无微不至地呵护你。他看起来如此情真意切，在耳边轻声告诉你，此后余生的风雪都将由他来为你挡。等到你热泪盈眶、丢盔卸甲、形成依赖的时候，一回头，却发现他早已经转身不见。

没过多久，那个男孩又交往了表妹同级的另一个女孩。抬头不见低头见的表妹，这时才尴尬地发现，原来在这段感情里，竟然一直是自己在自作多情。

他给你到楼下送早餐，是因为他觉得身为一个男朋友应该那样做；过马路时他走在车流多的那一边，是因为他从无数前任那里学到的经验；晚上出门他会给你带上外套，也就可以复制粘贴到另一个人的身上。

原来他对你的好，都不是爱。

原来对他来说，只是他刚好寂寞时，你恰好地出现。

他只是把你当成那一段时间的陪伴，但你却天真地以为遇见了你的全世界。

这年头，男孩子撩你也不能代表他喜欢你，说了喜欢你，也不代表只喜欢你。对于一个撩妹高手来说，说女生爱听的情话，做女生喜欢的事情，简直太容易了，但那些只是他屡试不爽的小把戏，而你从来不是他的唯一。到最后你才发现他只是虚情假意，而你却错付真心。

曾经的情话越好听，如今回想起来也就越讽刺。

我们都希望谈一场能够从一而终的恋爱，就算那很难，就算结局最后并不美满，至少在一起的时候双方都曾真心相待。

但这样撩完就跑的套路式恋爱，让我们难受的不只是结局的输赢，而是直到最后才发现，这场比赛里，只有我自己。我用尽真心与全力，可原来你在起点就早早准备好了转身说分离。

你总是一不小心，而我却走了心。

你只是学到一身的把妹伎俩，而我却被那些揉碎在细节里的感动所套牢。

后来，你离开了，丢下不知所措的我。以前我也是个单枪匹马的女英雄，可是遇见了你，我卸掉了全身的盔甲。如今，没有了盔甲的我，又被你刺得遍体鳞伤。

请别用我的真感情，去为你的无聊买单了。如果不是真心，就别对我太好，免得我以身相许，到头来你又不要。

若非离开你，怎知深爱你

前两天去参加了一个哥哥的婚礼，像所有的婚礼一样，一对新人满脸洋溢着幸福的光彩，那种自内而外的幸福感挡也挡不住，光芒盖住了现场所有耀眼的华丽吊灯，而这也许正是任何新娘在婚礼当天都格外美丽夺目的原因。不同的是，当司仪问到他们相互有什么话要交付对方时，两个人都不约而同地说起，在一起恋爱的四年时光里，实际大多都是分隔两地，要么是异国，要么是异地，一路走来非常不容易，感谢对方一直以来的坚定，让他们今天终于走在一起。

说出来的虽然只是寥寥几句话，但可想而知其中的思念与艰辛。但恰恰也正是因为这长久异地时光里的坚持，让他们更加确定了，这份感情的坚韧与值得，更加确定了，对方就是自己要找的那个人，无疑。

这让我想起，有一次一个朋友失恋，他失落地说，异地恋，还能怎么样，从我离开家乡来到北京的那一天起，就应该知道是这个结局。而我迅速地回复：才不是。想了想，我将一句法国的名言发送给他："距离对于爱情，就像风对于火。它吹熄那些柔弱的，助燃那些强烈的。"

其实打败爱情的，通常不是那些显而易见的考验，当我们面对一个重大的困难时，反倒更容易做出选择和坚持，偏偏是那些日久天长的生活细节，更加考验人心。

所以，对待异地恋，无需像对待洪水猛兽，无需摆出一副英勇就义的姿态，只要用真心耐心去维护，且让爱情，细水长流。

如果你走过一段异地恋情，你当然深知那一寸一寸的思念。

在你每个忙碌的间隙，在你听到他的声音、看到他的视频，却无法拥抱的时刻，在夜深人静你孤身一人的房间，或者每每看到别人成双成对而你只能一个人落寞的时候，以及那么多，你想，如果他在就好了的一个个瞬间。

你当然可以，可以一个人回家，一个人吃饭，一个人看电影，一个人打扫空荡荡的房间，就连你曾经最怕的虫子，因为没有那么一个人在身边，你都不再尖叫，而是犹豫一下，就咬牙结果了它。因为一切只有你自己，别无他法。在身边的女孩子连矿泉水瓶盖都再也拧不开了的时候，你学会了自己组装柜子、换卸仪器，生生练就成了一个刚强独立的女汉子。可是，当他的电话再打来的时候，你的心就又软了下来，就重新变成一个柔软的女生，变成他需要呵护的人。

这样的时光，虽然酸涩，可是回首看去，又怎么能说，那些相恋的日子，哪段更甜蜜，哪段更苦涩？那些点点滴滴的日子，一步一步相互承诺相互等待的岁月，终于让你们成长为坚定守望的彼此，谁会质疑这些过往的意义？

等待，信念，和执着，只是让对方在你心里的砝码，越来越重了。

也许两个人在一起的时时刻刻还不觉得什么，而一旦其中一个人离开，突如其来的那份空落落，那少了一个人的位置，少了的话语笑容、关怀备至，让你突然明白，原来他早已在你的生活中如此重要。

当一个个阴雨连绵的夜晚，你枕着落寞的风声，体会到思念如此沉重。

说了一遍又一遍的晚安，却根本睡不着。你说，我想你。对方也不过只能回复一句，我也想你。你盯着黑洞洞的天花板，想着，晚什么安，没有你的日子，我根本无法入睡。这漫长的分开时日中的独力支撑，有时你也会想，为什么一定要这样，这又和一个人有什么区别。是的，惆怅和怀疑当然会有，隔着遥远的距离，无所依傍，你们也会争吵、沉默、流泪、叹息，怀疑承诺和未来。但是即使不是异地恋，这些都一样不能幸免。而当所有的走过，回头看去，也许你都已经忘记那些争吵与困顿的原因始末，那些曾经的风浪，竟都被时间推移成无足轻重的小事。

我有一个非常好的朋友，因为读大学的原因，开始与男友异地。两人平时的交流也并不算多，说实话身边的人，包括我在内，都以为这段恋情会随着这样持久的相隔而无疾而终。有一次我们一起蹲在阳台抽烟，我问起她，她也不过淡淡地说，不知道，看命运的安排吧。那表情看起来那么云淡风轻。可是呢，事情的发展却一点都不云淡风轻，感情里，谁都没有自己认为的那么潇洒。

在一个个怀疑没有未来的时刻，她一次次提过分手，然后一次次打脸，因为不舍而和好。直到有一次，她喝了很多酒，醉醺醺地说，这次是真的，不能再这么闹下去了，我想留在北京，而他又必须继承家庭产业，根本没有结果的，我不会再和他好了。

这次她真的是认真的。

后来，他们许久都没有见，没有电话，没有联系，干净利落，不再纠缠。直到有一天，她遇到很麻烦的事情，心情特别差，发了条朋友圈，过了一会儿，对方打来电话，说你怎么了，别哭啊，不管怎么样我都在你身边。她哭着说，可是我都见不到你啊。第二天，当她还郁郁寡欢的时候，他又打来电话："我给你寄了个快递，送你的礼物，希望你心情能好一些。"等她走到快递点东张西望的时候，却穿过收快递晃动的人群，看到他笑着站在那里。

她说当她看到他的那一刹那，所有曾经的担心和迟疑好像都不算数了。

但是，你知道，感情是这样，现实却是那样，现实根本就没有变。后来，毕业后，她还是留在了北京，他也还是留在家乡，就这样又僵持了两年。

她重复她的理想，后来他终于说，之前都是没办法，你等我把这边的事情都稳定下来，再等等我，我一定会来找你。可是她想，已经等了这么久，“一定”却不知道什么时候才来。同时，她隔一段时间就能收到他寄来的家乡美味，全部都是她爱吃的。

又过了一段时间，她工作繁重，压力很大，下班的路上一个人站在夜色里非常茫然，而他这时给她打来电话，原来是正在她家里看望她的父母，又让她与父母通了话，最后，他哑哑地说，我看天气预报，北京要刮大风了，你多添点衣服，我不在，你要照顾好自己。最多一年，我肯定就来了，对不起，你再坚持一下好不好？

挂了那通电话，她泣不成声，回到与人合租的窄小卧室，百感交集。第二天，她收拾了自己所有的东西去物流公司托运，然后一张机票飞了回去。过几天，我就在朋友圈里看到他们一同在厨房里忙碌的照片，和一起开心出游的灿烂笑容。当然，她的工作在回到家乡后也并不逊色，毕竟也是一座大城市，有合适的项目，并且多了享受生活的闲暇时间，和爱自己的人。

后来，她承认，当初的固执，理想虽是一方面，也是因为在和对方较量。她觉得只有当他来到她的城市，他才是真的爱她，而一直忽视了，其实他始终在努力，努力有一个更好的基础和资本来爱她，其实他的爱一直在身边。如果以同样的价值考量，那么为什么她不能去找他，迈出这至关重要的一步呢？

现实当然需要考量，它让我们更切实际地规划怎样才能走到一起、走得更好。但爱情，毕竟不是较量。不要因为害怕自己的付出更多，而错过了弥足珍贵的爱情。

究其根本，异地恋和世间千千万万种爱情别无二致，它诚挚狂热、困顿游移、冲突矛盾、包容退让。纵使不会顺风顺水，也不如失败者描述得危言耸听。只有经受得起阴阳晴雨、患难喜乐、等待与曲折，才能成就这份感情中的自己，和那个你想要白头到老的人，迎来一个美满的结局。

爱是，无论你走到哪里，爱你的人始终会站在原地等你。无论靠近，或仍然远离，心始终都在一起，纵使生活中发生大大小小的波折，都怀有共同面对的勇气。

勇敢些，去坚持你们的爱情。

勇敢些，去主动向对方迈进。

等到最后，所有当初的前路险阻，不过成为你们相爱那漫长时光里的稍纵即逝，一切守得云开见月明，也终于不辜负这一路水远山长。

是你填满我消耗殆尽后空荡荡的心

在很长一段时间内，蓝莓小姐都是那个游戏人间不相信爱情的姑娘。大概也不是她不想相信，是没有相信的理由。因为认认真真地爱过，而那份感情却渐渐变成一地鸡毛，直至鱼死网破。因为曾经被认认真真地爱过，所以对那些掺了水的感情和游戏间的虚情假意，多少提不起劲，脸上挂着笑，心里却是冷笑着冷眼旁观，对那些男人的话语嗤之以鼻。

后来她频繁地出现在酒吧夜场，周旋在各路萍水相逢之间，满脸的无所谓和放荡不羁，从此眼波流转间只有风情再无真心。

一次夜半，我和她从闹哄哄的酒吧出来，蹲在门外点上根烟。一片沉默。然后蓝莓说，你说这个世界上是不是他妈的没有爱了。我明白她说的是什么：他们都在她身边游离转圜，甜言蜜语推杯换盏，但不过是逢场作戏的娱乐刺激，哪怕多接触几天也只不过互较段位而已，却没有人真的想给她一个家。

我说，蓝莓，现在的你自己又如何像一个爱得起的姑娘？如今你这副样貌，真心都只会绕着你远远地躲开。

蓝莓从鼻子里轻轻哼了一声，不置可否。凌晨三点多到家，关机前看到她发的朋友圈：就这样，我变成了荒凉的景象，变成了无所谓的模样。

年少时，她把真心献给了爱情。后来爱情死了，真心替她抵了命。

从此蓝莓小姐的心就是一个黑洞，她始终带着那颗窟窿游离晃荡着，怎么都填不满。她希望能撞上一颗喂饱它的心，可谁知却只是让血越来越凉。后来她习惯了做一个没有心的人，不动声色，全无喜悲，觉得也挺好。至少不会再受伤。

有一次我在她家里留宿，看到沙发上的一只玩偶兔子，身上画满仙人掌。我说你这个兔子有些奇怪啊。她冷冷地扫了一眼，然后说，是啊，仙人掌兔子嘛。有那么两秒钟她没说话，然后突然开口：“它的意思就是，如果我不拥抱你的话，就会感到寒冷。可如果我拥抱你的话，就会受伤。”

又是一片沉默。

其实蓝莓自己也已经越来越像一只仙人掌。她恨他，但最后却变成了和他一样的人，自私自利，表面永远冷漠而平淡不惊。她在自己的四周筑起高墙，这防御工事阻挡叛乱的天气，任何造反的男人都不能以语言、威胁或爱来攻破它。

他对她的亏欠，她让别人还了。她残忍地一次次刺伤别人，却没有得到一丝丝幸福。每一局的较量都那么咬牙切齿、剑拔弩张、杀敌一千自损八百，还要说自己毫不在意。

明明心里也羡慕着那些被好好爱着的女孩，可自己无论如何，也爱不起来了。

所以当前些天蓝莓小姐告诉我她重新去爱的时候，我难以置信。因为我始终记得对于爱情她含嘲带笑的表情。记得她的满目荒凉。记得她看着那些男人时，仿佛他们对于她是透明的——她笔直地看透了他们，一望无际，几千里地没有人烟——她眼睛里就是那样一种荒漠的神气。

现在，她说，我想和他在一起。

原来命运真的会有这样的馈赠，当你用冷漠的瞳孔洞穿了整个城市的荒凉之时，却有一个人慢慢地向你走来。虽然这时间可能长久，但你要相信，他会用他的体温温暖你，不离不弃地融化你。

“你知道什么才是真正的少女心吗”，蓝莓小姐说：“我突然明白，少女心不是粉红色，不是蝴蝶结，不是 HELLO KITTY，不是五颜六色的梦幻泡泡。这些全都不是。而是相信真爱。”

没有爱谁都不会死。但有了爱，她才真的活过来。

蓝莓说，不是没有犹豫过、怀疑过、质问过。不仅是对他，更多是对自己。

她反反复复地听着哥哥的《有心人》：但愿我可以没成长，完全凭直觉觅对象，模糊地迷恋你一场。

“人长大了，想得太多，就容易离幸福越远。有些时候，恰恰需要最单纯的直觉和勇气。人生可贵，真正的动心能有几次，爱情是那么难遇到的东西。”蓝莓说。

单纯和相信爱没有什么了不起。真正了不起的是，在经历了白云苍狗之后依然选择单纯和相信爱的人。没有人知道爱是什么。但对此时此刻的蓝莓来说，爱就是脱掉自己的壳，丢盔卸甲，站在他的面前，抛弃自己所有的强硬和成见，只想跟他在一起。

原本信誓旦旦地说自己绝对不会做的事情，但她做了。

原本觉得幼稚肤浅不现实的种种，如今成为最温情的部分。

因为原本以为自己再也不会遇见那样一个人，再也不会打开心扉，但她遇见了。

所以啊，就让那些条条框框七嘴八舌都去他妈的吧。

其实最可怕的不是别人的嘴里你有多么冷漠多么虚荣或者多么浪荡，而是你寒冷麻木无知无觉的心，让你再也学不会如何去爱一个人。

习惯了步步为营逢场作戏，就同时会习惯质疑别人的真心。

而最可悲的，不是你没有遇见那个彼此真心相爱的人。而是你遇见了，却因为你的怀疑、你的犹豫、你的胆怯、你对爱情的不屑，最终把他弄丢了。

就好像壁虎的逃生本能，遇到危险时，绝不费力纠缠，马上断尾逃走。

但相信爱，就是那尾巴重新生长出来的过程。

我们都会有对爱情不抱希望的一段日子，不相信爱，不相信别人，不相信自己。这段日子甚至也许很长，但真的会有一个人，他与其他人都不一样，直冲冲撞进你的心扉，让你重新相信爱情本来的样貌。

“这么多年我一个人一直在走，走过了人性背后的白云苍狗。”

但，是你，迎面走来，填满了我消耗殆尽后空空荡荡的心。

说爱你的人有很多，懂你的人最难得

一

前天发出了文章《请给 90 后喘息的空间》后，半夜有个朋友小窗私信我说：“笑嫣，此时此刻我刚刚加完班，坐在出租车上看过了你的文章，顿时不禁泪目。但让我流泪的不是生活的苦，而是想到这些日子的前前后后，真的很委屈。因为你的累，就连你身边最亲近的那个人都不会懂。”

她说，男朋友的工作和自己不在一个领域，每次她试图跟男友吐槽一下、倒倒苦水，男友不是觉得她太矫情，就是认为是她的工作方法出了问题，总要居高临下地对她的工作和态度进行“指导”，却永远也不能体会到她的疲惫。

“久而久之，这些事情我也就不再试图和他说了，反正说了他也不会懂，只是加重我的不耐烦和心累而已。你说这个世界上，是不是真的就没有什么感同身受？”

“有啊，当然有的”，我说：“我懂你。”

其实很多女孩子都会遇到这样的问题：我们牢骚一下、抱怨一下，只是因为你是我身边的那个人，只是因为我觉得你可以无条件站在我的立场上。我们需要的不是什么冷冰冰的人生指导，那些十万个为什么都解决不了的问题，其实只要你能温柔地给予安慰，或者是给我一个抱抱就很好。

我想，朋友夜半的泪水，不仅是因为累，而且更是因为“无人能懂”

的那份孤独。

尤其是在深夜加班过后，在出租车划过城市萧条的灯火之后，那份孤独又在一片安静中被放大、清晰起来。

平日里再要强的人总有心理防线被击溃的一刻，但她终归却无人可诉。

二

虽然日光之下我们都是坚强爱笑的姑娘，但谁又没有点阴郁的小心思需要出口和分享。

这世上多的是无法言说的苦楚，但最苦就是胸口的雷霆万钧，等到了嘴里就只剩下无所谓的云淡风轻。

而我们想要的亲密关系，无非是有人理解你的喜怒哀乐，陪你分享生活中所有的酸甜悲苦。在那个人面前，你可以毫无掩饰，不必再做一个坚强和正确的大人，可以放下所有，轻轻松松地嬉笑怒骂，能够把所有的情绪毫无顾忌地表现出来，只要成为自己就是他喜欢的样子。

编剧廖一梅有一句话我最喜欢："这世上，遇到爱，遇到性，都不稀罕。稀罕的是遇到了解。"

真的，可能这一辈子说爱你的人会有很多，但懂你的人才最难得。

记得之前有个宝妈也跟我谈起过她的心累，说老公婚后愈发什么都不管，她一边工作，一边打理家务、照顾孩子。其实有了家庭以后，累都会累的，但最令她寒心的是，老公觉得这一些都是她理所应当。

听过之后，我也觉得脊梁骨一阵发凉。莫说如此沉重的人生负担，就说日常生活中种种小事的不理解，都够使人不愉快了。

你喜欢在周末的午后出门买一束鲜花将家里照亮，可他说花开两天就会败多浪费钱；你喜欢用有品质的化妆品将自己打扮得精致漂亮，可他说你浓妆艳抹是要给谁看；你看到朋友做微商、代购赚到盆满钵满也想尝试，可他说你浪费时间精力还不够丢脸……

遇到一个能够理解你、懂你的人，看似是亲密关系中最低的要求，其实是一道最重要的门槛。这个懂，除了能够看到你的种种闪光点并发自内心地欣赏你，还要包括理解你的软弱、付出、疲累、生活方式以及小脾气。

你们可以拥有不同的性格和喜好，但要能够容纳和接受对方，欣赏对方，而不是一味试图纠正和改造对方，甚至对另一方的生活去横加种种指责，或者摆出一副嫌弃和无所谓的态度。

三

正因为懂得太难得，所以我们积攒了很多无法说出口的委屈。于是我们遇到再大的事都自己扛，一直以来也不过是忍忍就过去了。

但一旦那种时候，当你听到身边的人说出一句安慰的话，表现出他们的懂得，就又会瞬间完败，没出息地掉下泪来。

其实若不是身后空无一人，谁又愿意假装坚强？就算再逞强的姑娘，也希望有人能懂、有机会能柔弱。

而最孤独不过是，明明在谈着恋爱，两个人却好像隔得很远，想要表达的言语和实际接收到的信号永远不在一个频率。

你跟自己说，他是因为太忙了所以才忽略你的感受，是因为性格使然才体察不到你的情绪变化，是因为在一起时间还不够长才不懂得你的需要，却始终不肯承认，你之所以无法从这段关系中获得安全感，只是因为，他其实从未真的懂过你。

我想，一个懂你的人，不仅仅是了解你的生活习惯和脾性，也不仅仅是记得你的喜好和讳忌，最重要的是：当你处在不同心情下的不同需求时，他能适时地给你陪伴和帮助，能够懂得你的言外之意和吞吞吐吐的欲言又止，这才是他愿意和你共同去面对未来路程的，爱情最好的样子。

愿你终能遇到这样一个人：在他的面前，你不必粉饰情绪、掩饰自己，因为你确信他不会嫌弃鄙夷而是安慰支持。

当你问“在忙吗”的时候，他能停下手中的事情倾听你的心情；当你说“我很好”的时候，他会看出你故作坚强下的黯淡和无助；当你说“没关系”时，他会知道其实并不是真的没关系，而是希望他能够多陪陪你。

愿有人懂你的低头不语，小心翼翼地守护你心底的孩子气。

所以，姑娘，不必逞强，真正懂你的人，他爱你原本的模样。

所有的我爱你，都藏在废话里

一

“我们说的大多话都是废话，只是侥幸遇到了耐烦的人，竟让废话都有了意义。”听歌的时候翻评论，总会被猝不及防的一句话戳到心里，比如上面的这一句。

想来真的是如此，相爱的人总会唠唠叨叨地把最日常最琐碎最无聊最无厘头的事情统统都碎碎念给彼此。早上的一句“我到公司了，你呢”，上午的一个牢骚“唉，今天又有好多事情要做呀”，中午发给对方一个外卖红包，附带着问一下“你点饭了吗，吃的什么”，下午站在公司门口放个风，也想跟喜欢的人说“今天天气真好，好想一起出去玩”，等到了晚上又是欢呼雀跃的：“终于下班了，乖乖到家里等我哦”。要是在社交圈里看到什么好玩的笑话或者视频，也是第一时间分享给对方，相互傻傻地“哈哈哈”一句。

情侣间的日常对话大多没有营养也没有意义，但每一句都是对你的惦念，都是在说“我想你”。

想起有一次和一对情侣朋友一起出去玩，女生突然喊了男生一句“老公”，男生应了一句。然后女孩说，“没事儿”。两个人却都心领神会地笑了。

哪里想到狗粮来得如此突然。但有时就是这样啊，明明没有什么事，明明也并没有什么话要说，但我就是想喊你一句。

那些废话，甚至没有的废话，无非都是确认你在身边而已。

二

在说废话这件事上，异地恋的情侣大概最能发挥到极致。两个人说得最多的是“你在干吗”，而回复也无非是你所想到的最普普通通的日常，但终归都会在最后加上一句“你呢”。

想要倾诉和想要了解彼此的生活，以及随时关注着喜欢的人的动态，就好像他就在身边一样。我们也正是用这种看似无意义的对话，来给予对方一种陪伴和安慰。

在工作生活上遇到了什么开心的事情会想让他知道，遇到了什么不愉快，也会向他抱怨几句。虽然明知道他也帮不上什么忙，这些话说出来也不能解决任何问题，但有一个关心自己的人在倾听，就觉得所有的事情都会好过一些。

小茹刚和她的男朋友在一起时，有一次向我们“抱怨”，说男友简直像个话痨一样跟她一直说到两点半，而她在就他的声音里入眠。但是现在回想起来，两个人都不记得那个漫长的聊天里都说了些什么。但是好不容易遇到喜欢的人啊，就是想把很多话说给 TA 听。

想告诉你今天风很大或阳光正好，想把在咖啡厅里看到的懒猫拍给你看，吃到一家味道不错的餐厅也一定要问问你要不要以后一起过来，打麻将赢到几十块钱也会兴高采烈地问你我是不是很厉害。

有些废话让人接不上话，但哪怕你的回复只有几个字或者是两个表情，我也都会知道自己不是一个人，生活里就这样多了许许多多的温暖。

三

所以人们总说，两个人在一起能聊得来最重要。其实“聊得来”，又不只是有共同的话题，也包括我们相互之间所有有的没的的废话。

而总有一段时间，我们没有那个能听废话的人在身边，有些话你不知道说给谁听，于是就把那些碎碎念扔在朋友圈。

你在朋友圈里说着刚刚看过的电影，说下班的路上遇到一场大雨，说周末好想去泡个温泉……然后过了一会儿，又默默地把它们都删掉。因为知道这些毫无意义，也不是每个人都想看到你的自言自语。

所以有时当我在朋友圈里看到有人发出生活的小小琐碎，就会想，这里面其实也有一种孤独啊。

但是你也是一样的吧，我们每个人都有这种时候，所以那些朋友圈也并没有什么可耻。

只是，如果有一个人能接住你的废话，也就更加显得难能可贵。

和一个人适不适合在一起，从你们之间能不能聊“废话”中也能感觉出来。比如关了灯之后你觉得还想说点什么，也不一定真的有什么主题，可能只是想要一份温柔的陪伴而已。有的人会再陪你聊一会儿小小的心思，哪怕特别累了也会伴着你的话“嗯哼”两句，但有的人只会告诉你“都多晚了，赶紧睡吧”。

虽然并不能从这一次中判断出一个人爱不爱你，但如果生活中大多日常都是你兴致勃勃地想要分享，而另一方只是一个“嗯”，更或泼过来一盆冷水，想必两个人在一起也不会觉得太好受。

而那些愿意陪你说废话的人，其实往往更了解你的情绪和心情。毕竟有些话，你只是当时想要分享，过了那个话头，哪怕对方再想问起，你也觉得没意思，就不再想说了。所以找到一个你想跟他说、还能跟他说话的人，也并不算容易。

四

相爱的时候，哪有那么多有意义的事。我就是想和你一起虚度时光啊。

那些说出来有作用的话，比如这个报表要今天完成，明天别忘了去续保险，这个客户我觉得你应该这样谈……它们都有意义，但它们的背后都是责任和承担。我们和太多人说了太多诸如此类的话，但只有和爱人之间，才能说起那些没心没肺但又轻轻松松的废话。

而废话说得多一些，人也莫名会变得快乐一些。

有时爱就是，我想和你说说话，管他说什么呢。

所以很多时候从一个人变成两个人的状态就是，从充电两小时、说话五分钟，变为充电五分钟、说话两小时。

我对全世界高冷是因为没有遇见你，我的突然热情是因为终于遇见你，我变成一个话痨也只是因为你是我的那个你。

两个人能在一起说废话只会觉得快乐，不说话也不会觉得尴尬，只是因为恰好遇到了那个可以同频的人，一定要好好珍惜。

我不是一定要你回来

一

前些天的一篇文章收到一些读者回复。有人说：“深夜，看哭了，我爱她，她却再也不需要了”，有人说：“爱上一个人，不过在有生之年念念不忘”，还有人说，让身为年长的人的他，有恍如隔世的回望和感念。

总感觉应该回复点什么，又觉得并非三言两语可以表达清晰，所以有了今天的这篇文章。

我摘录的这三句读者回复，就好似离开一个人以后，随着时间的流逝而经过的心理状态，从痛彻心扉，到念念不忘，再至恍如隔世。每个人心里都有这样一个人，因为深爱过，而不会被时间泯灭，被我们深藏在心底，最终只能在记忆里回响。

分手时的撕心裂肺，有人转换成低三下四地挽回，也有的人甩出类似这样的一句狠话：“离开你以后，我一定会好好生活，让你悔不当初”，好像这是为保留最后的面子，做出的最后一点可笑的努力，一目了然的不甘心中，将这个耳光真真切切甩在自己身上。

两种情况，都是不甘心啊。的确是不甘心，我们都不能理解，何以当初那个深爱自己的人，又爱上了别人；何以那个说过海誓山盟的人，轻易就放弃了你们的未来；何以朝夕相处热了给你扇风冷了给你怀抱每天早晨被你踹下床还嘻嘻哈哈地去买早餐的那个人，竟慢慢变成了一张陌生的脸。可是我希望你们都能尽快挺直腰板走出来，对曾经的深爱感恩，对曾经的伤害谅解，最终说出那句：我不是一定要你回来。

很高兴你能来，不遗憾你离开。

二

人的一生可能会和很多人在一起，但真正爱得彻彻底底、毫无防备、掏心掏肺的人，可能只有一个，至少，屈指可数。而大多数情况下，他们都是不能陪我们到最后的那一个。当年的我们都是爱情的新生，正因如此，我们莽莽撞撞又拼尽全力，我们没有爱情的黄冈题库、葵花宝典、五年情考三年模拟，所有的经验不过来自青春狗血偶像剧，所以我们只能笨拙地给、拼命地给，把自己的一切一切都拼命塞进对方的怀里，好的坏的温柔的伤害的，一切都是不管不顾的。就好像把手伸进胸膛掏出一颗血淋淋的心，说给你给你全都给你，直到两个人爱得筋疲力尽又伤痕累累。

确实深爱过。直到离开你的那一刻，你也要相信，我还在爱着。

只是我们走不下去了。

那个曾经陪伴我们轰轰烈烈走过青春的人，无论结果如何，他也曾付出过十二分的真心，即使离开的方式冰冷无情，即使让你伤筋动骨、痛彻心扉，即使你在心里骂过他一万遍的人渣，但你依然不得不承认，他在你心底的位置是任何人都无法代替的，因为他是你的一部分青春、一部分生命，人生途中一段无法绕过也无法抹去的路途，无论它曾经鲜花盛开还是荆棘遍布。后来，你认识了更多的人，见识了越来越多的感情游戏，当满目苍凉之后，你更不得不承认，不是每个人都愿意耗上一段大好青春陪你两败俱伤的。毕竟，真心付出过后的抽离，谁又不是割肉剔骨。

也曾有过一段以为会天长地久的感情。好的时候形影不离你侬我侬一起做饭相互给打洗脚水，争吵的时候酒瓶乱飞涕泗横流不管漫天大雨离家出走。可那个时候，无论怎样，都是爱着的呀，哪怕是吵架以后，心里想的其实都是赶紧找到你，钻进你怀里。直到最后，才发现，爱情的毁灭根本不在于争吵、打架甚至背叛、小三，这些都不是，而是两个人就这样相互对着，却无话可说，也无法感知到对方的处境，是那个熟悉的他不知何时已经变成一个屋檐下合租的陌生人，是最后，不再有相爱相杀，而是一个人扔下手里的刀子，说我累了，不想和你玩了。这才是一段感情里最恐怖的部分，也是它真正毁灭的时候。

分手时自然是世界末日天崩地裂丧失理智想尽一切挽回的方式，乃至后来对其冷酷无情翻脸的愤怒。可是当我在朋友的手机里看到那些天他的酒照、飙车照和失落的话语，我才发现，他也并非自己表现出来的云淡风轻、冷酷无情。

我知道，哪怕现在你说你不爱我了，是真的，但曾经你深爱我的时候，也是真的。

我知道，我将会变成一段不会腐烂的记忆，不管你愿不愿意，都种在你心底。

那么，我对你的影响就是，在没有我的日子里，我成为无数个你突然记起的几秒钟，完全不受你控制的那几秒钟，这就够了。

三

年少时的爱恋不管不顾，失恋也不管不顾，轻易就会坠入自毁的悬崖。K 歌流泪几个通宵，或者不食不寝不言不语，又或喝酒抽烟文身骂街，当然也可能这几种兼而有之。这些肆意在青春期里有它的迷人之处，成年以后也是人之常情，但这样的状态是有时限的，生活不会一直等着你抹完眼泪再继续，无限的沉溺而不能自拔，只会把后续都变成接连不断的狼狈。

作为一个成年人，你要为任何可能发生的事做好准备，并有能力和力量去接受发生的一切，当你做出某种选择的时候，你就要知道同时它有通向失败的可能，当你选择在一起的时候，你也要明白同时会有分开那一天的可能，并且不去回避它，也不因此而故步自封。

当爱的时候，请你爱得完全，同时，也经营起一个完全的自己，而不是寄生于旁人。当爱而不得的时候，也请你记得曾经拥有的美好和快乐，他曾经给过，你们两不相欠，只是下一段路你无法陪他走下去，那么坦然把他还给他自己。被离开的人，无论是选择自毁的方式，还是唾骂的方式，都是幼稚的表演。不如酷酷地摊开手，大方一点。

我知道，摆多少大道理都不能让失恋的人少难受一点，反正感情这事它从来就不讲道理。但是无论怎样难受，我们长大了，要学会成熟的处理方式。你要知道爱情并不是生活的全部，请留两格血给自己，去努力工作，努力美丽，努力生活，更要给自己和对方都保有独立而完整的自我的空间。即使，你再爱这个人。但是，请成长的你，学会爱一个人的方式，也学会去爱自己。

当不得不分手的时候，让我们的姿势都能好看一点。不要嘶吼和大哭大闹，不要声嘶力竭或卑微祈求。我知道你爱过我，而我也爱过你。而现在，我还是我，你还是你。偶尔联系，又或相忘于江湖，记忆里的你我，也都还保留着最美的样子，和最完整的自尊。

我曾爱过你，会去爱别人，但会一直记得你。

我失恋了，我爸在雪中站了一个小时

昨天小年，我踩着椅子在门口贴对联，看着大大的“福”字，犹豫了一下，还是打开支付宝，又参与了那个“5 个亿的大项目”。虽然知道最终分不到几块钱，但也是凑个过年的喜庆热闹。

因为五张福还缺一张，于是我发了个朋友圈问谁有多余的，但也没抱多大希望，毕竟这话我去年就已经问过一遍了。当时有朋友在底下评论说，你发朋友圈，肯定有很多人给你，到时有多余的给我一张。可是一天过去了，看似人缘好的我还是没人理。直到快过年的时候，有朋友给了我一张万能福，才终于攒齐。

其实想想平时发一张照片全是赞、发文章链接没人理的情况，也就不难理解。热热闹闹的社交网络上，为你外表和生活随手点赞的人很多，说上几句好听的话也很轻巧，但真正想了解和关心你的人掰着手指头数也就那么几个。

没想到晚上我再打开支付宝的时候，真的收到了福，再仔细一看，那个人竟然是我爸。我顿时乐了，毕竟去年他还玩不明白支付宝，这招还是我教给他的。于是我发微信打趣他，怎么你也开始玩起集福了？

我爸说，嗨，我集它干吗，这不是看你又缺福了，就扫了两张，都给你了。

想来，爸爸们总是这样的，平时也不知道怎么参与到我们的生活中来，更不会明确地说爱你这种肉麻的鬼话，哪怕是你要离开家了，想拥抱他一下，他都会有些尴尬。但他总是默默地关注着你的动态，及时给你实在的需要，送了福卡也不说一句话。

虽说福卡这件事本身并没有那么重要，但是这种含蓄又不善言表的爱，还是挺动人的。

现在我们在社交网络上，说起来“亲爱的”和“么么哒”都是那么轻而易举，但说这些话的人，其实很多都并不那么重要，这些表达亲昵的词汇突然变成了商业套路用语，里面满满的都是塑料情谊。

我们也总是很容易被一些表达爱的方式所绑架，为你拧瓶盖、帮你系鞋带、微信要秒回、过节买买买，这些事情不知道什么时候起都变成了检验真爱的标准。好像我们表达爱和判断爱的方式都变成了程式化的模式。

随着过年的临近，情人节也近了，有同事又开始吐槽她不浪漫的老公，每年别人收到玫瑰花、去吃烛光晚餐时，她老公从来没有做什么浪漫的计划和准备。

但是我也想起，前些天她发烧时说到的事。

那天半夜她迷迷糊糊地醒来想喝水，发现她老公在一旁靠在床头上坐着睡。她问：“你怎么不躺下啊？”她老公说：“我睡得沉，就是怕你半夜不舒服了叫不醒我。”

你看，一个为了照顾你而不敢睡觉的举动，不是比一束玫瑰花要浪漫、温暖，也真实得多吗？

生活中总有一些人，他们表达爱意的方式笨拙又不明显，也不会用被大家所认定的套路去给你一个看似完美的关系，甚至肉麻的甜话一句也说不出来，但他们的爱，却是实实在在的，也往往出乎意料地令人心动。

我有一个朋友，之前交往了一个“模范男友”，甜言蜜语不下线，逢年过节发红包，反正就是很会撩的那种男生，两个人在一起总能给你很多糖，关系里也好像都是甜蜜。结果他撩着撩着，就撩上了别人。

分手之后女生很伤心，心情也不好，再加上她爸爸本来就比较严厉，也一直都不看好那个男生，所以她也不知道该怎么面对爸爸，去和他说这件事。于是她对父亲试图询问时的情绪，直接就转化成了暴躁。但又因为她在小县城里工作，平时每天中午都要回家吃饭，于是那段时间对她来说就变得分外难熬。

然而过了两天，她发现爸爸中午都不在家。问她妈妈，妈妈说最近爸爸中午都和老哥们约了牌局。她也没当回事，心情顿时轻松了很多。直到几天后下雪，她平时走的那条路不太好走，就想通过一条小胡同走去另一条街，没想到，却看到她爸爸就在那条小胡同里，坐在一个小板凳上，孤零零地呵着手。

原来根本就没有什么牌局，也没有什么老哥们，只是爸爸怕影响她的心情，于是干脆在中午躲了出来，只为了给她想要的空间。

然而看到爸爸被冻得耳朵通红的样子，想到数九寒天，爸爸每天都像这样在外面坐上一个小时，她的眼泪瞬间就掉了下来。她一直以为爸爸是不理解她的那个人，也怕再面对爸爸的批评教导，但事情真的发生了，父亲却什么也没说，只是小心翼翼地照顾着她的感受，用她察觉不到的方式来爱着她。

在这个一切都太快餐化也太浮夸的年代里，我们常常怀疑爱，也需要去证明爱。正是因为如此，才有了那么多判断爱的“定式”吧。我们每个人的心里都有一张表格，对方做了的事就可以打上一个勾，没有做到的事就会有失望和失落。慢慢地那成为了一张考卷，用模板化的考题，和打勾的方式，去判断一个人对你的爱到底合不合格。

但很多时候，每个人表达爱的方式是不同的。有些爱你的人懂得你的规矩，去迎合你需要的模板；有些不爱你的人，也可以通过套路，去赢得你的心动；而有些发自真心的爱，其实却又难以察觉。

有些时候我们感受不到对方的爱意，可能仅仅是因为表达爱的方式不一样，这使我们没有及时识别到对方的“语言”。但那些真正爱你的人，从来都不会只囿于套路。模式化的东西往往是最容易做到的，社交软件上一个抱抱的表情也是毫不费力的，但一个真心想拥抱你的人，却会在你希望得到证明的方式之外，留下各种爱你的证据。他们或许笨拙又隐晦，也不期待你的发现和反馈，但藏在深处的真心却是最难能可贵。

而那些心意，其实远远比套路值得珍惜千倍万倍。

我总想让前任后悔分手

一

最近乐乐有些反常。一向很少在朋友圈里晒私人生活的她，却接连好多天频繁发出自己的动态，且都是表现出生活丰富、精致美好的那一面。今天是和小姐妹逛街下午茶，明天是工作动力满满，后天是学习插花的美丽照片……就连英语和健身软件的练习，都每日打卡分享到朋友圈上来。

要是这些发生在别人身上都再正常不过，可我熟悉的乐乐却不是乐于展示自己的“正能量”的那类人，不由得让人觉得突然。我忍不住打趣她说，怎么，高冷的文艺女神突然想通了要降落凡间？

没想到过了很长时间乐乐才回复我说：“我和他分手了。”

有些人分手之后会一蹶不振，朋友圈里都是伤心失落的言语状态，可还有一些人，比如乐乐，努力从悲伤中挣扎出来，非要表现得自己活得多姿多彩，并且不断提升自己的砝码，增加自己的魅力和优点。

这一方面是想说“你离开我这件事我根本就不 care”，一方面也是要表现，“你看我变得越来越好了，会不会有那么一点后悔？”

乐乐的这种心情我特别能理解，但同时也忍不住有一点点为她难过。因为她竭力想表现出的开心实际上是在掩饰自己的心碎，她拼命想表现出自己的不在乎，反倒说明了她在乎。而那个真正不在乎的人，才是一成不变，生活中未惊起一丝波澜。

二

其实乐乐还只是在这种状态的初级阶段，还有些女孩子能把这种“较劲”的执念延续很久。比如前任已经找到新女朋友，她还要去翻看他现任的微博状态，再努力让自己表现得优于他的现任，自己才能稍稍心安。

其实何必呢，已经离开并开始新生活的人根本不会在意你的任何现状，反倒是你自己，给自己排练了一场苦情大戏，还一直站在自己画的圈里不愿意走出来。

所以每当我被人问到，怎样才能让前任后悔，我也只能直说，不管你怎么做，一个不再爱你的人，都不会在乎了。

我明白谁都不想被否定，也都不愿认输、无法心甘情愿，但在感情里，努力是没用的，优秀也是没用的，只有他爱你和不爱你的区别。

想起前一段时间，有个男生花了四五百万买下许多公众号的头条广告位，“祝福前女友新婚快乐”，可文章的大意明明是：当初我是个穷小子，但如今我逆袭了，现在我随便为你出手就是上百万，你嫁给别人后悔了吧？

不，并不是这样的。她早就开始了新的生活，还陷在过去无法自拔的只有你自己。你如今反扑得越厉害，也越证明了在那场感情里其实你才是那个 loser。虽然这很令人心碎，虽然结果事与愿违，但事实确实如此。

好胜心可以为一个人带来这世间诸多种种好处，变成一个更好、更厉害的人本身也是再好不过，但若初衷只是为了让一个离开自己的人后悔，那这个结局恐怕终究是无法实现。

三

还记得有一年同学聚会也是如此。曾经的情侣重新又要相见，越在乎的人才会越做好各种准备。

那天女生平平常常地来了，对每一个人都熟络地打着招呼，包括她的前男友。

可男生西装革履地进门，一落座就先表示对司机不认路有些迟到的抱歉，一席饭间张口风投闭口融资，一开始是对女生视若无睹，几杯酒下肚后又不无掩饰地询问她和她老公当下的状态。

女生实打实地说了，他也是不无得意的，可到最后他问女生要不要司机开车顺路送她回家时，她只是淡淡地笑着说，“不用麻烦，我老公会来接我”。一时他又哑口无言，只能用一个尴尬的笑容化解，再去假意参加进邻座的谈话。

很明显他为这场聚会做足了准备，也自得于他终于有了雄厚的资本能坐在她的面前，但她对他，就像对一个再普通不过的相识一般，言语表情间与对待其他同学并无差别。

若无其事的云淡风轻，才是最好的报复。然而她也早已将过往翻页，心中甚至未曾有“报复”这个词可言。无论他的身份是她的前任，还是如今的事业有成，对当下的她而言，不过是无关。

想让前任后悔的人，最终都只能跳进自己挖的坑里，到后来，不甘心的成分和一份长久以来的执念，也许倒多于爱。

你恨他为什么放弃了那么好的你，恨他为什么转身离你而去，恨他辜负了你的一片深情，恨他又和另一个人生活在一起……于是你努力变得好一点，再好一点，想被他看到，想让他后悔，甚或满怀幻想，希望他能转身回到你的身边。

但这一切终归是徒劳无功的，你也要知道，爱的反面，不是恨，而是遗忘。

四

所有的过去都该在分手的那一刻完结，纵使过往有诸般深情、种种纠缠，但从此以后只能花开两朵、天各一方。一场感情的破裂自有它深层的原因，不仅仅是一方变得优秀就能唤回。感情不是外物的较量，我们也总要去寻找更加合适的人。

两个人错过了，就是错了，也是过了。

如果真的忘不掉也没关系。但不要再对他曾给你带来的伤害耿耿于怀，你也要记得，他在你身边的日子里，也曾给过你快乐和温暖。

过去的人无论如何也是我们自己的一段生命经历，你可以记得这一切，但这一切也终归只是被岁月碾平的记忆而已。它该如其他任何记忆一样平淡。你可以带着它，可以回忆它，但终究要向前看。

所以别再为了让前任后悔而费尽心思，你当然应该也值得变得更好，但不是为了让谁后悔。

想和你虚度这夏日

一

不知不觉间夏天就来了。走在路上挺恍惚的，好像突然就被放进了阳光里。楼下的树木和草坪也不再怯生生的，一片翠绿。篮球场上少年和孩童挥汗如雨。

这是今年我过的第三个夏天，前两次分别在泰国和海南与夏天短暂相遇。骄阳热风，轻薄衣衫，在热气腾腾中坐在海边的树下没完没了地喝着冷饮。可到底还是期盼北京的夏天的，毕竟人对自己的生活地才拥有毋庸置疑的真实感。

但每年的夏天都被我过得醉生梦死，比如现在正在写这篇文章的我，还沉浸在昨晚的酒气里，感觉自己像是只半满晃荡着的酒瓶子。最厉害的一年，几乎每天都能喝掉一整瓶红酒，然后在那个夏天被我的牙医骂个半死。

但总体来说，今年和往年相比，我整个人都坦然了很多，不再过分彷徨和焦虑。酒精虽然仍是出口，但也不用喝一点酒就怀疑人生。情绪基本得到了控制，失眠也已经离我而去。

和不怎么爱出门的冬天正相反，夏天我怎么也按捺不住看世界的心情。去朝阳公园划船、玩激流勇进，去三里屯喝咖啡、看各式各样的美女，去后海在露天沙发上从黄昏耗到夜晚，看杨柳依依和来来往往的情侣。

无所事事地虚度光阴，是每个夏天都会做的事。

二

但你知道，这样的好时光，我是最想与你一起虚度的。

那天的阳光就像今天的一样好，我们漫无目的地从一条大街溜到另一条大街，后来在二环的胡同中找到棵果树，于是就坐在它的光影里。我们时而沉默，时而说着些温吞的话。那时我便知道，每一刻不会永远是这样的，而此刻的意义是全部和永久的。

记得你说你也喜欢夏日，喜欢狂欢的夏日，喜欢直接的夏日，喜欢人声光影浮动的夏日，喜欢夜晚醉意朦胧地走在路上的夏日。

喜欢傍晚时分，约上三五好友相聚大排档，或者坐在簋街的红灯笼下吃上一大盆小龙虾的夏日。喜欢有西瓜、冰糕和冰啤酒的夏日。喜欢可以在夜晚坐在河边或者海边，在微风中听着波浪阵阵打来，最好能看到满天星光的夏日。

你说这些的时候，沉稳的声音和远处的汽车声叠合在一起，让我感到心安。

随着你说到的每一个场景，我都不由得想象自己就陪在你身边。

我当然要告诉你，我也是喜欢夏日的。能说得出口的是，我喜欢夏日的活力和明亮，更喜欢它的爱憎分明、裸露直爽，不像冬日的灰暗阴沉，也不像春秋的吞吞吐吐、模棱两可、犹豫暧昧。

说不出口的是，除了夏天，整个人都放纵不起来，厚重的衣衫影响了我在其中的荡漾。

三

对夏天的盼望当然有这些：吊带、小短裙是好的，T-shirt 和短裤也很不错，头发也应该染成一个浅浅的颜色，然后晃荡着大腿、挎着你的胳膊，跑去任何一个想去的地方，肆意地感受绚丽的温热。

想和你去看那些花要死要活地开着，看海边的酒店懒洋洋地在日头下摊开手脚，买所有香甜迷人的饱满水果，闻花香果香的阵阵馥郁，想看你的脖颈上淡淡地映上一抹杉树的暗绿。想要一个吻，就像海风里的游鱼。

或者我们就在周末的城市里，手牵手走过鼓楼旧大街的午夜街头，在小酒吧里听几曲民谣，再跑上天台去吹吹晚风。

反正啊，只要你在身边，我就觉得夏天不足够多，青春也不足够，我就忍不住要再绿一次。

关于我的这些想象，我想你一无所知。

此时的我靠在临窗的沙发上，懒懒地晒着太阳。窗外不知是什么鸟，隔两分钟就要叽叽喳喳地叫一次。这个沙发可真大啊，横竖能躺下两个人。是的，我搬了新家，你无法找到我了，虽然你根本也没有找过我。

但这都没有关系，你终究变成了一个虚指的回忆。

只是今年的夏天一定非常热吧，才五月，我就感到了蓬蓬的热气。

想起曾经你对我的爱，一切都好理所当然

薄荷分手的那天哭得稀里哗啦，可以用“惨痛”两个字来形容。

她号称除了爹妈以外从来没有人见过她的素颜，结果我们那天看到她妆花了的样子，比素颜恐怖一百倍。

那晚，她说得最多的话就是：“他怎么会不爱我了呢”。来来回回重复了许多次。而我们知道这件事，是因为那天晚上，群里显示出她的消息：“我和阿东分手了。”赶紧点进去，才看到在她的留言上面，是阿东退群的提示。

那是我们的一个闺蜜群，有些“家属”也被拉了进去。按照平时他们两个人感情关系中的地位，我们都以为是薄荷把阿东给甩了。有人问，什么事值得你分手啊。也有人劝，别闹，你冷静一下。

结果过了一会儿，薄荷说：“是他跟我提的分手。”

阿东之前对薄荷的好，所有人都看在眼里。从他追求薄荷开始，薄荷就成了他奉若明珠的小公主，等到两个人真的在一起了，薄荷又成了颐指气使的女王。

薄荷喜欢吃的就是阿东喜欢吃的，薄荷想做什么阿东都奉陪到底。偶尔有时两人因为什么事情有争论，到最后薄荷自觉理亏，被噎住，然后只要大喊一声：“我说的都是对的。”阿东就会笑着说：“是是是，你说的都是对的。”

记得有一次，阿东叫薄荷一起去市中心的某个地方玩，那时薄荷刚好和我们一起在海淀。薄荷接了电话想了想说，我一个人懒得走啊，你来

接我。然后阿东就屁颠屁颠地从通州坐地铁到海淀，接到薄荷。薄荷又埋怨他没有车，于是两个人打了车才折回市中心。

在我们的印象里，总是薄荷对阿东横挑鼻子竖挑眼。没想到，阿东平时看似什么都不说，却把很多事情都积攒在了心底，等到承受不住的那一天那一刻，直接亮出致命一击。

这回，换薄荷难以置信了，她一直以为，不管自己怎么闹，阿东都是会退步、会和解的那一个。哪知，突然就听到阿东的一句："分手吧，我早就受不了了，太累了。"

这不禁让我想起那句"被偏爱的都有恃无恐"。

当初，你的一切娇蛮跋扈、刁钻任性，不过是仗着他喜欢你罢了。

而当你把爱人越推越远，当他不再想这么惯着你，当他不再喜欢你，才发现原来以前都是你太理所当然。

那天晚上，薄荷喝了很多酒，打了很多通电话给阿东，说了很多次"我错了"，但都无济于事。直到再拨打阿东的手机，对方那边始终是"您拨打的用户正忙……"

女孩子一生气，会说分手吧，会说无数次。可当男生说分手，却是真的无可挽回了。

后来，碰巧的是，酒吧的隔壁桌坐了一对情侣。

点的酒上来以后，女生质问男生："我不是说了让你给我点不加冰块的吗，这是什么啊？"

男生道歉："啊，对不起宝贝，我给忘了，下次一定注意好不好？"

女生把自己面前的酒往男生那侧一推，说："不好。你重新去给我点一杯不加冰的。"于是男生只好下楼又重新端了一杯上来。

过了一会儿，可能是女生觉得天台上有些冷了，又抱怨："让你帮我找那个小外套，说了多久了，也没见你给我找出来，降温了连个合适的衣服都没有。”

男生又说：“好，今天晚上回去我们就把箱子都翻出来找，行不行？”

女生翻了个白眼：“早干吗去了，现在怎么办？”

这时只听薄荷哐当一声把酒杯砸在木头桌上，冲着女生喊道：“你闹够了没有啊，说话不会好好说吗，不是命令的语气，就是指责抱怨，你自己的外套干吗一定要别人给你找啊，你自己没长手吗？”

一时间，我们两桌都震惊在那里。

“你谁啊你，有病吧，关你什么事，这是我男朋友。”

“不作死就不会死知不知道啊，现在还是你男朋友，你这么作下去，过几天就不知道是谁男朋友了。”薄荷说完，起身快步走了出去。

等我们帮她道了歉，追下楼，发现薄荷正蹲在门外的墙角哭泣。

我们都知道，其实，她骂的是当初的自己。

很多恋爱中的女孩，在宠溺中都容易得意忘形。总感觉，男生就应该宠着自己。于是，他越宠，你越肆无忌惮，他越宠，你越无理取闹。其实，谁又不欠谁的，别人对你好，你应该感激他的好，并回报他以同等的好，相互尊重、给予、包容，不能只是一味让其中的一方付出，尤其在对方付出过后，不能给对方的只是挑剔和指责。

我们对待一般的朋友，都会照顾对方的心态，哪怕是在真的有矛盾、分歧，怒火上升的时候，都会尽量控制住自己的情绪，尽量平心静气地说话。可是，当面对爱我们的人，我们却又往往抛弃了那份耐心和理智，一点远远不足以成为导火索的小事，都可能成为两人之间的地雷。

对爱自己的人颐指气使、指责挑剔，是我们最容易做出的，最愚蠢的事。

没有人对你的好是理所当然的，当对方付出一片真心，需要你以感恩之心，悉心去呵护它，而不是将这颗捧至你面前毫无防备的心，划得遍体鳞伤、鲜血淋淋。纵使他对你的爱曾是一百分，如果你非但不去维护，反而屡屡伤害，这些血也会掉到，他难以承受的地步。

爱情是，亲情是，友情是，所有的关系亦然。

当有人真心对你好，不要再肆无忌惮。

不要在日后追悔莫及的那一天，想起他曾经那么爱你，而你却那么理所当然。

星座运势说你明天会爱我

杰伦出了新歌：《等你下课》。中学时听周杰伦，听的是内心蠢蠢欲动的感情，如今再听周杰伦，听的却是已成过往的青春。

事情只有经历过，再回过头来，才别有意思。而我突然就想起那些年、那些男孩女孩，在懵懵懂懂间爱的小迷信。

记得很多年前，还在上学，每次收作业时，我都会利用自己那一点小小的特权，把喜欢的男生的作业本和自己的放在一起，好像本子贴得近了，人也就能更近一点似的。某一天只是发现他用着和我一样的签字笔，就觉得是不是冥冥中有一种缘分。

也会等喜欢的人下课，去看他打篮球，投篮是双数就是喜欢我，单数就是还不喜欢。或者等他放学，如果骑车的他却愿意推着车陪我走一段路，心里就能高兴好久好久。

那个时候呀，就是走在大街上的某个地方，突然看到喜欢的人名字中的某个字，都会怦然心动、欢欢喜喜，感觉你我之间缘分千丝万缕。

后来星座开始流行了起来，男生女生都对此乐此不疲，我也毫不例外。我查遍了很多网站上你星座的性格，自以为很了解你。每天看自己的星座运势时，就连带着把你的也看上一遍。如果星座运势说明天我们的恋爱指数是五星，我从前一天就会开始思考明天该找什么样的话题接近你，如果星座指数低迷，那就意味着我需要格外小心翼翼。

青春期懵懂的时候，心也才刚刚萌动，我们都是恋爱中的新手，所以爱也是一件特别新鲜美好、有所期待，但又觉得特别难以掌控的一件事。

那时候的我们怀着忐忑、胆怯的心情，每一步都生怕走错。而那些小迷信，就都变成了我爱你的剧本。

后来我们渐渐长大，那时心里装的男孩也渐行渐远，或许折腾了许久的剧本，两个人也没能同台演上一出戏。再后来我们很久没有听过周杰伦，那种小心翼翼又傻乎乎的恋爱，也再也没有发生过。

如今回头看过来，相比那个人，反倒是那时自己的小心情更值得怀念。

其实细细想来，在如今的生活中，那种小小的迷信，竟然也有些留了下来，或者转换成为其他的形式，默默陪伴了多年。

生活平淡无奇，但总要让自己有所期待。所以很多东西，慢慢都变成了一种迷信。

依然会看星座运势呀，粉红色的桃花运或者蓝色的低落期，每天清晨看一眼，不过是期待有不同颜色的故事发生。

每天用的香水，也有迷信。期待新恋情时，要喷“邂逅”出门，也许就能和白马王子不期而遇；出席重要场合时，要喷“真我”，仿佛就有了独立自我的自信；要去混迹夜店酒吧，就换上“毒药”，假装自己有令人欲罢不能的魅力。

有一次犹豫着要不要换工作的时候，恰巧看到一个女生正在跑着追公交车，我就告诉自己，如果她上了车，我就换工作。结果，她追到了。

其实我知道在那一刻，自己已经知道了心里想要的答案是什么，只是差百分之一的勇气需要填满。只是希望，再确认一下，一下就好。

就像很多人都会在微博上转发锦鲤。其实也都知道这些是迷信，不过是为了给自己“好事情会发生”的盼头，在面对事情的时候，也会不自觉地选择更积极的视角。

如果说我们一本正经的日常是一张白纸的话，这些小迷信就为我们增添了一点新花样。

有同事每周会给自己订一束不同的花，据说可以改变运势。这件事本身有没有那么神奇我不知道，但想想每个新的一周，在自己的办公桌上都有一束色彩缤纷、生机勃勃的花在等着，本身就已经是件足够美好的事情了。也正是因为如此，人才有了更好的心情和更多的动力吧，在这个角度上，它确实给人注入了更正面的能量。

还有同事会把自己想要的、想得到的东西写在很小的便签纸上，放在手机壳里，她说手机不离手，就会有一种把愿望抓在手心里的安全感。

也有人在工作第一天，把家乡的水和新地方的水兑在一起喝了下去，于是感觉孤身一人在这城市，也能有力量支撑着生存下去。

还有很多人的小迷信是“许愿烟”，拿到一包新的烟时，会在里面选出一支许个愿，再倒放进烟盒里。它帮无数个人度过了恋情失败、亲人去世、裸辞创业等种种艰难时刻。看着那一支烟，人们就会告诉自己，一切都会好的。熬过去之后，也就会觉得再没有什么事情能够令人绝望。

所以这些小迷信啊，还真的是挺迷人的。

因为有了那些模棱两可的预测、金色的锦鲤、粉红色的桃花，我们对生活的期待也才多了起来。即使知道这些东西本身没有任何作用，但它们成为了一种习惯，一种安全，更重要的是一种仪式感，大概就是给自己一些盼头、一个支撑、一次选择，希望打破单调的生活，或者度过一段时期的艰难，这样的意义。

确实都是借口啊。

所以如果星座运势说你明天不会爱我，那也没有关系。毕竟我又翻了翻黄历，上面写着“明日宜嫁娶”。

而青春就以这种迷信的方式，还留存在我如今的生活里。只要每当我想到这种“爱是天时地利的迷信”，又怀着雀跃的小心情让自己有所期待的时候，那个等你下课的十七岁少女，就又在自己的体内活了过来。

一念清净，烈焰成池

一

冷雨如隐疾。

夜雨。又梦到他。酣睡中以为度过了一生。

醒来想了想，觉得彼此是旅程中注定发生的任务，在特定的时间、地点和心境下发生，是彼此的一个人生段落，一个阶段的波折体验与塑造，终归缘分直指尽头，安排结束，段落也即画上句号。就此，分别湮灭于人潮汹涌，各自迷惘，不知归途。

想起有时会听的一个电台，它的背景图片上写着“见过千人万人 / 像你的发你的眼 / 却不是你的脸”。

我们终归都会成为彼此的路人。

路人没什么不好，楼群密布的城市里，绿灯亮了，于是同行。过完斑马线，各自西东。

过去的事情在每一刻消逝的同时就已然完成。

醒来，就该抖擞衣袍，起身即走。

二

四月，所有的远方还没有发生，诗还没有流亡，槐花刚刚盛开，清风拂面中却梅花已然落满了南山。只是早已山青水远。

梦景，如同隔岸观火，洞悉过往一切，却无法抵达搭救。它是一场艰困的挣扎与失去，亦是昂贵的炫目美景。明晰之后，得失坦然，于是席地而坐，冷眼旁观。借飞来的火星为自己点燃一根烟。

我们最终得到的，是面对无常与虚妄的洞明安然。保持平静、坚定的步伐，虔诚地生活，并静观所有的碎片与灰烬擦身而过。由此，反省与完善自我。原谅曾经的自己与他人，给予阳光和水。

依旧感念，那么多匆忙的人群，那么多嘈杂的时间，那么多擦身而过里，我们的一次回眸，一次相遇。曾经用了那么久，去织就这匹锦绣，最终只能再用那么久，把它缓缓拆解、安置收藏。

我可以默默继续。前行。希望一切该继续的都真正用力地继续。

渐将泯灭的时候，也可以坦然面对虚无。

三

每个人的记忆都是一座不断被时间腐蚀的城池，曾经看似坚不可摧的高楼街道渐渐瓦解沙化，随风飘零。身后的路随着走过即成碎片，人们即使泪流满面，步步回头，也只能前行。路途终归是一个念念不忘的失去的过程。

没有过不去，只有回不去。的确回不去。而我们也终于不想回去。

你将记起我，又忘记我，最后仅仅是怀念我。

所以，在能够爱的时候，务必尽量而完全，这是最终无所怨悔的最好方式。知道风云变幻、动荡无常，因而懂得只争朝夕的温暖欢颜，心有珍惜与怜悯，也就理解感情中质朴和深远的所在。只是，这一切，需要一个对等的人。

没有执念，没有掌控，没有纠缠，只是两厢清欢。

至少，在一切消逝前，我们可以并肩而坐，看顾月光下盛开的海棠，在竹枝光影浮动中共饮一杯清酒，在相对无言中默默交换内心隐约的几分思绪。你为我披上白布衫，我拂去你肩上的落花。四周唯风唯鸟，唯月唯水，唯花落如雪，以及越过我们就成为的记忆的路途。

春光将逝之时，一切都恰如其分。

因为爱你，我连异地恋都坚持得下去

一

“你能不能想象那种感觉，就是一想到他正在一点一点向我靠近，就觉得很神奇也很幸福呀。”大猫在跟我说这句话的时候，眼睛里明亮亮的。

我知道此时在她的心里有一张地图，而恋人就是在那上面闪烁着的光点，在那张虚拟却又实实在在在发生的地图上，他正在穿越城市平原、山川大河、熙来人往，只为她奔赴而来。

而她，只要想到他马上就会真真切切地出现在她面前，就好像一场幻梦即将在眼前实现。

实际上在确定这次见面日期的那一刻起，大猫就开始了倒计时式的期待，尤其是在只剩余一周的时候，每天晚上她都会看着手机里的日历再确认一遍，同时开心地说“还剩下 X 天了！”

异地恋啊，就是为了一次见面就能满心憧憬地雀跃好久的那一种恋爱。但也正是因为见面太稀有太难得了，分开的日子也就格外心伤艰难。

大猫也曾去过他的城市。走的时候她开开心心激动万分，但回来的时候又变得无比懊丧颓然。

没有哪种孤独比刚刚得到后又立刻失去更加孤独。所以每一次见面，情绪就像过山车，在买归程票的火车站前，大猫突然一下就控制不住哭成了个泪人。

是啊，和开心地期待“就还剩下两天了”相对的，总是默默地叹息道：

“我们只能在一起度过两天了”。虽然还没有走啊，虽然今天还在你身边，但只要一想到马上又会和你分开，在那无能为力的每一天里，都像在经历着凌迟的煎熬痛楚一般。

二

相聚的日子总是太短，期待的时候也总是太长。不能见面才是异地恋大多时候的常态。

在异地恋人的聊天记录里，大概说得最多的一句就是：“你在做什么？”

因为隔着遥远的距离，下雨天你只能自己蹚着水回家，大姨妈来了只能自己冲红糖水喝掉，加班到深夜也只能独自看着城市的万千灯火，有时就算非常孤独非常难过，可当对方问你怎么了的时候，你也只是说一句挺好的。

你变得越来越坚强，只是因为你知道无论怎样他也不会突然就从屏幕里钻出来到你的身旁。

那种感觉啊，就是明明有一个确定的人，却活得像单身一样。

只是有时感觉好累啊。

在城市的夜班地铁上，在别人收到玫瑰花的节日里，在每一个觉得委屈难熬的时间，当你看着依偎在一起嬉笑怒骂着的情侣，也好想能有他的肩膀靠靠。

但你们早就变得不敢矫情、不敢吵架、不敢发脾气，因为你们隔着屏幕，看不到对方的表情：既不知道对方究竟是撒娇还是真正的生气，也不知道哄到哪一句她的情绪有了转机，一点小小的矛盾可能就会造成两个人无数的想象，让你们各自对着手机心灰意冷或是干着急。

但所有的委屈和煎熬，有时又会因为他的一句“对不起”就统统丢掉。

深夜躲在被窝里，看到刺眼的屏幕上他发来的那句：“对不起，不能在你身边，还要让你等我这么久”，就不由得泛起一阵酸涩，之后内心也又变得柔软。

你能怪他什么呢？

毕竟你在承受的，他也正在经历。

所以你知道那都不是他的错，一切只是因为距离。你也很想抱抱他，可是只能发给他一个拥抱的表情。

三

所以说异地恋怎么会不难呢？是很难的啊。

可我还是在坚持着。因为我虽然不喜欢异地恋，但我是那么的喜欢你。

我经常在想，要有多少的喜欢才能一路坚持下去，坚持无条件地等待、理解、信任，坚持熬过没有你的每一个日子，坚持着一场旷日持久的矛盾往复和纠结：我一边要习惯着你不在身边的生活，一边又期待着和你的下次见面，同时又在一边恐惧着短暂相聚之后的离别。

这一切都是多么的虐心难熬啊，但是只要一想到以后都是你，我就又平白地多了无限的勇气和动力。

归根结底，异地恋不只是考验着我们的耐心，更是扣问着我们的认真和爱的能力。

或许对于所有的异地恋人来说，爱情更像是一种信仰，就是你坚定这个人会与你有很长很长的未来，所以才肯拿自己的整个青春去下一个赌注。虽然这过程很苦，虽然也会有所不甘，但是也很感谢你的坚持啊，因为正是有了这些才让我觉得，只要过了这个槛，就再也没有什么能把我们拆散。

此时在距离面前，我们做不了别的，唯一能承诺的就是，只要你不松开手，那么我也不回头。

所以还是很期待啊。

期待有一天你再也不用在站台上追着火车狂奔了，期待有一天我再也不用在手机里听着你的呼吸入眠了，期待再也不用在视频里吵架的时候你把手搭在电脑上假装是在抱我了，期待再也不用只能在手机里传达我们的喜怒哀乐了。期待有一天你拎着行李箱站到我面前，告诉我说：“我来了。然后我不会走了。”

你知道吗，对于我来说啊，明天生动而具体，有且只有一个你。

我想看你每天醒来睡眼惺忪的样子，想和你争抢一个洗手池，想站在窗口外和你买麦当劳的第二支半价，想和你窝在沙发上一边看着综艺一边吃零食，想清晰地听着你在我耳边的呼吸，想一翻身就迷迷糊糊地抱住你。

就是期待那些日后平淡又温暖的日常啊。

只要最后是你，那么过程苦一点也没关系。

余生没有你，但又全是你

“他结婚了。”酒过三巡，等等轻轻地说出一句，点上根烟，再没后话。KTV 的包厢里，同伴们在唱着情歌，她直直地盯着面前的荧幕，也说不出有多悲伤，很平静地，眼珠一转不转。可我知道，她怕转一下，眼泪就跟着掉出来。而那句她尽量若无其事突然丢出来的话——好像突然想起似的，分明已经如鲠在喉地卡了很久，语声里带有那种时候必然伴随的、约略嘶哑的生涩感。在实际出口之前，这句话在她舌面上不知犹犹豫豫滚动了多少次。

等等带来的这个消息，我知道。我的微信里还可以看到老谢，早些时候，他就带着那个女孩一起去看了房子。而那是，当初等等和老谢一起看中的家。想到那时等等的如花笑靥，和说到等装修好就请我们几个好友开 PARTY 狂欢三天三夜时的得意神情，彼时彼刻，谁会想到最后的女主人竟不是她。

等等失恋时，我曾过去找她。门后的人蓬头乱发、目光黯淡且涣散，下午的阳光惨淡单薄地照进窗子，使空空荡荡的屋子显得格外安静。等等并不想说话，只是呆呆地坐着，我就陪着她安静地坐了许久。

“等等，你跟我下楼吃点东西”，我看着眼前因一蹶不振而暴瘦的女孩，呼唤她。她摇了摇头，过了一会儿才干涩地开口：“你饿了就去吃吧，别管我。我不敢下楼。”

“不敢？”我一时没明白等等的意思。

“是啊。楼下的一切都那么熟悉，是他搂着我一起走过的小区、相互打闹过的街道，没有一家不是曾经一起去吃饭的餐厅，我没办法不想他。现在每天都是回忆兜头涌来，我只有睡着了才不会难受。可是你知道吗，每当我睁开眼，发现自己在一个新的、陌生的房间，这里的一切都这么安静，而我意识到他再也不在了时，有多么心如刀绞。我真的就想一直睡，一直睡下去。”

好在，生活不会等待等等的悲伤，除了失恋，她还要面对这个世界的工作生活，还要继续运转。一个月以后，这个颓废游离、目光空洞的女孩终于重新梳妆打扮起来，似乎又变回了以前的等等。

她又开始参加朋友聚会，会大声谈笑，只是所有人的话题里，都小心翼翼地避开老谢的名字。一时有人嘴快的，被别人叫住，反倒更加尴尬，气氛也就瞬间凝结。等等却没事人似的，拿着酒瓶子笑着说，喝呀，你们怎么了？我看着她笑起时眼角的皱纹，想着这分明是以前老谢的语气和神态啊。

是啊，等等也不是以前的等等了，她开始变得爱玩了，经常有人能看到她站在酒吧里和各色人等勾肩搭背，像以前的老谢那样，对着色子大声地喊“五个一”。一次她叫我一起去“撩汉”，最后也只是自己喝得醉醺醺地，凌晨时分蹲在马路牙子上，看上去就像一只没有写地址的信封，随风飘零。突然地，等等莫名就笑了，跟我喃喃道：“笑嫣啊，我不想再浪下去了，可谁能带我回家啊？”说完，她就又哭了。

转眼，距离当初她和老谢分手，已经好几年。我们的朋友圈里早没了老谢这号人，也终于不用再小心翼翼地怕踩到等等的雷区。一切都看似波澜不惊、风平浪静。可我知道，对于等等来说，不过是分手之后，瞒着所有人在继续爱他。几年里，等等也换了不少男朋友，可换来换去，口中的“他”，却还是那一个人。

时光飞快，物是人非，一个人的痴心能有多久？也许，竟然真的就有一生那么久。等等并不承认自己还爱着老谢，只是再也不能忘了他。只是再也没遇见一个，在她心里，能代替老谢那个位置的人，能把他换下来，让她轻松一下。对于等等来说，老谢就像她身上的器官一样，在她青春时和她一起成长，骨血相连。

过去何其黏稠，割下撕皮带肉。

而移植进来的新器官，也就怎么都适应不了。夜深人静时，等等偶尔会刷一下老谢的微博，那是现在她唯一能够了解到他的方式。他们之间删了微信、删了 QQ、删了电话，可那些号码就印在等等的心里，怎么也删除不掉。

等等说，我跟你说一个好笑的话，今时今日，我并不爱他，可还是会想看看他怎样了，哪怕只是看到他在晒和现女友的合照，这种心情，竟然就好像娘家人一样。

我突然就想到《这个杀手不太冷》里的一句台词：我对他最深沉的爱，莫过于分开以后，我将自己活成了他的样子。到了今天再听到他的消息，为他活得越来越精彩而万分开心，虽然在离开他以后，我彻底变成了灰色。

而这些，他永远都不会知道，也不会在意了。

在这个世界上，等等和老谢是看起来完全不相干的两个人了。当初，世界很小，让他们在同一座城市相遇。如今，世界很大，等等再漫无目的地闲逛，也都没有偶像剧般的情节，再遇见老谢一次。当所有人都以为等等早已把他忘记，可他却成了她始终无法开口的秘密。

也许，有的人，他的到来，他的离开，都是一场命中注定。虽然他中途在你的人生中退席，可那惊鸿一瞥，耀眼了你的整个青春，让你的余生，再也不能把他忘记。

这时，有人点唱了一曲《南山南》。等等跟着哼了两句“他不再和谁谈论相逢的孤岛，因为心里早已荒无人烟”，然后停住了。轻轻地说了一句："他终于有一个家了。"

那时她的眼神看上去仿佛黎明时分浮在远方天际的银白色的月，一只微微颤抖的薄薄的冷月。在岸边徘徊着，目不旁视，脸上装作漫不经心的样子。

可这孤零零的等等啊，却好像再也没有一个家。即便再遇上谁，也不过是寄人篱下。

爱情本就是前人栽树后人乘凉

周五的晚上又约了等等一起到一家花园咖啡厅小坐，我先到了一会儿，点了杯拿铁等她，她找到我时坐也没坐，直接说：“我们还是去外面经常坐的露天座位吧，能抽烟。”我只好拿着包和杯子，陪她一起坐在夏天时我们喜欢坐的那张桌上吹冷风。她看了看饮品单，然后毫无悬念地还是点了一杯长岛冰茶。其实每次她都点长岛冰茶，看单子完全属于多余的形式。总是这样的，习惯了一件东西，爱上一件东西，她就始终如一、不肯改变。比如她对于老谢。

等等一边抽着烟，一边说，我读了你写我的那篇《余生没有你，但又全是你》，太残酷了。我离开他以后变得这么会玩，会抽烟喝酒泡吧聚会唱 K，会做美容做指甲健身做瑜伽，辛辛苦苦营造的自己过得很好的光辉伟岸形象全都让你给毁了。

可不是，这方面等等倒是变了许多。莫名其妙的从某一天起，等等本来充满文艺情怀的朋友圈就都变成了各种晒照，她矫枉过正地营造着自己快乐无脑的潇洒形象，来掩饰过去那段冗长而消沉的时光，借以遮盖从前那道深深的伤疤。开始，她用那些来告诉别人，她走出来了，并且一个人活得更开心。直到有一天，它们真的成为了她的习惯和生活方式。只是，唯独少了爱。

唯一令人欣慰的是，过去这么久，等等终于能够平静和理性地谈论过去。

“其实我后来反思了一下自己刚刚失恋时的心情，我很爱老谢没错，因为想到从今以后他就不再爱我了而难过也没错。可是当时他说我是因为不甘心，我不承认。过了很久以后，我才发现自己也确实是有那么一些不甘心的”。

等等无惧冰块大口地喝下一口酒：“倒不是不甘心他把我给甩了这件事本身，分手这件事，两个人都有错。但是想到他和我在一起这么多年，改变了那么多，我陪着他从一个幼稚的小男生成长为有所担当的男人，而这一切竟然有一天和我全无关系，只能拱手让人。想到另一个女人把我这么多年付出的成果直接拿去照单全收，还真是有些不甘心啊。”

是啊，多少人在爱情中的付出，最后都变成了前人栽树后人乘凉的结局。

当初你们相识于青涩无知，在时光中共同成长，你陪伴他从读书的少年，到初入社会的青年，到离职跳槽加薪步步风生水起。你和他一起熬夜想点子做出方案，在他人际不和时屡屡支招上阵，带他结交自己的朋友人脉，给他看你爱读的书，带他去听你喜欢的讲座，允许他在人前谈论事情时搬用你的观点，和他一起经营工作生活，努力一起购车还房贷。这些，都是因为你对他的爱。

而他呢，也学会了为你下厨房、打热水泡脚，提醒你生理期，给你准备好姜汁红糖，知道了在开车门时要用手挡住上侧的门框以防你碰头，也知道了当你在路途中困倦时要伸手帮你遮挡住眼睛上的光，因为你而记下了很多从前根本叫不出名字的品牌，甚至知道了卫生棉棉柔和清爽、380 和 410 的差别……这些，是因为他对你的爱。

可是有一天，他带着所有的这些离开你，那个在你的陪伴下成长为更好的他，那个被你“培养”成为合格“暖男”的他，却要将所有都悉数交到另一个人的手上，只给你留下一片废墟和空旷的荒凉。想想曾经你在他身上耗费的时间和精力，因为爱上一个人，青春已尽，到头来却是竹篮打水一场空的徒劳，又怎会没有一种“给他人做嫁衣裳”的悲凉呢？

等等说，有一次，我看到前男友在社交网站上发出的照片，是他和现女友一起去迷笛音乐节的欢乐场景。他的现女友评论说，终于让你看到谢天笑了。可是我心里在呐喊，喜欢谢天笑的那个人是我而不是他啊！当年，是我爱着那个摇滚歌手，是我带他去音乐节，是我拽着他一起pogo，是我把台上的乐队挨个给他讲了一遍，是我在台下疯狂地喊着对谢天笑的喜爱。

总是这样的。深爱过的人，即使已经不爱了，分道扬镳，各自开始了新的生活，然而因为对方而留下的喜好、习惯，甚至是小毛病，都成为了自身的一部分，渗透在生活中看似平常的各个方面。而后来的人，热情拥抱属于他的一切，却永远也不知道在那么一些事情的背后，原来是因为有过那样一个曾经。

没有人天生就懂得怎样去爱别人、照顾别人，或许每一个“暖男”做出的细节，都是因为他的生命中曾经出现过的女孩的“教导”。等过些天，或过些年，当你再遇到属于自己的那个人，他或许已是小有所成、温柔体贴，因而让你安心依靠。可他如今携带的这些，成为的自己，却也是那些在他的生命中早些出现的姑娘栽下的树，如今，给你乘凉。

有时我会想，爱情这般轮转，真是不公平。对于早早出现，却未能携手走到最后的那个人，自然不公平。可对于后面出现的人来说，不公平却在于，那个使他成长、陪伴他青春的人，或许在他的心里也是有着永远不可替代的地位。

时光，命运，和各种阴差阳错，最后把我们带到了不同的地方，带到了另一个人的身边。可是，既然对于双方都不公平，那么也算是一种公平了吧。不要因为曾经的失去和不甘心就在日后保留设防，这样的我们，就再也无法触及真心实意的爱情。

既然相爱，就应在能够爱的时候，毫无保留，全心付出，这样即使有一天不能够再继续，也是爱得完全。而同时你也要拿得起就放得下，不要对付出太过介怀，至少这一路走来未曾作弊，自己也就爱得坦然、放下得坦然。相爱之时紧握双手携力同行，离别之际亦问心无愧相对无悔。

这样，当你拖着行李箱离开，多年以后再回过头来，看到的也是拥有丰富血肉的真实和细致入微的感动，彼时的你们倾尽所有，彼此真心相待。或许，你也就会发现，曾经的不完美，在另一种意义上，竟也是一种完美。

越是想要，我就越装作无所谓

青青晚上和男友吵了一架，抱着一肚子埋怨和气愤来找我诉苦。其实不过是些恋爱中司空见惯的分歧，只是话赶话地升级了矛盾，于是我象征性地安慰了几句，和她分析着问题，试图解开她这一时的心结。过了一会儿，青青的情绪看似也平淡了许多，只是仍然嘴硬，不肯就这么轻易地原谅了对方自己乖乖地跑回去。这时，恰巧青青的男友发来一条微信，青青拿过手机看了一眼，说："靠，这是什么意思？"

我拿过来手机一看，上面写的是不冷不热的一句："你的笔忘在我家了，什么时候回来取？"

倒是我扑哧一下笑了："你是不是傻啊，他是找个台阶下，想叫你回家。"

"要是真的只是因为我忘了那支笔呢？"青青问。

"要是你忘的是手机、钱包、钥匙这种离不开身的必备品，我可以这么理解。可是一支笔，呵呵，这个关头叫你回去取，他就差说你忘的是头发丝了。"我说。

明明用意那么明显啊，明明是都爱着对方，明明都已经心软，只是都撑着那么一点面子不肯直接说"我错了，你回来吧"，只是他抖了个小机灵，换个方式叫你回家而已。果然，青青回去"取签字笔"，一取就再也没回来了。

想想，这种方式还真是有些可爱。"忘记一件东西"，有时就成为两个人见面的借口，和关系发展下去的开头。而所有为了再次见到你而使出的小伎俩，都是因为我不舍得就这样和你错过，都是我为了能够再次站在你身边而制造的小契机啊。

有时，我们怎么都不肯说破自己的心，于是故意找点别的借口。当然，忘点什么在对方那里，或者借走对方的什么东西，也就成为勾搭的小手段。

想起来自己读中学的时候，因为喜欢的男孩子也很喜欢读书，就把他刚刚读完的一本书借走了，后来也会提起自己有什么好书，于是一来二去地相互借取归还，制造了很多联系和相处的机会，也多了很多可以互相讨论的共同话题。虽然最终也没有什么结果，因为太羞涩含蓄，直到毕业手都没有拉过，但想想那份青涩时的小心思，倒也不禁感叹“少女情怀总是诗”呢。

年龄越大，越是对相处中这样少见的小心思暗暗窃喜，倍感珍惜。它是朦胧含蓄的试探，是小心翼翼地伸来的手，是等待你心知肚明却不去说破而共同上演的戏码。因为一点点没有直言的暧昧，因为其中包含的忐忑，因为它的欲语还休，也更多了心里的那一点点不可言说的喜悦。

说起来，有时候，我们越是想要某样东西，就越是装作无所谓。

但是，后来，我再也不会因为自己的胆怯和“含蓄”就轻易放过明明那么想要得到的东西。因为也有很多时候，我们用这种“欺骗”，慢慢地骗过了自己，于是造成了很多错过和失去。

明明很喜欢一个人，表面上却若即若离，生怕别人看出胸膛里你那颗早已按捺不住的心。可是喜欢是掩饰不住的啊，你跟着他走动的眼神，别人提起他时你不自然的表情，他和你说话时你嘴角的笑容，都是掩饰不住的啊。可在别人起哄时，你却又连连否认。

明明很在乎一个人，可当他走了时，你却装作无动于衷，内心歇斯底里地波浪汹涌了一万遍，嘴上却说着“没关系啊，我也不过如此”。你不爱我了离开了就算了，我也不会挽留，大不了老子也装着没动过真情。

明明很羡慕别人拼搏在外风里来雨里去的生活，可碍于固守的环境和自身的怯懦，你告诉自己现在这样也挺好，有稳定的环境和爱自己的人，平平凡凡才是真。可是当别人一次次站在舞台的光环下的时候，你的内心却也不由得有些羡慕嫉妒恨。

所以啊，那些装作若无其事的在乎，就当做爱情中偶尔你懂我懂的小游戏吧，只是千万别拿来自欺欺人，别拿来用在错误的时刻。

人生苦短三万天，为了面子骗骗别人没关系，但别骗自己。因为最终失去的，只是你自己。而很多事情，并不是青春期那种暗恋的朦胧的浅淡，而是它本来在你生命中十分重要，但一旦失去了，就再也回不来了。

问问自己内心真正想要的是什么，想想如果做了，最坏的结果又会怎样。你会发现，即使坏到底了，好像也没什么，但如果真的去追求过，起码有得到的可能。不要因为面子和恐惧而失去，很多时候即使失败，你也不过是再次回到原本的日常生活里去而已。可因为没有去做而带来的失败，那种“明明可以”的可能性，却带着永不止息的懊悔，它们最终成为你生命的围城，使你始终无法绕过，而被迫长久地痛苦在原地。

哪怕你告慰着自己无数次“没关系啊，我也没那么在乎”，你也明明白白地知道的，你就是那么在乎。

在初雪想你，是我爱过之后的惯例

一

北京下雪了。三月，这个冬天的第一场雪。

昨晚梦见雪。我说下雪了，哪里都去不了了，你就陪着我好不好。你没有说话。我们两个人就坐在阴暗的天色里。一直一直。安安静静的。

醒来，果真下了雪。我站在窗前看雪花由小变大、由疏变密、由慢变快，纷纷扬扬地飞舞滑落。但你并不在我身边。

在这之前，仿佛全世界都下过了雪，只有北京还是老样子。我甚至怀疑，今年是不是就不会下雪了。

但老实说，比起下雪本身这件事，我更担心的是，下雪的消息没人可以分享。

就像此刻，我坐在阳台上，放着轻音乐，敲击着键盘。我并不能在你的对话框上敲下一个字，但放在朋友圈里也毫无意义。

分享第一场雪的心情，和想念的感觉一样。就像其他的一些事情，它们冥冥之中都在指向过去。

记忆这东西真是奇怪，很多过去你原以为就像大雪后的荒原，整齐清洁，全部都被渐渐覆盖遗忘。可有时只需要一丁点小事：一首属于那个时间的音乐，一只你曾爱吃的牛角面包，一个曾一起走过的街角，或者是一场雪，很多事情就都回来了。

人们总以为过去的事情都被忘记了。其实不是，它们只是被换了一个地方放置。发生过的事情不可能忘记，只是想不起来了而已。

二

一年暴雪，你的车子打滑撞上了桥头的栏杆，你一边检查着车子漏出的黑色油滴，一边用最后的电量给另一座城市的我打着电话，平淡的口气听起来就像在说别人的事情。

你戴着我送给你的灰色围巾，说天气可真冷啊，说路过的车子溅起的纷飞雪沫，说准备要搬家去看房子，说堆在家里的厚厚纸板箱，说这个季节和包装起来的屋子的寂静。

听着你因为寒冷而高低起伏的音节，隔着电话我仿佛都能看到你嘴边呵出的白白水汽。

你还说要是我在就好了，我们可以一起在雪中散步，可以买下一只路边的烤红薯，可以一起去滑雪、团雪球，可以去吃热气腾腾的九宫格火锅。

我想要是我在就好了。你的冬天或许就不会那么萧瑟寒冷了。

关于这些，我都曾有过期待。

可是后来我真的见到北京的雪，是在三里屯跳舞的间歇。我和朋友从燥热的酒吧里出来，身上还带着未曾消散的热气。我们站在门口，一边抽着烟一边看着雪花落地。有卖玫瑰花的阿姨把花朵塞进我的怀里。

我真的见到了北京的雪，但你已经消失在我的生活里。

那一晚我在雪夜里走了好久好久，从太古里走到蓝色港湾。北京的雪夜很安静，昏黄的路灯下雪花如飞蛾舞动，我痴痴地站着看了好一阵。

三

原来并不是非得待在你身边，看着你的脸，才算是喜欢。

甚至都不用听到你的消息，没有声音，没有问候，也不需要告诉你我在雪中的心情。

喜欢一个人，可以仅仅是突然在某一个时刻想起。

只是有一次圣诞节，我去商场步行街看圣诞树上飘下的人造雪花，却看到太多欢乐的情侣。我打开你的对话框，想了想，又撤回，最终发了一条充满节日喜悦气氛的朋友圈，想看看你会不会点一个赞。可盯着屏幕没过两分钟，我又匆匆把它删掉。

那一年的北京也是迟迟不肯落雪的，就像今年，就像一个人憋着不得不咽回去的心里话。后来我跑到一家居酒屋里去吃了好大一碗拉面，还喝了一壶滚烫的清酒。你知道的，热气腾腾的食物总能填补心里那丝丝缕缕的疏落感。而我一向如此。

说得越多，我越是怀疑。记忆如此虚实不定，斑驳交错。或许它只是我在丛林中洒下的面包屑，为了提醒自己的来处。可惜它们被乌鸦吃去了大部分，我再也无法顺着它们回到你的身边。

但很多事情越往后也就越淡然，走出了长长的一段路后，我发现没有雪也没有你的日子，其实也并不算坏。

只是记忆太过高贵。而它也终会如同漂浮在大海上无法回航的破旧大船，日渐下沉，直至无从寻觅。就像一个人还记得家里的门牌号，但那个家，早已被拆毁。

这一切都没关系。

毕竟，我从未在一场真实的雪里见过你。

即便如此，每逢初雪，总还是会想到你。这只是我爱过之后的惯例。

这里有一箱情愿，请签收一下

“知道爱你没有结局，痴心妄想你会给我甜蜜，有心无力，遥不可及……”听到这首《文爱》，我一边把它拖到备胎专属歌单里，一边甩给了阿彬。回过头，看到坐在我右后方的阿彬愣了一下，然后扭过头对着我苦笑。

其实对于阿彬的感情状态我本来是不了解的，但是那天一向不急不缓的阿彬太过反常，六点钟，刚刚下班，他就拽过外套背起了包冲我喊道：“笑嫣，帮我把软件关了，再把电脑关掉啊，谢谢，我有急事！”说完不等我回话就一溜烟跑了，只给我留下一个背影。

第二天我们两个人在公司门口抽烟时，我不禁八卦了一下：“昨天什么事那么着急啊？”

原来是阿彬在朋友圈里看到喜欢的女生发烧了，于是他心急火燎，下班就赶紧跑到女生家附近，买了一些药和水果，还有一箱牛奶，想照顾照顾她，可没想到他连女生的面都没见到。任阿彬打了几个电话，女生都没有接，最后他只好发了个微信告诉女生，他把东西放在了门卫那里，叫她好一点的时候记得去取。女生这回倒是回话了，但是只有两个字：谢谢。

我说：“你这送去的哪是一箱牛奶啊？”

他愣，问：“那是什么？”

我：“一‘箱’情愿。”

阿彬还在辩解，说，或许她觉得生病了不好看才不见我的吧。

我摇摇头。如果是喜欢的人，就算不想见，也不会接连几个电话都不接，而且事后总要解释一番。按说，女生生病时是最需要人关心的，而她既然发了朋友圈，也确实是希望有人探顾。只是，那条朋友圈并不是对阿彬发的而已。

没有人会对喜欢的人真正高冷。如果他在意你，也必定在意你的感受、心情；如果他在意你，也必定会生怕你失望离去。而冷淡至此，只能说明是你一个人的一往情深而已。

“以为都为对方痴迷所以坠入爱河，谁知只有自己一厢情愿变成过客。”

其实谁没有经历过一厢情愿的独角戏呢？

尽管我从来没有和你在一起，可是你的一颦一笑、一举一动，都像卷起了我身边的千层海浪，来势汹汹，念念不忘。我把所有精力和勇气都孤注一掷地投放在你身上，一厢情愿且不计任何回报。

但这样的感情，从一开始就注定了被动和无法对等，有的爱会被安稳收藏，有的爱就注定会被遗忘。他若有意回馈，那可能是爱情，他若置若罔闻，那就只是单相思。可是，对方也并无过错。一厢情愿，就得愿赌服输。

很多人心里都曾有那么一个人，他是你手机不静音的原因，只要一条微信过来，就算再困，喝咖啡也要陪聊到底。每天早上醒来第一件事，就是看看手机有没有他的信息。一天要翻他的朋友圈无数次，看看他有没有新的动态。实在忍不住，自己发条消息过去，等待回复的漫长时间里战战兢兢，一条信息就赌上了一天的心情。

你约他喝咖啡、吃饭、看电影，你为他天寒送暖、深夜送饭、雨中送伞，你制造无数的“巧合”出现在他身边，你努力将他照顾得无微不至。你用力地对他好，暗示得一点都不巧妙，可是他却永远很被动。虽然从未直接拒绝，但也从不主动示好。你和他就像坐在天平的两端，你拼命为自己的爱加码，他却始终无动于衷。

其实，他不是不主动不热情内心羞涩，他只是没那么喜欢你。

总有些人喜欢为自己喜欢的人找借口，其实不过是恋恋不舍，想给自己更多继续爱下去的希望。

电影《他其实没那么喜欢你》当中有一段经典台词：有时候我们宁愿相信一个人压力太大、太累、太自卑、太敏感，有童年阴影或者太爱前女友，却不愿承认一个简单的事实：是的，他不是太忙，也不是受过伤，不是心里有阴影，也不是手机掉进了马桶或者患了失忆症，他只是没那么喜欢你而已。

因为不喜欢，所以不在乎。所以任你极尽所能、千百般示好，就如石沉大海，激不起一层涟漪。可是，喜欢这种事，很多时候就没有对等的回报。并不是你拼命对他好，就能换来她同样的爱。常常的结果是，你耗尽了自己的喜怒哀乐在他身上，可他未曾接收到半分。你曾以为他的出现会是黑夜里的一道光，是冬日里的暖阳，可最终等来的只有一句句不冷不热的问好。

“你本无意穿堂风，偏偏孤倨引山洪。”

而我爱你，如鲸向海，如鸟投林，不可避免，退无可退。

你好，这里有一箱情愿，请签收一下。

与世界交手这些年

YU SHIJIE JIAOSHOU ZHEXIE NIAN

20岁以后，我的朋友都是借来的

一

虽然并没有设置什么朋友圈三天可见，但是也越来越少发朋友圈了。

以前还会随便写点碎碎念，后来只是偶尔发个照片刷存在感，现在连照片都懒得发了。开了美颜，在不同的角度拍上几张，反复挑选，然后p图，经过一长串流程照片才得以现身，但是，然后呢?

不过是些轻飘飘的点赞，和一些无关痛痒的类似“好看”的评论，但在那些赞里，有些人的头像根本一点儿也不熟悉，当然你也不会一个个点开来分辨。而最关键的是，这一次的评论和上一次、上上一次……几乎毫无差别。所以就连赞美也无法带来意义了。

而对我这个写字的人来说，最讽刺的莫过于，每次转了文章没人看，发了照片全是赞。

说起来，我们和我们朋友圈里的“朋友”们很多都没有交集，也不甚了解，所以明明是自己的朋友圈，但和自己本身也没有太大关系，只是在靠点赞维护着一点细若游丝的牵线“友谊”——哦，最近还有拼XX的“帮我砍一刀吧”。

前些天有个毕业后就没有联系的中学同学突然邀请我去她的工作室，我本想借机会拉近一下同学感情，谈谈这些年的生活和变化，没想到进了公司她就拉来一个“老师”给我体验各种美容仪，然后你就知道了，当然是一系列的推销。

我把你朋友，你却只把我当肥肉。

我这个还不算什么，据一个同学说，他还曾被另一个同学忽悠上火车，被骗到了一个传销组织，经过了无数次洗脑和不敢睡觉的几个夜晚，才终于想办法脱身。可以说是很恐怖了。

二

近两年里，莫说是有效交流，就连能互相吐露心扉、真正地介入到彼此的生活中的朋友都越来越少了。每次想要约会，想来想去都是那么几个人，但彼此都很忙碌，能碰好时间的情况也并不算多。

成年人还有一种默契，就是同事之间是无法做朋友的。哪怕工作之余你们聊热播剧、聊八卦、吐槽上级、嘻嘻哈哈，是每天见面最多的人，但只要一出了公司，几乎很少有人是会在周末约起来一起玩耍的，而离职也就意味着你们之间几乎再无联系。

曾经每天打交道、一起吃饭的人，转身就成陌生人。

也曾有过一次，我和一个同事跑到门口去透气，一边抽着烟，一边竟然聊起了一些从未聊过的话题。关于彼此的生活、关于生活中的茫然，竟意外地获得了对方的理解。我们两个人都很松懈地坐在一个阴影里的台阶上，莫名地说了很多话，没有寒暄，没有鼓动起的虚假热情，一切都显得很真实。

但是我们一旦离开那里，跨进公司的大门，就立刻又变成了隔开几个工位的、略显客套和生疏的同事。偶尔沟通工作流程、开着不痛不痒的两句玩笑，大多数时间各自面对着彼此的电脑，然后在下班的时候喊一声："我先走了"，就和那句回复的"明天见"一样的轻松和轻飘。

我们最终还是要回到自己的角色里。

但所谓友谊，其实也并不是想要和谁聊多么深刻的话题，比如我和一个女伴有很多相同的阅读喜好，每次我们约会都是穿着漂亮的小裙子，坐在某个精致的下午茶餐厅里，可以讨论一些书籍，但却从来没有获得想要的那份“真实感”。

那就好像我们在潜意识里都觉得，我们有义务去确保每次见面和交流都是满分的，但实际得来的反倒是隔阂。于是在一次“哈哈哈哈哈哈”后，我们双方都默契地减少了联系。

三

成年人的友谊真的是太难得了。虽然也并不是没有可以坐在一起吃饭的人。

但想起来，我其实有过很多次“一夜友情”。

比如有一次我去酒吧蹦迪，在人群中看到一个并不算熟悉的朋友，于是拍他的肩膀，就凑到了一起。那天晚上很神奇，他在等他的朋友，而他的朋友也在等自己的朋友，朋友的朋友又带来了另外的朋友……所以原本是我一个人的娱乐夜，最终竟变成了十几个人的狂欢。我们在介绍着那些根本不会记得的名字里点着头，一起喝酒、跳舞、玩骰子、哈哈大笑，几乎不分彼此，每个人都好像和所有人是亲如数年的莫逆闺蜜、好友。

然而离开的时候我们亦没有一个人主动去添加其他人的微信，或者留下任何的联系方式。虽然嘴上说着“再见”，但实际上每个人心里都很清楚，这些“友情”不过只存在于这一夜而已。

我们实际上都是彼此的陌生人，哪怕明天在街上遇到都不会认出彼此，也不奢望有其他任何的深入接触。然而快乐在当下是真的，我们曾互相陪伴、彼此感染，而后若山川下的河流各自奔走。

后来想想，这种“一夜友情”也有其魔力，不需要一个人闷着头沉默、忍耐，可以分享心事并毫无负担，没有什么担心暴露的，也不会有任何掂量与计较。或者在这种关系里，连倾诉都不需要，但在那个时候，你并不是一个人，每个人都毫无防备地去接纳当下的对方，于是获得减压和放松，并一起抵御了孤独。

就像偶然瞥到了一道绚丽的风景线，然后你回到自己的生活里，也不会有任何的越界。但那短暂的时间里一切都是美的，也是值得回味的。

四

所以我们现在的很多友情是多么的奇怪。

有时你明明很需要他人的陪伴，但又不想陷在需要花费过多力气的关系里。有些过于熟络的感情会对对方有过高的期望，有些人面面相觑却说不出什么话来，或者令人感到并不自在。

于是我们都转而投向一种“轻松”的关系里，浅尝辄止，彼此都没有什么期望和要求，不需要花力气和大量的时间去维护，保持一定的距离，在其中来去自如。

我们只是偶尔互相“借”对方的一点时间，成为“5月13日下午两点”和“6月20日晚上九点”的朋友。这样并没有什么不好的。这个世界那么大，总有些人敏感而脆弱，笨拙且孤独。但也总有些时候，还是会渴望那种“实实在在”的朋友啊。

能够分享和介入彼此生活的，可以喝完酒躺在一张床上的，一起搞怪、互相怼来怼去口不择言的，在对方失恋时能帮她去打一拳渣男的，“只要你要，只要我有”的那种朋友。

可我们终究还是渐行渐远了。

90 后毕业五年，谁才做了正确的选择

春节期间是朋友同学聚会的集中爆发期，而 2018 年正是我们自大学毕业以后步入社会的第五年。在这五年里，我们各自走上了不同的职业道路，也纷纷在情感伴侣上做出了不同的抉择。曾经一同喝酒同居泡夜店的鬼混姐妹团，如今坐在一起旁观对方的人生都是云里雾里。回想青春期时我们几个人窝在一起看《小时代》，幻想着“时代姐妹花，永远不分家”，结果谁也没能活成偶像剧里金灿灿的人生。

五年过去，我们还都是一个个普通得不能再普通的女孩，每个人独自走在各自的轨道上，在朋友圈里窃观着别人的人生，也在这个信息爆炸的时代里，因为看到同龄人的成就而颓丧叹气着。

于是五年来，我们一路坚持，也一路犹疑。道路那么多，到底我是不是做了正确的选择？

今天的故事里，没有年纪轻轻的CEO，没有月入三五万的优秀青年，只有普普通通的几个二十五岁女孩，看看她们毕业后的第五年，都活成了什么样子。

樱桃上学的时候是最能玩的那个，我们翘课喝酒晚上不回家，她更过分，记得有一次她打了一个车，让师傅停在天桥下面，开了车门就穿着高跟鞋蹬蹬蹬往桥上跑，就图一个好玩。当然她也加了无数夜店群，和工体的各家外联熟得像哥们，一晚上能带我们连跑三个场。我混迹夜店的“不良恶习”就是被她带出来的。

如你所料，上学时她成绩一贯不好，最热衷的事情除了玩就是谈恋爱，

那会儿她谈男朋友的标准，也无非就一个字：帅。

谁能想到就是这个无法无天的樱桃，毕业后转身就进了某政府高级管理部门，从此朋友圈里除了自拍就是开会、值班、团支部，当然还是自拍多一些。

托家里和单位的福，樱桃年纪轻轻房车齐全，成了我们姐妹团里的人生赢家。工资少点也没关系，反正每次开支之后她就把钱转到妈妈的账户，再转身向爸爸要生活费——毕竟老爸给的比工资多多了。

在谈了几次无疾而终的恋爱之后，现如今她只有一个迫切需求：结婚生子。于是她刚刚加入了相亲的队伍，只求迅速找到一个靠谱的男人结婚，就算完成了所有的人生大事。

从反抗家里对恋爱的干涉，到主动要求老爸介绍，不过就是这一两年的事。“帅？真爱？呵呵，别逗了”，她说：“现在爱情已经不是我的蕾丝花边裙子了。”

然而公务员和公务员是不一样的，每个人的人生起点就不一样。

小杨只有一个普通的家庭，毕业那年她挤破了头才通过了据称 1000 进 1 的公务员考试，又通过远远近近的亲戚们走动，才留在了某部门工作，曾经最爱化妆的她一夜之间变成了素面朝天一身素净的基础款小职员。

进入工作的第五个年头，现在她的收入是六千多块，支出呢，基本不太敢多和朋友出去聚会，日常吃穿用度全靠淘宝打理。用一些、还一些，到现在还欠了银行一个月的工资。

但是这些都不算什么，关键是，小杨觉得，这一切都太没劲了。五年如一日。她觉得自己就是那个二十多岁就死了，只是等着八十岁埋的老年少女。

所以小杨从来不和樱桃比，一个是她真不羡慕，一个是家境不同，没法比。只是每当小杨看到 Joanne 的朋友圈时，都会对自己的人生产生深深的怀疑：外面的世界那么精彩，选择这样一条一成不变的路到底对不对，以及自己还有没有别的能力离开这里，过上像 Joanne 一样丰盛多姿的生活?

Joanne 在两年换了无数个工作之后，当看到“站在风口上猪都能飞起来”这句话后，她毅然决然地投身进了创业圈。从此以后讲话都是 A 轮 B 轮天使轮，创投资本大数据，朋友圈里除了熬夜做 case，就是和各路大佬的合影。

她到底在做什么项目，本职工作是什么，谁也不知道。反正看起来是个风风光光的社交圈名媛，和猪猪女孩过着绝对不一样的人生。

只有 Joanne 知道自己是个什么鬼样子。

自从靠资本吃饭以后，才知道资本一直在寒冬，自己入行以来也从没站到风口上过。反正跳槽跳了这么多次，她也没有瞎猫碰上死耗子进过一个滴滴摩拜抖音短视频。分红上市拿干股都是行业里的神话，对她来说有的只是 12K 的月薪，当然同时存在的还有 996 的工作模式。

在拿命加班的深夜和没有假期的假期里，Joanne 也觉得这样的日子怎么也看不见个头啊，当初还不如像小杨一样考个公务员算了，食堂的饭菜才几块钱，节日年终还有个福利，不像自己，明年公司在不在了都不一定。关键是朝九晚五的日子多轻松啊，打了这么多年的鸡血，现在感觉血都快凉了。

但是那种想法，Joanne 也只是想想而已，其实要说起来她最羡慕的还是大学同寝室的翁小姐。人家毕业后到香港某个商学院留学镀了个金，回大陆后家里又拿出一笔钱在商场开了个加盟的化妆品店，摇身一变就成了翁总，每天坐在那里就等着钱刷刷进账，一天下来晒出手机里的微信零钱比自己一个月挣得还多，那才是真正的白富美。

不像自己，加了那么多大佬，还是过不好这一生。

钱啊，这东西，就是越有，越有。Joanne 想着，不禁叹了口气。

在 Joanne 上铺的安安最近一次换工作，是因为她结婚了。结婚之前她在做什么不得而知，反正自从嫁了个起名测字算命的老公之后，两口子就一起开了家店，顺带着卖茶叶。用他们自己的话来说，这是保留中国传统文化。可惜“传统文化”太小众，二环内的店铺房租费用挺高，客流量却一直上不来。

安安有时也在想，女孩子是该有一份自己的事业呢，还是就这样和老公一起打理共同的事业家庭呢？在这一点上，最近急于做出改变的是龙龙妈。

早在我还上大学的时候，龙龙妈就举行了婚礼，我也贡献出了我人生的第一份份子钱。从那以后，除了她的老公没变过，我们闺蜜的男朋友都换了好几茬，而当其他人还在爱情和工作上迷茫的时候，龙龙妈的宝宝已经两岁了。

从备孕到现在，龙龙妈在龙龙身上花了整整三年时间，三年的职业妈妈，朋友圈里除了晒娃别无其他。不过当然晒娃本身没什么毛病，别说小学群里多少人的名字都变成了 XX 妈，哪怕是剑桥大学，博士毕业，写字楼里风姿绰约的张总李总 maggie 姐，在家长群里都得乖乖脱下高跟鞋。

但是三年过去，孩子的衣服奶粉纸尿裤，每一口呼吸都是钱。再看看朋友圈里别的姑娘，生意一个个做得风生水起，龙龙妈也坐不住了。总不能一直靠他爸那 7K 到 1W 不等的工资养活全家吧？

今年孩子终于断奶了，龙龙妈现在只想回归社会多赚点钱，可是她又很疑惑，外面变得太快了，自己现在到底能做点什么呢？

其实在二十多岁就做“五年总结”好像挺没劲的，但是每到新的一年，不把过去重新理理，就感觉既对不住过去的日子，也没法条理清楚地继续开始。

有时候，我也是就想看看别人的生活，到底是个什么样了。

说起来，二十出头的前五年，确实很重要，它基本塑造了一个人在步入社会期最初的样貌，也足以在同龄人之间产生不小的差距。

但很多时候我又觉得人生不必过于着急，就算我们只是普普通通的二十五岁女孩，如果知道自己想要什么，并为之而生活着，人生还是挺有奔头的。毕竟呀，后面还有几十年呢。

如果你提前看到自己这五年的变化，会改变当初的选择吗？

其实关于谁才做了正确的选择这事儿，根本没有定论，我也一样。

没办法，我们每个人在生活中都一会儿是旁观者，一会儿又是局内人。

但是前两天我在朋友圈里看到一个姑娘说："很多年少时没有放肆过的人，等到了一定年纪开始拼命补偿自己。而我常常自我提醒，没有人能拿现在再去补偿过去，否则就连现在也失去了。"

这句话听起来挺有道理，可以说是很理性了，但我总觉得哪里不对。想想，我只能同意一半。过去确实无法补偿，但为什么不能从现在开始去重新选择，不能随心地做自己喜欢做的事呢？为什么生活就必须是一场苦行，而不能是一场派对呢？

做自己喜欢做的事，成为自己想要成为的人，什么时候开始都不晚。

所以啊，所谓正确的选择，在我这号不靠谱的人看来，就是自己喜欢的，并且非做不可的那个，不做就会不甘心的那个，而无论结果是什么。

不要试图活得完美，那是旁人眼里无聊的标准。要活得完整，经历才是别人抢不走的东西。

在复杂的人生迷局里，A 并不一定会推导出想要得到的 B，但也许你会由此发现，A 本身其实也挺重要的。哪怕你在其中只是收获了一堆看似没什么用的品质，比如坚强勇敢、不怕受伤之类，也算没有白白成长。

熬夜的瘾和遥远的你都无药可医

出差前的一晚又莫名失眠。骤然间时间胀了出来。

从焦虑而急迫地催促自己入睡，到后来听之任之的坦然，夜就变成了一种体验。看着天花板上光影交错的晃动出神，而黑夜又拉长了白天的苦味。那一瞬间感觉自己像是时间缝隙中的游鱼。

想到那些关于熬夜和失眠的时刻，于是干脆起身开了台灯，把它们一一记录下来。

偷取自由者

“晚安。”

但实际上，每次在聊天窗口跟朋友们说了晚安之后，我们都心知肚明，谁也没有睡去。

只是在这两个字结束了话题后我们都心安理得地去做自己的事，哪怕又看到对方发出了朋友圈，或者出现在其他的群里，我们都保持着不再打扰的默契。

毕竟啊，只有夜晚才是真正属于我们的私人时间，才可以断绝一切和生活的关联，所以熬夜这件事和烟和酒一样，都会让人上瘾。

有些人是真正失眠，而另一些人是主动拒绝睡眠。到底有没有做什么事倒都是其次，理直气壮地挥霍时间本身就是夜晚的专利。

打几局游戏、听一些歌曲、读几页书籍、追两集剧、刷着层出不穷的抖音，或者没完没了地从一家淘宝链接逛到另一家去……其实熬夜的时间大多都是“浪费”的，但这也并没有什么可耻。正是因为它的“无功利性”，给了我们一种睡前的充实。

在那个时间里，我们仅仅是在关注自己的需要和那颗本心，让忙碌的自己感到还在“生活”着，而生活在世间除了工作以外还有那么多的有趣。

白日和夜晚就像是平行空间，我们在寂静无人中得以进入另一个世界，用最朴素和最本真的人格游荡在黑夜的暗河里，不自知地随波起伏着。一批创作者也因而得以进入自身的秘密花园，从佩索阿到卡夫卡，无数“小职员”和专业创作者一同回到精神的内核。

正如博尔赫斯所说：我们像窃贼一样瓜分了夜与昼的惊人财富。所以从本质上来说，所有熬夜的人们，不过都是想偷一点自由。

夜晚沉思者

也不是所有的夜晚都是享受。

睡不着的时候躺在床上，听着万籁俱寂中钟表的滴答声，或者在临街的房间里听到车辆驶过一次次带出的疾风，就总会无端地胡思乱想，翻来覆去也无法入睡。

对未来的迷茫、对过去的反思、甚至偶有对明日的恐惧，此时都一股脑地兜头而来，像混乱的毛线缠绕在一起，使本该休息的头脑一路狂奔无法停息。

人们擅长逃避，尤其是在日常生活大量事物的覆盖之下，我们忙于被推动前行甚至为之焦头烂额，只是当世界一旦浸入无声的黑暗，突然之间一切都避无可避。

那些被白日所忽视和掩盖的迷茫，显现在夜的缝隙里，并见缝插针地游走，如同汩汩涌动的暗流一条条蜿蜒涌入，无序且纷扰。此时浩瀚的宇宙里除了你本身以外一无所有，而你从厚重的外在庸常的壳里被剥离，于是不可避免地陷入自我反省与和跟自己辩驳的怪圈里。

你是无数个你的汇集，在迷宫中莽撞地试验着妄图寻找出口，但最终它们又只变为一个个瞬息。

黑夜藏匿的东西太多，但那里面一定有很多并不属于睡眠的梦，以及因之而延伸出的焦虑。

但其实大多夜半的沉思终归是无效的，到最后除了一声叹息，实质上我们获得不了别的。所以我们不禁翻了个身告诉自己别再瞎想，劝诫自己早些进入梦乡——虽然那并没有什么用。然后果然第二天一切毫无改变，又是一如往常且普普通通的一天。

一切又在继续。

总是在惴惴不安里入睡，看到太阳的时候又假装是美好而崭新的一天。

深夜心碎者

一到夏夜啊，空旷的大街上、窄陋的小巷里、灯红酒绿的酒吧门口，或是人声鼎沸的大排档外，总有人喝多了在喊着自己的心事。

为工作也好，为感情也罢，总之压抑的人生啊，总是需要一个出口。而夜晚和酒精都是再好不过的掩饰，和放纵一下的借口。

成年人的悲伤在日光下是突兀的，但黑夜是巨大的容器，它接纳我们所有的情绪，并且人们都为此心照不宣——没有人会嘲笑一个在深夜心碎的人。所以那些在白天佯装安然无恙、一切如常的人们，等到夜幕降临，终于能扯下所有的面具，为武装的心打开囚笼，和它说说话、温柔地爱抚让它强行封锁的所有委屈。

所以心伤和其他的情绪一样，比起一颗僵硬的内心，它未必不是一件好事。起码它会是一次激活。

而很多的女孩子，她们在夜晚的床畔沉静不语，只是又一次地忍不住在搜索栏里打下熟悉的名字——说好了不再想你，也说好了不再窥视，但自己也数不清在这样的夜晚究竟违背了理智多少次。

看你熟悉又疏离的侧颜，也看你注视着她的笑脸。你就像一颗智齿，埋伏在我的生活里，一次次间歇性疼痛在某个猝不及防的凌晨两点里。在阳台前为你心悸叹息，在昏暗的台灯下轻呼你的名字，在一杯红酒里回味你的温存，在睡梦里逆着风跑向你。

你从一个实实在在身边的人，终归变成一个若有似无的幻梦，如此真实熟悉又如此遥不可及。

但熬夜的瘾和遥远的你，对我都是无药可医。

夜晚是心事的贮藏点和避难所，无数的故事交织成一张密不透风的网，覆盖在白日贫瘠街道的荒原上。黑暗中有人沉入夜河，有人涉水而去，有人如同影子左右摆动。

每一个失眠的夜晚都如此私人，但每当想到这个世界上在同一时间里一定有很多很多的人也正在清醒和沉睡的门槛间来回徘徊，也就不再觉得那么孤单。

只是不管夜晚经历了多少种神伤和惆怅，第二天还是要匆匆忙忙地去面对清晨的车水马龙。悲伤毕竟是奢侈品，你我都消受不起。成年人夜半的心碎，当然远没有第二天上班要紧。

所以无论是困意扑面而来、沉沉睡去的舒心，还是因思念或困扰的夜不能寐，或是仅仅想做一个时间的小偷在夜晚调取兴趣，无论哪一种状态都该被珍惜。

半夏生

一

夏至。第一候，鹿角解；第二候，蝉始鸣；第三候，半夏生。

今年北京的夏季雨水丰沛，似是还尚未到溽热的盛夏极致，夜晚无需打开空调，关掉最后一盏床头的小灯，卧在全然的幽暗中，于枕上听得风声雨味。这样的夏夜，在沉静中将人带入迥异于白日匆促的世界。雨水点滴，短促有力，平平仄仄，如同一首绝句。

范成大有诗：窗间梅熟落蒂，墙下笋成出林。连雨不知春去，一晴方觉夏深。

午后确是最让人体会到夏天的味道的。日光直烈烈地拓下，虫鸣聒噪此起彼伏，树木苍翠，踩在斑驳的树影上，将眼目眯细成线，人不觉之间有种动物性的慵懒。远处隐隐传来汽车的鸣笛，可那懒懒的单调的机械声音的间作，却使得寂静更加深远了。

这样的时晴时雨，如同不定的心情在寂夜与明日之间。难得睡得安稳的周日，起床喝清水、打扫房间、洗澡、顶着湿漉漉的头发去买花，捧着花归来的路上感觉自己也像一株植物，头发呼吸着阳光自然烘干，怀里一蓬蓬地散出淡淡香气。

沉郁要拿出来晒晒，不要一直霉浸在心底。酒后应该唱出来，劫后应该挺直腰板一笑任之。凌霄、合欢、蜀葵，它们都在生长，都在克服糟糕的天气、用力迎着阳光，都只一季花期。在成为尘土前，得骄傲地站着。

你我在这世间时日匆促，过客要有过客的样子，务须尊严来去。

二

这两年，活得愈发简单，心念纯粹，戒掉了人世、俗念以及泪水，有时一颗心空空如也，爱也愈发消瘦，只留下孤独。只能积攒内心的力量，以使自我的天地完满充实，所幸文字让我笃定。只是依然明白，置身于生活的海洋中只能随波起伏，文字给予落脚之处，但不是岸。我不知岸是什么，也许根本没有，所能做的不过是找到一处处落脚点，跳跃而往，不致被滚滚波涛带走。

习惯了夜晚出去跑步，每晚 7 公里左右，在宽阔的大马路上听着风过耳畔和自己的呼吸声音，在人少车疏的地段偶尔可以瞥见星星，经常会有飞机闪着红灯低低飞过楼群。长时间的跑步，让人心生豪情，沉闷的心情在陡然阔朗之间有种想要喊叫的冲动。夜晚一切俱隐匿，而你虎虎生风，如同君临天下。

写到这里，想起一部日本电影，《Tokyo.Sora》。很闷的片子，但片中缓慢而不断重复的乏味生活正是生活本身。片中有个写作的女子，独自生活，小小的屋子，打开冰箱来是绿色的啤酒瓶。偶然独自去回转餐厅吃饭，遇到另一个孤独生活的女孩，两人喝酒后一起去跑步，边跑边脱着衣服，这时音乐响起。这是片中唯一的一处高潮，如果算得上的话。而我竟然就哭了。

前两日也约了女伴一同喝酒，是失散多年的闺蜜，依靠现代网络在微信中捡回。晚上在鼓楼一带吃烧烤，坐在路边的槐树下，有树叶不时飘飘散落，然后去酒吧喝威士忌。霓虹灯光鬼魅，在其所照范围内改变着每一个人脸上的颜色。我们伴着音乐说笑、手舞足蹈，一旁有陌生的女孩子喝多酒，于是一起干杯聊天。明亮而闪烁的灯光让人们充满希望却实际一无所获，驻唱的男孩子唱到“鼓楼的夜晚匆匆，陌生人啊，请给我一支兰州”。

凌晨三点左右我们才从酒吧出来，这街上仍然太多买醉的人来来往往，醉眼迷离间各家酒吧的招牌灯炫目耀眼。我喜欢醉意朦胧地走在夜晚的大马路上，身边有陪伴的人可以勾肩搭背，月影充满整条街，房屋的阴影绵延相连，整个人飘飘然，有着同样飘飘然的愉悦的心情。

只是，在欢聚时便感到苍茫的落寞，就像在正午时感到黄昏的凉意。

我伸出手去，看酒吧的水晶魔球灯散出的光斑闪烁在掌心。我握拳，它又闪走。我当然抓不住。

幻觉带着我们向前走。

三

属于我的夜晚，大多时候是一个人。入睡之前的片刻，大多交付给了电台。将蓝牙音箱放在身侧，听着有磁性的沉实男声，声音给床铺带来微微震动。那一刻，会感觉很沉潜，有莫名的踏实和满足。我喜欢这夜晚轻轻的凉意，喜欢这寂静中显得落拓的声音，喜欢这黑暗的悄悄的时刻，摆脱一切负重的、没有未来的时刻。有时会想念一些人，像这夜的轻轻的凉意一样。

但有时夜晚会持续着孤单和困境，陷入混乱意识的潮起潮落，在夜晚黑暗的浪谷里，在寂静之中，陷入。当然，无论酒还是梦，醒来之后我们都还是确切无误地停留在我们自己之所在，只能直面。我想不了太远太久了，面对眼前事物不妨如同击球，当下接了打回，没有犹豫，并不去计较过去和未来。只能如此，并相信这是最适合自己的方式。

是的，所能做的，不过是完善当下的每一刻，让生活更加符合自己的意愿。心所要的，不是足够多，而是足够欢喜。人生这场酒局，与其推杯换盏之间步步为营，于我而言不如纵情豪饮、一赌尽兴。

善待每一寸时光，哪怕只是苦中作乐。

东风来与不来，我依旧要花开千树万树。在一切归于沉寂前，要么美得淡然素朴，要么美得险象环生。

北京真的让你那么难过吗

最近关于北大清华毕业生仍买不起学区房的话题成为热门，又将北京生存艰难的种种推到风口浪尖。前两天有个读者也跟我说，读了我的作品七年，当年因为我的《外省娃娃》而获得力量，考入北京的大学，如今即将毕业，面对北京的生存状况，也许会选择回到老家。

其实这几年身边有很多朋友陆陆续续地离开，或者回到家乡，或者另谋发展，也有两个转移阵地到江南的朋友一直试图将我拉入他们的阵营。迷惘的时候，我也动摇过，当感到某种“软弱”时，我也想过干脆撒手去找个美丽悠闲的地方云淡风轻花开花落算了。可这样的念头只存在几分钟，我会问自己，平淡安逸的散漫人生和在风口浪尖上快意恩仇，你更想要哪个？听到自己内心的答案，我会立刻又直起腰板继续面前的工作。因为我想要的，是一个充实而不断进阶的人生。

有人说，还留在北京的，都是没有退路的。这话对，但也不全对。对于一些人而言，这仅仅是一部分，还有的，是因为理想，因为野心，因为想要证明自己的价值，因为想要对得起这仅有一次的一生，因而愿意拼尽全力，想看看自己能做到什么样子。而一旦想到“退路”，真的退下来，就会一步退、步步退，直到退无可退。

同样的环境，是痛苦无力地挣扎而哀叹没有退路，还是积极迎进乐于背水一战，这是心态的问题。

赵雷的一首《成都》一夜之间火遍全网，是因为我们心里都有那样一个悠然的梦，那是在我们内心角落的一个诗意的栖息地。我也可以偶尔去旅行、去放松、去看世间风光、去放养淳朴时光，去在安静的文字、音乐里找到那种美之境地。但，最终我都会回来。那些角落，终归不是我的生活。而“成都”再好，北上广才是我们的斗兽场。

我们听了太多对于北京的抱怨：过高的物价、难以企及的房价、拥挤不堪的交通、频繁的雾霾、被压榨的时间、无休无止的加班、沉重的生存压力。这些都让这座城市显得糟糕，至少不那么迷人。可如果你想一想，当初是为了什么来到北京的呢？

在我的《外省妹妹》中，我记录了自己为了考入北京的高校付出了多少的努力。因为在小城长大和高考的经历，与在北京生活的经历，两者对比，使我非常明白北京能够提供给我的，是小城完完全全所不能支持的。

那些“想走又不能走”的人，想必也有着不能走的理由。那就是大城市提供的，让人不能放弃的部分。

资源和机会

毫无疑问，大城市为人们的抱负和理想提供了更多的资源、机会和可能性。在这里，大公司和创业公司比比皆是，机会也因而成倍增长。它为人们提供了更多追求，也提供了更多选择和充实自己的可能。在大城市，你会及时接触到最新鲜最前沿的信息，即使它们和你的切身关系并不十分密切，但会让你有一种与时俱进、站在时代前沿的不脱节感。这种确定自己没有落后的感觉，无疑也是一种极大的安全感。也正是因此，它会让人更容易保持上进的心态。

另一些资源来自方方面面：优秀的教育、大的书店和商场、优质的医疗、艺术活动、文化讲座、小剧场演出、时装周和各方各面的活动等等。无论是社会基本设施服务，还是文艺、fashion 等，大城市的容量是小城市远远无法比拟的。

多元的保护

在大城市，你可以更肆无忌惮地去成为你想要成为的人。

无论欲望、野心、奇装异服还是整容，大城市包容你的一切，包括你自身强烈的个人特征和价值观。人们可以更自在地做自己这一独立个体，不用担心他人的看法，同时不干涉他人的自由。

闪婚或者不婚，考公务员还是做自由职业，出入夜场还是加班到凌晨，这里没有人责怪你，或者强迫你该去怎样。而这些，回到闭塞的家乡，在家长里短之间，才是问题。

大城市保护你的自我。而这是它最大的礼物。

支持和安慰

24 小时便利店、酒吧、灯火阑珊车水马龙、手机支付、外卖服务、共享单车、网约车……这些看似“小小的支持”成为城市的一部分，也成为你生活的一部分。尤其是酒吧和 24 小时便利店，使孤独的人不再无所适从，而是得到安置。它了解你的每一份孤独、无助和痛苦，也给你时间和空间去慢慢消化。在一个深夜无处可去的地方，因为没有灯光、行人和出口，你会比现在孤独数倍。

同时，你在这里会结识各种各样的人。志同道合的也好，酒肉朋友也罢，你总会找到自己的同类，哪怕只是在酒吧和不相识的人一起唱一首歌的时间，灵魂的某处总会得到一种安慰。

北京的房价当然贵得离谱，让人望而却步，也许前一秒钟你好不容易为自己打到满格的鸡血，在下一秒钟当你挤在无法转身的地铁车厢里时就瞬间殆尽，想到要回到五环外的租住房，飘来荡去这么久，却始终不能有一个家，那种疲累和无力感，就是你怀疑为什么要留在这座城市的时刻。

这些都是会存在的，它不可避免，且暂时无从改变。但我想，我们不能把生活的不如意，都归症在北京这座城市身上。当你看着朋友圈里江南的友人晒照，烹茶煮酒游园读书，你以为是北京的问题，但其实如果把你放在江南，也许也只是抱怨着潮湿的梅雨天，选择在被子里窝起来看上一天的视频。

最终，这只是人的问题。

虽然房价我们无力控制，起码我们可以控制自己的心态和生活。一群年轻人在一起，为各自的小理想小生意边玩边拼，也活得挺好，没必要死死盯着房子眼神呆滞地焦虑。其实世界挺大的，有意思的事情也挺多的，你可以做那么多开心的事，却偏偏只盯着这一个东西看，陷入这种不得解脱的单一焦虑中，亏得才更多。

当然，如果你愿意为了买房子而始终努力，我更会为你加油鼓掌。因为我懂得“安家”对于人内心的重要性，也知道它的现实意义，更知道房子对于很多年轻人来讲，不只是房子这样东西本身，而同样是目标、动力和证明自己的方式，是让自己变得更好而预设的一种可能。

而北京对我们而言，最重要在于，大城市会逼迫你对很多人生问题进行思考和回答，你只能直视它且无可逃避，而这是使人明白自己和变得深刻的重要方式。

其实选择哪一座城市和哪一种生活都没有对错之分，只要你能从中自给自足，找到适合自身的生活方式。只要你在其中能获得充实自己灵魂的生活。无论选择哪一种，最重要的永远是充实积极的心态，和与生活不断碰撞与和解的能力，是要有一个可以为之专注而付出精力、心血的事物。

我见过很多在大城市一脸疲惫愁苦的人，也见过走路带风生机勃勃的人。见过很多在云南定居后坐在风景如画里没有方向一脸茫然的人，也见过那些专注于陶艺、漆器等事业的淡然满足的手艺人。

决定我们生活状况的，不仅仅是城市和房子。更重要的是，我们抱着怎样的心态去生活，是否有热爱的、值得专注对待的事物，足以充实我们的生活，让我们的内心时时踊跃着深泉，以此让生命永不干涸。

不如停止这互相羡慕的平行人生

微信响起，是对话框里许久没有联系的许然，“笑嫣，我在北京，有空的话一起吃个饭？”我点开她的朋友圈，看见一张她和望京 soho 的合影。

许然是我的高中同学，一场高考后，我来到北京，她去到沈阳，毕业之后我在北京辗转经历了三重身份：杂志编辑、广告公司设计师、自由职业者，而她回到家乡，在某政府部门工作。

“就是趁着看病的机会，来你们‘大城市’看看”，许然调侃着说。其实她也不是什么大病，只是脸上最近频繁爆痘，吃药又不怎么见好。

几乎是不可避免的，我们聊起了各自的生活。许然说，一切看起来都挺好的，朝九晚五，工作单位离家里只要一刻钟的路程，工资虽然不算高，但在小城生活也是足够。

“就是觉得有点无聊”，她顿了顿说，“有时就会想，如果我也来到大城市闯荡，生活会是什么样。”

当时是在下午三点的大望路，星巴克和 costa 里都是面前放着苹果电脑正在做提案和谈生意的白领，许然看着她们的眼光，不能不说有那么一点憧憬。我知道 20 多岁的女孩子总是会期待更多的可能，而那些都市白领，也代表着她想象的另一种生活方式。

“但是你知道这里的小职员生活常态其实是什么样子吗”，我说，“是在暗无天日的格子间里应付一项接一项的工作，出门见个太阳透口气都是弥足珍贵，更没有闲暇像我们现在这样享受咖啡厅里的时光。如果你在这里坐到五六点，就会看到一群人顶着一张张疲惫不堪的脸闯红灯、挤公交车，努力让自己塞进沙丁鱼罐头一样的地铁。而另一些人，将会在这些灯火通明的大厦里一直工作到凌晨两三点。”

可能就是这个样。

在老家的人看来 Nina、Vivian、Coco 都是洋气的代名词，但只有我们自己知道，那不过是工作里的一个代号，连名字都算不上，就像编号 75438 一样。

然后她说，但是听起来很过瘾，而且她很羡慕我现在的生活：依然写着自己的文字，可以做自己喜欢的事情，不用打卡，时间自由。

如果说我现在的生活状态有什么让自己满意的话，可能确实如她所说。但自由职业面对的问题是：收入不固定、没有五险一金、没有工资流水、没有工作证明，甚至连个签证都办不出。而其实我们的时间也从来没有真正的自由过。

上班的时候，凌晨两点多从公司出来，发现车子在路边被贴了条一天都白干是常事，哪怕是现在，无论是上课还是出差、跑活动，走到哪里我都要背着一台电脑，别人忙完了事情回去就可以休息，而我不管多晚回到房间还是要继续为公众号写稿。

前两个月事情实在太多，忙得脚不沾地，飞去海南做活动时，站在台上精神奕奕，回到大巴上就开始挂着颈枕睡觉。一双黑眼圈永远也消不掉，每天早上醒来都要先反应一会儿自己是躺在哪里的床上，反倒是自己家，两个月也没回去几次。

因为这样，不知道推掉了多少的饭局和邀约，和一个做淘宝代购的小姐妹约了无数次也对不上时间。

记得那姑娘刚开始做代购时，说她赚够了多少钱就回老家买个房子安安稳稳地消遣下半辈子，结果现在她还是经常一个人拖着两大箱化妆品飞来飞去，只不过从前飞回北京还要挤公交车，现在可以站在路边喊个滴滴。

我说，你说好的回老家呢？她笑，说，早就停不下来了。

是啊，到后来已经不是挣得多少的问题，而是只有很容易得到的人，或者有退路和资本的人，才有放弃的能力。像我们这样没有任何背景的小城姑娘，靠“五年高考三年模拟”来到大城市、费尽所有留在大城市的人，没有哪样东西是轻轻松松得来的，又怎么可能轻易放弃。

我们害怕今日的轻松会换来日后的无路可走，所以奋斗变得像是个没有终点的路程，也许几年前我们憧憬着赚一笔巨款然后就能轻轻松松地躺在床上，可是后来我们发现，自己就像那只没有脚的鸟，奋斗已经是奋斗本身，它成为此生唯一的选择。

也许所有人都羡慕过另一种生活，就如许然好奇大望路的白领，或者代购姑娘曾想着奋斗的目的就是回到老家，但最终我们都会明白，人生就像 AB 面，你能选择的只有一个。我们之所以会羡慕对方，只是因为我们彼此间的人生经验无法通兑，只是因为自己被困在当下的生活中无法分身。

实际上每个人都有他自己的困境，当然也有不可替换的得到，还是要看你更想要什么，又如何去应对。

选择家乡，或许工作一成不变，如许然所说“没有价值感”，但既然主业不忙，完全可以自我提升、创造价值、做许多自己喜欢的事，比如阅读和学习、旅游和健身……那未必不是一种美好的生活。

但若因为对人生更加好奇、想知道生命还有多少种可能而来到大城市，就必须做好吃苦和不会成功的准备。你会为未知焦虑、为工作焦虑、为明天焦虑、为看不到的未来焦虑，但也正是因为这些，人生才有了不断可以拓展的外延。

而无论哪种生活，实际上它本身都没有任何意义，重要的是你自己要创造和赋予它意义。

最后我对许然说的是，每一种获得，当然都会意味着对另一种的放弃。而大城市的生活，既不像偶像剧，甚至也不像“奋斗剧”，如《北京女子图鉴》里的女主角一样开挂逆袭的毕竟是少数人，更不会像电视剧里那般轻松容易。

今时今日我明白的是，大城市的确有更多的包容性和可能性，但不是努力奋斗就一定能创造奇迹的，只是在那个勇敢追求的过程中，我们获得的东西，包括挫折和不完美，都是为自己的人生增添的一笔色彩和一份完整。

而所谓“更好的生活”，并没有一个客观统一的标准，还是要看你对人生期待的阈值在哪里，到底什么能让你获得满足感。

有些人喜欢诗意缓慢、岁月静好，有些人渴望功成名就、腰缠万贯，而对当下的我而言，能满足我，或者说能缓解我的焦虑的，不过是今天很充实，我没有虚度时光，并且在努力变得更好。

在这一点上，焦虑同时也是我的动力。至于人生开挂、阶级跨越——那得看命。

选择当然是要做的，每个人都是。只是，如果已经选好了一条道路，且并不想改变人生轨迹，那就不要再往旁边看了。与其眼巴巴又毫无意义地羡慕着另一种人生，不如把自己当下的生活过得好一点。

不要被动地生活

一

早上起来刷朋友圈才发现今天是五四青年节。但很有意思的是，在散布和“庆祝”这个消息的，大多是中年人，反而是年轻人们并没什么动静。当然如果说这种现象是因为中年人才更有对青春的怀念感，和表现不服老的心态，也是的的确确，毕竟青春这个东西还在年轻人的当下，也不用刻意去表现。

但是我总觉得吧，相比起来，好像现在的年轻人真的太丧了。

翻翻同龄人的朋友圈，不是“好像越来越没办法假装去喜欢一件事了”，就是“感觉自己真的很失败”，再不就是转发的文章都类似“生于 90，死于熬夜”。文艺青年就更厉害了，会说佩索阿的那一句“郁闷就是灵魂失去了哄骗自己的能力”。

其实这批人和几年前兴致勃勃地读着《在路上》，说着“永远年轻、永远热泪盈眶”的人是同一批，后来他们唱着痛仰的“再见杰克、再见我的凯鲁亚克”，再后来干脆变得默不做声，成为黑压压的写字楼隔间和地铁上筋疲力尽又木然安静的人群。

二

就是，真正长大以后我们才发现，现实中的青春和小说、电影里讲的根本完全不是一回事。你想象的什么狐朋狗友昼夜 party，什么间隔年徒步旅行，什么热血激昂地玩闹摇滚谈理想，还有什么霸道总裁爱上我，到后来统统都跟你没什么太大关系。

如果只是看看国产电视剧的话，你会觉得北上广好像都是特别好玩的地方，年轻人特多，能交到好多朋友，有很多新兴产业，工作都特有趣，可以玩的地方也很多，哪里都是热热闹闹的。

当然事实上这些也没错，可是你真的来了，却又马上发现自己根本没钱也没时间。

对于大多数压力与责任骤然上身的年轻人来说，现实很可能就是：哪怕你就在望京工作，一年到头也没空去隔壁的 798 转一转；来北京待了一年多，也没时间去听一场音乐会或者去蜂巢剧场看一场先锋话剧。最多就是好不容易得空吃个下午茶的时候拍张照晒个朋友圈，好像自己享用到了城市的繁华和资源，活得小资又美好。事实上，无穷无尽的加班、挤地铁、吃外卖、和几个人合租需要共用洗手间的房子，然后过着日复一日不见头的生活，才是当下年轻人的常态。所以也难怪现在大家都这么丧。

三

可是吧，好像也不能把所有的一切都怪罪给外界的环境。很多朋友的抱怨句式基本上是这样的：最近忙死了，但又觉得什么都没干，没劲透了。

前两天假期，我看完电影去星巴克买饮料，看见四五个中学生就围着一张桌子各自玩着自己的手机，谁也没抬头和谁说上一句话。然后我去停车场取车，又看见几个二十多岁的年轻人，就在车场里或站或蹲着，我很好奇，观察了一会儿，原来他们谁也想不出来能去哪、能做点什么，于是一个个都摆着一张写满无趣的厌世脸尬在那里。

情况是，现在的很多年轻人其实都在被动地瞎忙，忙到天翻地覆也不觉得充实有劲，然后还根本不会玩了。即使突然有了时间，也不知道怎么玩。

更恐怖的是，很多人都没有了玩的心性——反正也不知道有什么好玩，反正平常工作已经那么累了，周末不如就躺在沙发上捧着手机看剧吧。

然后日复一日，最后蓬头垢面地窝在家里觉得人生可真 TM 无聊。

那种感觉可真是，年纪轻轻就半截身子埋进土里了，对生活的热情一点点都没有，你还有什么资格嘲笑人家广场舞大妈。

青春啊，不只是个年龄段，而应该是一个人当下的精气神。二十几岁可不就应该追求自由、激情工作、充实内在、喝酒泡吧恋爱撩妹声色犬马吗，难道你就甘心那些叛逆、激情、活力、梦想和奋不顾身拼搏到底的精神，统统都被生活的无趣给吃掉了？

四

这两天看《创造 101》的那些女孩子的时候，我才看到年轻人该有的那个样子。

在真实的境况中，每个人都有忐忑、怀疑、恐惧、脆弱，还有对未来的不确定，也都面对着残酷的生存机制。但她们还都有朝气、有活力，也有为自己的明天和梦想执着奋斗、不甘放弃的勇气和韧劲。那种敢对世界喊话的生机勃勃，真的会让看者两眼发光。

敢爱敢恨、又哭又笑的生活，无论怎样，总好过面无表情的麻木不仁。

也许认真工作是我们生活的常态和必备项，它也确实值得称赞，但你不能仅仅陷于机械性的工作之中，就此失去眼睛里的光。

我是觉得，生而为人，总要活得像个人，有七情六欲，有尘世烟火中俗俗气气的欲望。比如想穿得漂漂亮亮出去认识朋友的欲望、想和友人喝得酩酊大醉勾肩搭背手舞足蹈的欲望、想和帅气的男生穿着情侣衫逛街互怼玩耍的欲望……

就是工作也要有股子拼劲儿，就是要积蓄能量、逆风翻盘的欲望。

你要学会和这个世界谈恋爱，对美好、新鲜和有趣有持续的向往心，说到底，一个人鲜活的生活状态才最重要。你就站在你自己人生的C位上，所有的失败和丢人都没什么，但要你发光。走出门去多尝试、多体验，什么能让你感到快乐就去做什么，不要给自己设限，不要活在一个笼子里，不要怂。

Anyway，青春这个东西只有一次，你正在最好的年纪，那就不要辜负它，更不要辜负自己。

五

其实很多总说没时间没条件的人，到底是没心态。

我知道在生活的重压下想要活得热气腾腾也是很难，但生活也从没对谁另眼相看地好过，你赖在家里的沙发上，有趣也不会从天而降就掉下来。而所谓活色生香的生活，有时无非是不放弃心中的那些小浪漫。

我有一个电子相册，里面存放的图片都是记录的生活中很细微、也很私人的小美好和小快乐，具体都有什么就不说了，但是想说的是，这个相册的名字叫做：不造幻觉何以为生。

另外想说一件很好笑的事，就是有一天我睡觉，梦到自己的一篇文章有了6万的点击率。然后醒来我还真的看了看手机，发现真的是做梦。

但是那又怎么样呢？我虽然每天只睡那几个小时，但是其余的时间也都是在做梦啊，无论生活还是工作。

红尘好破得很，要么是看透真相之后一丧到底，要么是另一种破罐子破摔——索性将梦热热烈烈做下去，快意人生不再纠结。所以说，总要有种“冷冷清清地风风火火”的心态。

既然我们还要活在这人世，那么就算是深刻地丧过，那之后也还是要浅薄地生活着啊。

年轻的时光啊，穿着几十块钱的 T 恤和喜欢的男孩子在夏日街头开开心心地吃一支冰激凌，也比麻木地打拼成一个背着爱马仕的钻石女孩哭丧着脸说这世界可真是没劲透了，要好得多。

成年人的世界里没有容易二字

早高峰，在北京地铁八通线上，面前坐着的一个姑娘强忍着眼里的泪水，表情因为控制而反复扭曲，但始终压制着没有哭出声来。我不知道她在经历着什么，也没有办法给她一丝安慰，但那种感觉却可以深深体会。

想起有一次的自己，走在一号线和十四号线中间的换乘通道里也是同样地强忍着在眼眶里打转的眼泪，但脚下依然快步奔走，没有放慢一拍。所以我知道，她和当时的我一样，一旦从地铁中再次冒出头来，就会毫无异样地微笑着去面对同事和工作，仿佛什么都没有发生，仿佛一切如常。

想起来，真是很久都没有哭过了。和眼泪一起失去的，还有醉酒。

我算是一个爱喝酒的姑娘，以前难过的时候，也会躲进酒精里去，现在不忙的时候还是会喝两杯，但很久都没醉过，不敢醉。醉了后要头疼脑涨，要酩酊大睡的，可我第二天早上起来还要上班。生活这么忙碌，没有难过的时间，被时针推着往前走一走，就又有一大堆新的事情要面对。能做的不过是，眼睛一闭，第二天继续，很多时候，连睡眠都是奢侈。而悲伤就更是奢侈品，我们都消受不起。

实在难过的时候，流那几滴泪，不过一瞬间，这一瞬间就可以撑半年，然后补个妆，厚着脸皮嘻嘻哈哈地继续把游戏玩下去。

我有个朋友萌萌，自称“武林萌主”，长得的确乖巧可爱，个性又十分开朗欢脱，是朋友圈里的开心果。这是一个永远乐观，永远积极向上的人，好像她的生活中从来就没有什么不开心的事。和我一样，萌萌也是个广告人，经常加班到深夜。一天半夜她给我打电话，说是应急，能不能在我那住一晚，我也没多问，就答应了。

“我就知道你肯定没睡，不然真不知道还能麻烦谁。”萌萌拎着她的笔记本电脑，一脸疲惫。原来房东毁约，萌萌被扫地出门，她虽然紧急换了个租房，可是网络还没有牵好，加班到夜里的她刚刚到家，又接到紧急方案需要当晚完成，好巧不巧的，她前一天刚和男友吵过架，无处可去。

“没事儿，听说本命年都是有点背，明天我买个转运珠就好了。”萌萌笑嘻嘻地说。

我一向不会安慰人，只是默默听着，她反倒安慰上我了。也是在这时，我才想起来，这个姑娘才 24 岁。我接过她的包，给她收拾出一张工作台，两个人就静默无语地各自埋头工作。凌晨两点多，我合上自己的电脑，一抬头，看见萌萌被笔记本映得苍白的脸上，满脸泪水。她的手并没有停止操作，甚至她都没有发觉我在看着她，只是无声地流泪，好像连自己在哭都不知道一样。

我给她倒了杯水，说，会过去的。

她也只是淡淡地回了我一句，你先睡吧。

其实我自己也不知道什么叫“过去”。日子忙一点、苦一点，都没什么的，但可怕的是，好像就一直是这样子，你并不知道未来要怎样走才能拥有理想的工作生活，你拥有的只有现在，和无数个“未来的现在”，甚至如果不多努力去做改变，也许还不如当下的未来。你不是不能坚持，但你看不到光。就是那种，完全看不到出路的时刻，就是崩溃的时刻。

想起看过的一个热门微博：“现代人的崩溃是一种默不做声的崩溃。看起来很正常，会说笑、会打闹、会社交、表面平静，实际上心里的糟心事已经累积到一定程度了。不会摔门砸东西，不会流眼泪或歇斯底里。但可能某一秒突然就到极致了，也不说话，也不真的崩溃，也不太想活，也不能去死。”深以为然。

你以为这些苦恼只是属于我们这些刚步入职场社会的穷 low 年轻人？我认识一个年近四十的朋友，此时他正处在人生不得不做选择的十字路口。总部发文把他所在的部门集体降薪 13%，给他两个选择，要么接受降薪并优化团队，要么调任。这个朋友在这家公司工作 7 年，年薪百万，其实三年前他已经意识到在舒适区里太久，想要跳槽，但还是因为无法抗拒高薪酬、高福利、轻松稳定，选择了维持现状。他十年如一日，三十多岁做的还是二十多岁做的那些事，但薪水却是当年的两倍，有今天，说实话一点都不意外。

可想而知，如果他现在辞职去创业公司，适应不了节奏，如果接受了调任降职，两年后等着他的就是劝退失业。可这仅仅是开始。他老婆还有两个月就要生产，等他的孩子生下来，奶粉，教育，学区房，生活的每一分钟都是钱。父母已老，太太已赋闲在家，任何家人生一场病，都能把他的生活推向深渊。他不敢告诉老婆，曾经年薪百万的高富帅，如今也在降薪、裁员的名单上。那天他跟我说，他下班后不敢回家，只是坐在广场上看着那些快乐地跳广场舞的人发呆，看着夜幕一点一点降临，却不知道自己该何去何从，好像以后就连跳广场舞的资格都不会有。

你看，生活处处是伏笔。我不敢说，艰难总会过去，星辰大海总会在未来向你招手。因为很多时候你我根本看不见出路，只能硬着头皮往前走而已。但早一些能够拼搏，能够坚持，能够保持危机感，未来还总是会有底气和希望。何况，很多找到生活意义的时刻，就是在那些不断翻越希望的高山的时刻。山的那头到底有什么，只有爬上去的人才能知道。

如果有一天，你能坚持奋斗到自己的山峰之上，你才能回过头去，审视曾经那些熬着、撑着、咬牙奋斗着的时刻，在那一刻，你才能确认过去的意义，而在这之前，你甚至没有资格去评判值不值得。

我们之所以这么努力，是为了对得起自己每一步付出的艰辛，更是为了豁然开朗的那一天的到来。为了那一天，我们有资本能够去选择，有能力去掌握对自己生活的主动权。

青春总有一段日子，是没有岁月静好这回事的，用力往前走就对了。人生意义？要过怎样的生活？到你想奋斗就奋斗，想退隐就退隐的那个段位，你才有资格去选择。

所以说，没有过岁月激荡，又何来山高水长呢。

哪怕到最后我们并没有成为当初想要的那个样子，可人生终究没有白过，大风大浪都见过，也真真实实地活过，但求没有辜负过时光，也就不枉费在世间走这一遭。终究，你所经历的都会成为你的人生，这所有的一切，包括痛苦与对痛苦的抗争，都是为了让人生圆满的要素。

躲过去的，总有一天会加倍找回来

最近小庄姑娘很心烦，跟我抱怨说本来是因为不满意自己的公司，离职了想休息两天再换个好一些的工作，结果到现在也找不到下家。我一边吐槽她怎么不找好新东家再辞职，一边出于仁义道德还是劝她说，现在工作本来也不好找，不着急，慢慢来。她说，怎么能不着急，都在家待了已经一个月了，之前没找工作就辞职是因为去了一趟大理，但这段时间的开销加起来，眼见就要弹尽粮绝。

我下意识地捂好钱包，为了避免她开口借钱，赶紧问道，怎么会这样呢，好歹你也是有些工作经验的，不比那些应届毕业生。

果然，我成功地转移了话题。

“别提了”，她说：“还不如那些应届生，有不会的东西也是理所当然。而我每到面试被问到自己不会的问题，一个接一个的时候，就觉得面红耳赤，在小会议室里如坐针毡。最尴尬的时候是无法给出一个答案，整个房间里一片寂静，过了一会儿，HR 喝了口水，说这样吧，我再问你最后一个问题，你给我一个为什么要留下你的理由。这样的情况下，连我自己都说不出口，是啊，有什么理由让人家留用我呢。”

一片沉默。

然后我继续补刀：“可是被问到的那些内容，应该都是你工作职能范围内的吧，偶尔有不会的也可以理解，为什么总会出现这样的情况呢？”

“是，按理说都是我们部门的事，可是有些当时是别人负责做的，我就没管过。或者碰到我不喜欢的工作内容，就麻烦别人帮我做了，等到她有比较合适我的工作内容再交换回来。当时也没觉得有什么不妥，反正也不会出现什么纰漏，既然安安稳稳的，很多能躲过去的就躲过去了，哪知道现在会用得着呢。”

其实，小庄说的我能理解，熟悉、稳定的东西会给人带来安全感，使人产生一种可以把控的错觉，而自己把控范围之外的东西，就成为某种挑战，给人以威胁感，人会本能地规避威胁，想要躲回自己的安全区内，选择对外面的世界视而不见。可是，你今天躲过去的，明天始终要面对。而你今天去面对，尚有足够的时间去学习，等到明天被迫面对的时候，却只能手忙脚乱、悔不当初。

想想，我们从学生时代起就很容易犯这样的错误。上基础教育的时候，不喜欢学习英语，觉得应试教育嘛，能及格就行了，反正以后也没打算去国外发展。别人认真学习的时候，你连看着美剧都要紧盯着中文字幕哈哈傻乐。等到要找工作的时候，发现很多公司的招聘信息上都写着要求“英语读写流利，能正常交流，并翻译日常工作信息”，于是你只能放弃，而当年的英语学霸却“轻轻松松”地进了外企。你望楼兴叹，想着要不报个什么培训班吧，开始你加倍努力学习，然后又因为“太忙了”、“没时间”而成效甚微，后来三天打鱼两天晒网，最后又放弃。这一放弃，就是几十年，你终究也没能进去外企的大楼。

再想想读大学的时候呢，本应该学习专业技能、为未来储备，可是学校那么多帅哥美女、社团活动，你想，那么多人都说大学应该是放纵青春的时候，于是你就放纵过去了，四年过去，技能没学多少，酒肉倒填了一肚子，等到真正要工作了，一切又是从头学起。可是现在没人等着你慢慢学，每个人都那么紧张，工作任务都那么繁重，再没有老师耐心地告诉你一二三。任务分配下来，你只能不得不焦头烂额，熬夜通宵，来弥补过去本应该掌握的东西。

回头看看，我们总是因为贪图一时安乐而躲避着，放弃了那么多主动权，换来日后完全被动的境地。但，从内打破的那叫成长，等到外界逼迫你打破的时候，那叫飞来横祸。

种瓜得瓜，种豆得豆，因果循环是人生最基本的道理。时间是最公平的资源，你把它用在哪里，它才会在哪里结出果实。要在最合适的时间，做最合适的事。而曾经一味躲避的你，给自己找过的所有借口和理由，到后面都会被现实狠狠地打回来。

别抱怨这个世界的不公平，这个世界实际是如此公平。

你躲在游戏里，别人在看教育视频；你赖床到日上三竿，别人在外出调研；你在吃零食追剧，别人在研究市场发展。每一个你躲避着，得过且过的时刻，都是拉开差距的时刻。而努力的人，才有更多的机会和选择。

如果你现在刚刚步入职场，一定要把握好这个时机，这是一切还能够重新开始的最佳时机，在这几年里不要过于计较金钱得失，更不要太过贪图玩乐，去努力学习、拼命工作，纵使这几年是薪水最低又最辛苦的时候，却是你的最佳成长期，更是奠定了未来职场生涯最基础的时期。在这时，还有前辈愿意去指导你，你也不要为那些没有分配到你头上的难题而沾沾自喜，因为如果你不去了解、判断和解决，总有一天这些都会变成你的软肋。眼光要放长远一些，要对未来的自己负责，而不是让未来的你讨厌现在的你自己。

每个人都有过最好的时光，但并不是每个人都能对自己的时光负责。

而除了那些关键节点，最好的把握时期，就是现在。

只要你还愿意努力，一切都不算晚。

要对更广阔的世界抱有好奇和畏惧的态度，要看到自己的不足，适当给自己一些可能会发生的危机感，不要躲在安全区里，而是主动向未知迈进。

我们永远都不能保证能够掌控自己的生活，尤其是未来的生活。而现在的努力，就是让那些以后可能会让自己尴尬的时刻，来得少一些。

为了更好的工作和更大的平台，你不只要应付手里那些工作不出错，还要学习更多的知识和技能。为了能和更高水平的人谈笑风生，你要提高自己的知识储备，丰富自己的涵养。为了日后能配得上你的男神，你也要认真护肤、运动锻炼，修炼一个美好的外在。

不要总把事情推给明天，一推再推只会让你措手不及，换来一脸大写的尴尬。而让我们尴尬的，根本就不是别人，而是我们自己。

体面的人生是，在任何一个场合，我们都能够从容自若，表现得恰当、得体。

而这一切的前提是，你早已做好了准备。

那些开挂的同龄人，究竟哪里比你强？

可以说从 20 岁起，我们才真正开始了属于自己的人生。这是我们离开父母，也逐渐步入社会，真正开始认真地去为自己的人生做思考和决定，也开始了在一步步前行中不断规划与调整的路途。

于是二十多岁起，人生也随之多了些迷茫和困惑，可一旦我们找不到答案，或许就会安慰自己。就像我曾经在读《麦田里的守望者》时自我安慰，每个人的二十多岁都在迷茫啊，在任何地方都是如此。也因读到木心的“青春就是时时刻刻不知如何是好”，而给自己找到了逃避的借口。

然而只需要短短的几年，你就会发现，曾经的同窗们已经各自活出了不同的人生。有时候还很残酷的是，也许突然某一天你就惊觉，不久前还好像站在同一条起跑线上的小伙伴，不知道什么时候起就像坐上了火箭，远远地跑在了你前面，一骑扬尘、鞭长莫及。

大家都是第一次做人，凭什么别人就总能选对路？

实际上现实留给我们的迷茫期是非常短暂的。不敢直面人生的一次次躲避，又或是过分怀念青春的肆意无知，只会让自己在未来沉浸入更多的后悔里。有些人早早明白，冲锋陷阵，在不断试错中调整自己找到方向，也有些人故步自封，被 deadline 的现实推动着缓步前行。

而这，也许就是人生给我们上的第一堂课。

但亡羊补牢，为时不晚，早一刻迈出腿去实干，也就多一刻的机会。当然，这其中最重要的还有眼界和智慧。所以我们的正文，也才刚刚开始。

比学历更重要的是能力

这条对于双一流高校生和普通学生都一律适用。

我记得我的读者群里有个小女孩曾唉声叹气，说自己只是一个专科院校的学生。然后我说，现阶段的环境已经无法改变，能改变的只有我们自己。我鼓励她专升本，除了希望她能够多学习而不是浪费时间，也是因为我知道好的学校确实重要。它能提供更宽阔的眼界、更深度的学识、更优秀的风气和更广阔的平台。这些确实都比普通高校要强出数倍不止，如果你有能力获得的话，它们当然重要。

但是如果你能拿出来的始终只有一纸文凭的话，它也同样什么都代表不了。

躺在一张学历上，就妄图向社会要高薪的时代早已过去了，在这个时代里英雄不问出处。如今人们的安身立命之本是自身的能力，以及对能力的转化——你能为公司带来多大的效益、实现多大的价值。能在这点上做到优异，即使你是专科出身也没人能多一句嘴。反之，如果做不到，即使你曾经跟着最牛的导师研究过最先进的课题，也不会有人仅仅因此就去为你买单加薪。

学历是你的台阶和敲门砖，它在一定程度上也展现了你优于常人的智慧和毅力。但在工作中你所能表现出来的灵活的头脑、机智的判断、持久的恒心、耐劳的韧性，以及对潮流的感知和把握，对同事和团队的组织能力，还有敢于创新的魄力等等，它们综合到你的工作表现能力上，才是最大的说服力。

如果你还在读书，请先努力拿到你能获得的最好的学历，不要在还不知道自己能做到什么地步的时候，就因自我安慰或盲目自大而放弃本该拥有的机会；如果你已经毕业，也不用过于对学历斤斤计较，未来的路还很长，第一步并不能决定所有。

没有稳定的工作，你只能稳定地优秀着

有段时间唐山收费站的大姐火了，因为地方政府把收费站取消了，大姐却表示“我已经 36 岁了，除了收费，现在啥也不会”。后来有个 83 岁的清华奶奶也火了，退休 26 年的她，组织了 8 年的校友会，坚持跳交谊舞，还向年轻人学习比特币、机器人和心理学，并有 6 年的淘宝经历。从未停止学习的她，即使高龄如此，还是拿到了阿里的 40 万年薪。

现在的时代变化得太快了，曾几何时那些上一辈人眼中的“铁饭碗”转眼就不见，一个新兴产业的崛起瞬间就能把另一个产业推向穷途末路，而那些创业公司更是朝不保夕每天都在奋力拼杀。

以前的人都想着工作稳定，然后互联网大潮来了，大家不得不纷纷离职。后来大家又想，既然加入互联网，也得去个稳定的大公司，于是很多人去了乐视，然而乐视在不到两年的时间就从扩张变成裁员。记得我在读中学的时候，最渴望的工作是成为一名时尚杂志的编辑。可当我上了大学，一夜之间时尚杂志的传奇光环就消失了，几乎所有的传统媒体都走向了没落，各家媒体人也纷纷另谋出路。

对于只贪图稳定，在一份工作上混日子的人来说，一旦被迫离职就毫无疑问地会陷入人生危机。但对于那些真正优秀的人而言，他们只是换了个行业继续优秀着。

记得在纸媒刚刚受到冲击的时候，大家都嚷着说“主编死了”，可是后来我发现，很多主编们只是换了个称呼——他们变成了创业公司 CEO 或者文案总监。知名视频类自媒体“一条”的创始人徐沪生，仅仅因为和《南

方周末》的新媒体总监聊了两个多小时的天，就决定开始了40岁的创业。但在这之前，他29岁创办了《上海壹周》，35岁创办了《外滩画报》，本身就是很厉害的媒体人。还有时尚博主黎贝卡，创造了新媒体的销售奇迹，然而她之前就是《南方都市报》的首席记者……其实这样的例子数不胜数，他们只是把自己的能力、资源换了一个平台展现出来，并且在浪潮来临之际有魄力纵身一跃。

行业的没落非但没有击垮他们，反而成就了他们即时转型的辉煌。

只有那些不断学习、不断积累、随时观察这个世界的动向并去积极跟进的人，才能跟上时代的脚步不被淘汰。

只有你稳定地优秀着，才能有底气站在不断刮来刮去的风中还屹立不倒。

你要坚持，但不要死磕

这条道理挺适用于上一条选择工作方向，但又不止于此。

毅力这个品质，用对了方向，是事半功倍的坚持。用在错的方向，就不可避免地变成了死磕。很多事情不能及时止损只会把人牵进更多的沉没成本。《我不是潘金莲》中的李雪莲已经用赔进一生的教训告诉了我们这个道理。

之前我有个朋友犹豫着要不要换工作，想听听我的意见。她的工作在外人看来还很不错，外表光鲜、薪资合理，但她想换工作的起因，是与同事不和，这让她每天都很不愉快也很烦躁。

我问她犹豫的点在哪里，她说，如果她因为同事选择离开，那就等于自己认输。她觉得既然对方排挤她，她就更应该风风光光地留下来去努力压对方一头。但如果她不走，现在的状况也着实令人难受。

我理解她的想法和处境，但我觉得，她离不离开公司，并不应该被办公室政治所决定。关键是要看，这份工作，这个公司，到底对你的个人成长还有没有价值。

如果这份工作，对你来说没有什么还可以继续学习的了，也没有什么资源是你想获得的了，或者说能学习和获得的只是一小部分，但却要花费大量的时间，ok，那你可以果断走人，不用再去死磕。但如果你对这里还有所求，又没有看到另外的环境能提供给你更好的学习和发展空间，那么再难忍也要留，这时你做的才是坚持。

这个道理也同样适用于感情和其他事。

感情虽然不像工作那么功利，但有时我们也需要一些清醒。然而现实是，总有很多女孩子，明知道自己已经陷入了一段很糟糕的关系，并且无力去改变它的时候，还是恋恋不舍不忍放手。但这样的感情其实再死扛也坚持不了多久，该破碎的最终还是会破碎，也许疼痛还在不断积累和拉扯中变得剂量加倍。而你最宝贵的青春时光就这样被各种负面情绪一点点吞噬消耗，进而影响到你的整个生活状态和心理状况。

能全身心地去爱一个人是你的美好，但我希望你对自己也能那么好。

人家专注自强，你更在意自尊

自尊心太强，有时会束缚住人的脚步：刺激你努力的那部分叫自尊，超出来的那部分，只能叫死要面子。

而最讽刺的是，一个人的能力越有限，却反而越执着于那些面子，因为他只能用虚假的面子去维护自己在别人眼中的形象，同时为自己的脆弱、自卑和敏感找到了最好的借口。

举个最通俗简单的例子，两个人一起站在大街上发传单，觉得难堪的那个人势必没有能够放下身段的那个人的业绩好、得到的锻炼多、升职快。

大家尊重的，是你真正拥有的本事、能够创造的价值，而不在意你的姿势是不是有那么好看。同时也不要因为你的那点自尊心，就不敢求助、害怕被拒绝，因为这样你拒绝的其实是自己的学习和成长机会，是让自己多走出一段弯路。

实际上再强大的人，都会有自己不懂的地方，也都会需要别人的帮助。但那些一路向上走的人，不会羞于向人求助，也不会过分在意所谓的面子。

96 年的马云，还在骑着自行车挨家挨户地推销自己的黄页。王健林在创业初期，为了见一个人，就在人家门口等上十天半个月。

人要坦诚于真实，正视于无知，直面于挑战，不隐藏自己的不会和不懂，也不放过任何一个或许会出丑，但能学到真本事、带来新机遇的机会，这样自己才能不断得到提高和成长。

要里子的人，以后会获得越来越大的面子。而死要面子的人，最终会抓不住面子。

你要有一个长远的目标，然后专注于你想成的事。在通往它的路途中，最重要的是自己的不断积累和提升，那么一些形式，以及外界的评论和眼光也就不那么重要。

而如果你是一个不断失败的选手，即使跑步的姿势再好看，也不会得到任何奖赏。

说到底，面子不是别人给的，也不是自己装出来的，而是凭本事挣出来的。

学会去欣赏，而不是习惯性贬低

相信你身边也总有这样一种人，当面对他人的成绩时，他不是去思考和发掘别人身上优秀的素质，甚至连一点敬佩和赞叹的话都说不出来，反而是越过人家的闪光点，第一时间站出来酸一句。这样的句式有：TA不就是有背景有资源吗，给我我也能行；她就是嫁得好啊，老公能给她很大帮助；TA就是运气好而已，站在风口上猪都能飞起来；你不知道，她可什么都做，是个单子就来者不拒，可不要脸了；女人坐到这个位置上是得有多狠啊，家庭关系一定处理不好吧……

总结就一句，别人都是命好。或者努力找出别人的缺点。什么都找不出来的时候，他也可以想象出来。

虽然人无完人，他人也一定多多少少会有不足之处，但他能做出成绩，一定说明他身上有某些过人的优长。即便是某些人先天有比较优厚的资源，但再强大的资源也只能把一个人送到一个位置上，却决定不了他做出的成绩，也无法让他从根本上站稳。

所以归根结底，那些取得成就的人，不可能只是单单凭一时的运气而已。

往往优秀的人心态平和，能发现他人身上的闪光点，不吝夸奖赞叹，并去学习借鉴。而那些说酸话的人，在自我安慰后依然是止步不前，不可能有任何改变。他们先是跟你比包包比衣服比老公比房子，就是不比努力和实力，最后实在什么都比不过了，干脆开始比“我孩子比你生得早，至少她长大了我还没老呀”。

好吧，这时我只想说，你开心就好，并附带一个微笑的表情。

再然后你就能在朋友圈里看到他们自诩岁月静好、与世无争，极力掩饰对他人精彩纷呈的生活的向往。而实际上很多那种“岁月静好”里可能根本没有海阔天空，只有生活的一地鸡毛。其实他们从心底是羡慕别人打拼的成果的，但却丝毫不愿意欣赏人家身上有而自己所缺少的美德。而不愿意承认自己的不足和无能的结果就是，与优秀的人差距越来越大。

但其实在当初，明明有可以学习和进步的机会。

即使狭路相逢你讨厌的人，都要善于从他身上看到你值得欣赏的部分，而不是用自己的厌恶去掩饰一切。《我的前半生》里罗子君对插足自己家庭的凌玲可以说恨意至深、厌恶至极，但她也发自内心地佩服凌玲的工作能力，在深夜里对着凌玲的笔记一页页认真学习。

一码归一码。能提高自己的时候，就不要浪费时间在讨厌别人身上，你的获得才最重要。

小时候老师就教育我们要取长补短、以他人为鉴。那时候人的差异还不大，我们并不能深刻体会，可现在长大了，很多人却都忘了。

婚姻是生活方式，但不是生活的唯一

小女孩的时候，总以为恋爱大过天，到二十多岁时，依然有人如此。

当然爱情本身确实是非常美好的，也是值得去追求的。如果你有幸在婚姻中遇到彼此相爱的那个人，两个人互相照顾、彼此鼓励、共同促进，也一定是很令人羡慕的有爱关系，幸福值也会因此直线增长。

但你也要知道，爱情从来不是人生的全部。

其实如果把爱情当成人生的唯一或者最重要的事，反倒很难获得一个完美的关系。因为你们的眼中除了彼此没有别的，长久下来也只会造成两个人的互相捆绑、全力依赖、彼此牵扯不前。这样的关系会越来越不健康，也就越来越形如两只彼此消耗的困兽，在一个小世界里不断增加对对方的要求和不满。

设想你如果只和另一个人关在一个航空仓里，浩瀚宇宙里你们除了对方什么都没有，你们固然相互依赖，但日复一日天长地久，除了孤独和沮丧，你们还能创造出些别的什么？

真正好的关系，应该是在恋爱和婚姻中依然能够保持单身力，积极生活，不放弃自我的成长和成就，不抛弃外面的世界和圈子，能够给自己和对方更开阔的眼光，也能提供给彼此更精彩的生活视角。如此，两个人才能放眼世界，共同促进，一起去探索这个世间更多的有趣和美好。

还有一部分女孩子，总觉得自己现在混混沌沌一些无所谓，只要日后嫁给一个好人家，后半辈子就有了幸福的保障。

可是能保障些什么呢？是保障你一定能碰到这样一个人？是保障一辈子衣食无忧？还是保障一生一世一双人？又或是保障让你有枝可依、免你颠沛流离？

可能什么都保障不了。因为当你依附于对方的时候，所有的决定权也都在于对方，他就算随时可以给，也随时都可能会收回。

我知道我们对于爱情和婚姻，以及对于婚姻的稳定，都有着很美好的愿望。这是我们相信爱的能力，希望我们都不要失去它。但是你也要知道，只有自己才是自己最后的退路和保障。当你自身有足够的能力负担自己的精神和生活，遇到另一个人是锦上添花的喜悦，没有，你照样可以活出自己理想的模样。

即使在关系中获得新的身份，你首先要是你自己。无论何时，遇到谁，是何种关系，首先你自己要是一个立得住的完整的人。

说了六条，这么多话，当然还是以偏概全。那些优秀的人，身上值得我们学习借鉴的品质在一篇文章里也不可能全部概括。但我想说的是，人和人之间最大的区别，不仅在于学历和努力，最关键的是眼界、格局和思考方式。

从工作上来说，大家一样从职场的小白起步，可能你在意的是自己付出了多少，有没有得到公平的回报，而他们在意的是自己是不是学习和掌握了更多的东西，是否能创造出更大的价值。可能你只在乎自己是不是越来越能挣钱，而他们想的是自己是不是在日渐变得更加值钱。

从整体人生上来讲，可能你只偏安一隅，不愿打开视野和费力去做改变，试图用一次次的心理安慰来掩饰自己的不足、懒惰和疼痛，局限在一时的安稳和舒适之中。但他们早已用更开阔的眼光去追寻更广大的世界，让自己变成更美好也更加值得去爱的人。

无论何时，让自己变得更美好更强韧更有内涵和实力，永远是最根本所在，也是我们生而为人最大的意义。

你一味退却躲避，世界哪敢给你惊喜

一个朋友就是那种，面对自己喜欢的人，会本能地往后退的人。

对喜欢的女生只敢远远地站在一旁看着，活动聚会的时候，哪怕对方主动邀请他一起唱歌，他也只是红着脸摆摆手。公司运动会的时候，明明两个人已经分在了一组，他却因为胆怯，主动调到了别组。一来二去，女孩子以为他无意，也便彻底离他而去。

也曾在论坛上看到一个网友讲述过自己类似的故事：情人节时，喜欢的男孩送了她一个包。她想了很久，买了一根几百块钱的笔打算回礼，却因为觉得寒酸，跟对方的礼物差价太大，在家放了几个月也没有送出去。男孩约她出去吃饭，她也总是推辞。他以为她不喜欢他，其实只是因为，她觉得自己没有合适的衣服和鞋子。

这两个故事显然都十分可惜，他们把明明有机会得到的感情主动拒之门外，造成了人为的遗憾和错过，仅仅是因为自己缺少一份自信和勇气。

物质条件的不对等只是女孩想要逃避和躲开的借口，实际上当我们缺失勇气、从内心抵触做一件事时，潜意识会启动一种自我保护机制，为我们提供不去做的理由，让放弃成为了首要的选择。

我们都会在某些时候，或多或少地变成这样的人。面对自己在乎的人和事，没有与之正面相对、勇敢追求的勇气，在一开始就选择了落荒而逃。或是因为害怕失去，干脆从一开始就选择不去拥有。明明心里在乎得要命，表面上却装得不动声色。因为不敢触摸这个世界，便用冷漠和无所谓的外表建立起保护自己的城墙。

那种在事情起始，内心就响起“不可以”“我做不到”的声音，让我们随时做好了抽身离开的准备。你越是想要，就越装作无所谓。而这样的封闭自我，拒绝的不只是成功的结果，而是一种可能性，是无法品尝到最鲜活真实的生活滋味，因而错过了一路的好风光。

拒绝向世界袒露真心的一个原因，是惧怕失败和受伤。

很多人都会因为在一段感情中受伤之后，不敢开始新的恋情，拒绝再有任何刻骨铭心。也会因为做一件事失败，而不敢再去尝试新的事物，将自己局限在固有的经验和环境之中。

我想起一个好像不算怎么励志的电影，虽然它的名字叫做《阳光小美女》。在这部电影中，奥利弗一家都在痛苦中煎熬。

奥利弗的家庭组成听起来十分怪异：因为在养老院吸毒而被赶回家的流氓爷爷，濒临破产却四处兜售成功学的爸爸，赚钱养家烟不离手的妈妈，为了考空军飞行学院而坚持九个月不说话的哥哥，还有失恋又失业自杀未遂的舅舅。

唯一看起来很欢乐的奥利弗也有烦恼，一方面她天天练习爷爷教给她的舞蹈，渴望成为一名选美比赛的冠军，另一方面又害怕自己在比赛里成为失败者，因为她是一个肚腩比较突出的小姑娘。

而故事的真正开始，在于奥利弗上路了。一家人开着破旧的老爷车，陪奥利弗去加州参加“阳光小美女”的选美比赛。他们在公路上的遭遇奇衰无比，先是破车坏掉，只能全家人上阵推着它启动，接着舅舅情场失意，爸爸事业崩盘，爷爷意外去世，哥哥梦想破灭。就算是这样，全家人还是坚持着把奥利弗送到了比赛现场。然而故事的结局并不是成功的反转，而是当奥利弗在比赛中跳起了爷爷教的脱衣舞时，被取消了资格。

生活很多时候就像这部电影，即使我们咬紧牙关做出了很多的努力，到最后却很有可能还是失败的。奥利弗一家所遇到的困境，也是我们逃不开的丧气现实。但是影片的最后，当看到这一家人全然不顾台下观众的目光，陪着奥利弗跳完了那场舞蹈，我还是被那种努力的“尽我所能”所治愈了。

失败总是存在的，但它却能教会我们成长。

无论对于奥利弗一家还是对于我们，一件事情最后的成功与失败不是唯一的衡量标准，而是在对抗失败那一路努力的路上，我们获得的东西。也许它是坚韧、憧憬、希望、自我，或者亲密的感情。而就是在那样的路上，它塑造了我们。至少为了心爱的东西去努力过，我们才能说我们活过，而不是任由它被彻底浪费。

很多时候，当面对机遇和选择，我们并不是兴致盎然地规划开始，而是小心翼翼地在行动前精打细算、瞻前顾后，恨不得做出一份风险评估报告。但很多事并不是完全可以用得失去计较的。勇敢迈步和尝试，经历本身就是一种丰盛的收获和珍贵的生命体验。过程和结果，你至少会拥有一个。

封闭自我还有另外一个原因，就是对自身不完美的不宽容。

朋友不敢去接触喜欢的女孩，实质上是在担心，近距离的相处会暴露自己的不完美。就如奥利佛害怕比赛失败，是因为担心自己的肚腩。

但没有人是完美的。这其中的问题在于，我们对自身完美的吹毛求疵。因为不想人生的画布有缺陷，索性就让它一片空白。

其实我们并不是为了完美而存在的。相比于完美，我更欣赏丰富。

对待事物不苛求完美，让我们勇于尝试、不断经历；对待亲密关系不要求完美，恰恰让我们找到能够完美适应彼此的人。

不要因为某一阶段的失败就彻底否定自己，从此故步自封。也不要因为惧怕不完美，就在最开始止步不前，扼杀了所有的可能。去做自己真正想做的事，去爱自己真正想爱的人，这都不会后悔。哪怕结局并不完美，也仅仅是有些遗憾而已。

你知道什么是真正的失败吗？就是你特别害怕不能成功，怕死了，连试都不敢去试的时候。

只有勇于向前迈出一步，又一步，才能有新的可能。而如果你只是一味退却躲避，世界又哪敢给你惊喜？

请给 90 后喘息的空间

一

看到一个视频，是在上海的一个公园里有个大爷在相亲角给 93 年的女儿相亲。大爷吆喝着“93 年的女儿在美国啊”，低头一看牌子，姑娘确实挺优秀，而要求上只有学历和人品。拍摄的人问道：“房子什么的都没要求吗？”

大爷说，没要求。但话锋马上一转，又说“有学历就有钱……有钱的，我外甥一年挣 300 多万，就是学历啊”，最后还给出一记致命重击：“打工啊，五千块、一万块一个月，讨饭啊。”

按说以姑娘的条件，大爷想找个优秀的女婿本身没什么毛病，可这句“月薪一万是讨饭”，却击中了无数人的心。一大批 90 后纷纷站出来加入了“丐帮”，调侃自己那可能算是新时代的“丐中丐”。

评论中有人焦虑有人无奈。有的说“我工作都两年了，月薪才五千，是不是这辈子就废了”。也有人说“创业三年，在老家买了车房，现在全国跑，月收入才一万多，现在的这些我都不敢想我是吃了多少苦才换来的，但在大爷眼里却完全不值一提”。

而这件事或许它的残酷就在于，根本没有人是错的。

我们疲于奔命才挣到“讨饭”的钱当然没有错，但大爷说的好像也没什么错。问题是在于，我们的收入和活在这个社会需要的收入，是断层的。所以我们永远在努力，但好像永远也达不到自己和社会对我们的期待值。

二

大爷的意思其实我懂，在上海、北京这样的一线城市，确实月薪一万也只能计较着生活：拿到工资，就被房租刨去了大半，然后加上饮食、交通、社交、衣物等支出，一万块根本只能实现生存而已，更别提结婚生子需要的种种大笔开销。

然而，当下年轻人的收入又有多少呢？据 2016 年《90 后基层白领就业报告》显示，90 后是城市基层白领的主力军，平均月薪仅为 3918 元。上海即使在全国排名最高，平均月薪也只有 6980 元，排名第二的是北京，5570 元。

天平的一端是高昂的生活成本，另一端是低廉的工资收入，可以说 90 后几乎是在夹缝中生存，这也注定了 90 后的奋斗道路是异常艰苦的。一旦开始求职，所有的用人公司都会问你同一个问题：“能不能接受经常加班？能不能承受工作压力？”反正到哪里都是一样啊，你只能微笑着回答“当然。”

然而这样的加班是什么样呢？我在广告公司的时候，基本会是两个星期连轴转，几乎每天做到凌晨 2 点左右，甚至有时是 4 点，然后第二天照常上班，这期间周末无休。

我当然不是个例，因为经常有其他公司的小伙伴早晨的时候跟我说完事情，然后又说昨晚通宵了，我先眯一会儿。

还记得有一次同事说：“我之前买了一口电饭锅，半年过去了，那个锅还没用过一次……”

然而还有比她更过分的一个小姐姐，因为项目集中加班，她干脆买了个睡袋放在公司，一个月过去以后她第一次下公司大楼，发现对面的餐厅不知道什么时候变成了超市，整个人顿时有种恍如隔世的感觉。

大家都在为更好的生活努力着，但是却完全失去了生活。然而即便如此，我们的工资也仅仅在“讨饭”的水准，离大爷理想的年薪三百万差得不是一星半点。但比看不到“诗与远方”更累的是，我们根本看不到这样生活的出路在哪里。因为无论你多么拼命，也比不过物价和房价的飞涨。累得要死要活的日子好似永远没有尽头。

所以也难怪大爷觉得月薪一万没什么希望。

三

和怎么努力也买不起的房子、熬秃了头也加不完的班、攀比中令人自惭形秽的工资相应的是：90 后被日常生活压得喘不过气来，于是“丧文化”“自我吐槽”“佛系”的浪潮一次又一次席卷而来。

“差不多是个废仙女了”

“努力不一定有用，但不努力会很轻松啊”

“不要说生活伤害了你，生活连你是谁都不知道”

“看到大家都过得不好我就放心了”

……

这种“丧”，其实是 90 后在面对强大的各种压力和危机之下，给自己找到一个短暂喘息和逃避的出口，是在繁重和疲累的生活中给自己一个休息的可能，是缓解自身对现代社会产生的不安和紧迫感的一次次小憩。

总而言之，90 后的丧不是真的无所谓，而是“既然改变不了命运，那我就随缘吧”。

但谁不是一边想放弃一边又努力地工作生活着呢？或许 90 后也不是真的丧，丧只是我们的保护色。而在上一辈人的眼里，90 后还是那么不靠谱，因为我们毕竟看起来衣食无忧、物质富足，还动不动就“丧”一下，喜欢在社交网络里吐槽抱怨。

但因此就指责 90 后的责任感和抗压能力是不公平的，因为今时今日的经济和生存压力都比以前大很多，新时代的精神压力来自四面八方。相比较而言，社会还给了 80 后一代一个迷惘期，而到了 90 后，人们一毕业、甚至还没有毕业，就马上要完成从学生到立刻能为自己的工作生活负担的社会人的转变。90 后通常感到自己还没有青春过就迈向了初老，还没有放肆过就已经变成了捧着枸杞养生杯的“中年脱发少男少女”。

然后这一批曾经被禁止早恋的年轻人被工作赶得团团转，没有时间去恋爱，于是又只能像萝卜白菜一样地被赶上了相亲的市场，那些自己试图躲避的刺激和压力也就又一次在明码标价中被脱光了衣服暴露出来。

四

90 后像是旋转的陀螺，自己还在转得晕头转向，就已经没头没脑地即将步入中年，成为 00 后口中“很老的叔叔阿姨”。

我们一边在加班中互相问候着“第一批 90 后还能活过 30 岁吗”，一边奋力地想要创造更高的价值、实现更好的生活。我们也一边在紧箍咒中颓丧抱怨着，一边努力挣扎着想要活出自己的模样。

90 后是刚一毕业就被延迟退休、是干几十年都可能买不起房子结不起婚，但还在努力工作的一代人；是顶着恶劣的就业环境和高昂的物价，住在北上广的出租屋里，却没有怨天尤人，每天还在追求理想的一代人。

所以月薪一万的 90 后，不是咸鱼废柴，也不是在讨饭，我们虽然拿着微薄的薪水，但也都在为体面的生活而奋斗着。

90 后是不认输的代名词。

我们只是希望在我们努力的过程中，周围的目光能温和一点。

人生要具备翻篇的能力

前一段时间忙于开展自己新的生活。做一些设计，整理自己的作品集，找到一个新的工作，学习新的技能，包括新文集的出版，为它做封面图，一切的一切 The start and restart，新世界的大门和心境也随之打开。

想起某一年的自己也曾因为焦虑而辗转难眠，对过往浪费时间的懊恼，与对未来的迷茫与担忧反复交缠，最严重的时候连续一个星期昼夜无法入睡，将床单都浸出汗来，因此写下一篇叫做《一个失眠症患者的24小时》的小说。总之，就是感觉自己很失败，但又被当时的阶段固定住，无法脱身出来。这一度让我陷入负面的情绪之中。

翻来覆去的时候，总会想，如果一切可以重来，就不会那样做，结果是不是也会不一样。

可是当然，生活并不会给你这样的机会。

当时有一个朋友试图宽慰我，给我讲了他自己的故事。他本科毕业于人大，后考入北大读研究生，毕业后直接进入事业编工作，可却把几年来的时间都浪费在了股市，一事无成，存款又被新女友败光，然后分手，生生把一手好牌打烂，虚度多年光阴。他说，我当时的心情不会比你现在更好。

可是现在，他成为多个文化类电视节目大赛的冠军，并出版了畅销书，拥有一大票粉丝，因此也有了可观的经济收入，在北京买下了一套房子。

你看，那些在你我眼中已是“人生赢家”的人，原来也曾兜兜转转了很多年。和每一个普通又平凡的我们一样，有过茫然和波折，也曾为自己走过的弯路而无限懊悔。

但无论他，或我，还是每一个曾被打倒又重新站起的芸芸众生，早已蜕变新生。

人生不是单机游戏，打失败了还可以回到之前的存盘重新读档。很多时候，我们要做的，是不再执着于过去，抬起头来向前看。哪怕你之前已经小有所成，我们也必须要具备翻篇的能力，不再将时间浪费在纠结过往，而是展望前路，选定方向，迈开步子开展新的篇章，不断地打开自己，赋予自己更多的可能性。如此，看到的才会是希望，才能对生活始终保持积极的热情。

时间永远是单程票，我们没有机会穿越到过去重新走一遍。而这种不可改写，或许也正是时光的魅力所在。它只能发生一次，并且不可改变和重来，因而一切尤为珍重。而我们所能做的，就是接受不可改变的，总结经验教训，并依此为今后能够改变的事情去做努力。

我希望，焦虑未来和后悔过去，只经历一个就够了。这一个，请选择第一个，而解决焦虑的最好办法，就是在你该做什么的时间，就去做什么。

不要在开展新生活前纠结自己是否有百分百的把握，这样你永远都不会准备好。要做的是全力以赴，而不是提前设想如果搞砸了该怎么办。左思右量，计算风险，就很难果决地迈开步子。有时候如果不是因为一点点“无知”，我们也不可能拥有那么多勇气。脱颖而出总是要靠一点“盲目”、一点运气、一点生猛，硬生生杀出一条野外生存。

你的人生不再在于过去，而是在于未来的未知。

而你，并不是为了全身而退而活着。

人生的局，并不是一味累计地做加法，当到了一定的阶段，局得破，不破不立。想要剑胆琴心逐鹿中原，就不能丢了浪漫主义的雄心壮志。不念过去，洒脱不羁，孤注一掷。

但重启自己，并不意味着与自己的过往完全断裂，而是在过去的自我里发现自己的优长，去重新发掘它，打破之前的壁垒与局限，用它去和这个世界发生关系，更强大更全面的关系，去接触更多的人和事，从而感受更开阔、有力和丰富的世界。不要停留在自己的小圈子和安全区内，故步自封永远只会带来停滞、局限和相应的无望、懊丧的心情。

它需要的不是一种故意为之的仪式，而是一种 open 的心态。是无论何时，何种年龄，何种情况，都能重整旗鼓、蓄势待发的豪情。

顺势而为不是难事，崩坏之前翻盘才是修为。

每个人都多多少少都走过弯路，甚至有些弯路不得不走，否则你就无法确定什么才是对的。而我们需要做的就是快速试错，快速确认，找到一个适合自己的方向。不要去怀疑和烦闷一切是否已经为时已晚，今天开始就要比明天开始来得要早。也不要过于担忧未来的风险，不去迈出突破的那一步，就永远不会把那扇大门推开。

一旦拥有了更广袤的世界，很多事情纵然无法抹去，却也已成渺小的存在。一旦成为更好的自己，你就可以说出那句：Who care，反正真正高手的电脑都是自定义安装的。

人生总不会一帆风顺，面对那些沟沟坎坎，有的人选择逃避，有的人选择忘记，而我更喜欢去选择主动站起来，对未来出击，去和外面的世界发生关系。世界大了，人就小了，眼界打开了，随之曾经的沟渠也成窄小的过往，可以一步迈过了。

而我也不再仅仅是当初的那个我了。

四分之一人生危机

如果你和我一样，正二十几岁，一定也会觉得，这是一个特别的年纪。此时你摆脱了青涩，但仍正值青春，拥有这一生之中最天然美好的容貌和肉体。当年龄十位数的那个“一”被替换成了“二”时，就像转动了一只门把手，另一个世界从其后悄然展现开来。但是，就在你刚从喜悦中走来，还不完全清楚二十多岁意味着什么的时候，它却好像突然间就没了一半。

大学的时候，好像每个人都在浪费青春，而且好像也只能浪费青春。莫说当初你计划要学的英语、要看的书，可能四年过去，你也没能和喜欢的男生出去旅游一次。等到大四的时候，你才突然发现，你以为大学时光里该发生的那些事，竟然还未曾实现，就那么过去了。其实你的大学生活，远没有电影里和想象的那么精彩，更多的，甚至是浑浑噩噩。

那天一个正在读研的小姐妹跟我说，她感到很焦虑，因为想到等到毕业就已经25岁了，突然二十几岁已经过半，别的同龄人好像早就走上了人生轨道，可她现在才开始要找工作、找男朋友、结婚、生孩子……好像所有的事情都应该在这五年内完成，否则，就跟不上时间的脚步。

其实，她以为的“别的同龄人”也并不如她想象的踏实。在毕业后突然面对现实的年纪里，很多人都发现，我们再也没有了凭借十几岁带来的任性又无知的特权，再也不能在每次摔倒后都满不在乎地爬起来拍拍屁股说“没关系，我还年轻啊”，再也不能仅凭借一腔热血就去单枪匹马地闯世界。

因为此时你两手空空，却发现所剩时间无多，没有人和事可以再迁就你，而时间再也不够你瞎折腾。古人说三十而立，如今，你离“三十”那么近，却离“而立”那么远。

想想我们现在的大多数人，工作不上不下、游离不定，走入职场这么久，却还没有找到自己的定位。恋情不是无疾而终，就是始终找不到那个合适的人，找到的，也许硬件又无法过关。物价飞涨，到手的那点工资转眼就没，大多数又都是在账户内以数字的形式一日游，然后直奔房东的银行卡。永远攒不下来钱，面对疯狂的房价，根本不抱任何奢望。必然地，满怀忧虑的父母又可能呼唤你稳定回家、结婚生子。这一切，都让你挠头困顿、应对不暇。

二十几岁的时光竟然如此紧张，好像一年就像一个月，一个月就像一天，稍有不打紧，时间就这么飞快地溜走了。十年的时间，听起来好像挺长的，但这个十年的概念好像完全不同于上一个十年，这十年——好像根本就不够十年。你突然发现自己被骗了，在这完全不够用的时间里，未来对于你却还是个未知数，远远看不到它到底会是个什么样貌，最关键的是，你对于这个未来，根本没有太大信心。

同时要命的是，在你眼花缭乱、自顾不暇的时候，发现身边很多人却如此优秀强大，他们有光鲜的工作、耀眼的业绩、丰富的阅历，会唱歌会跳舞会乐器，练成了人鱼线马甲线蜜桃臀，早早就读完了托福雅思MBA，有令人艳羡的家庭条件和人际交往能力，更要命的是，这些美好品质竟然都会集中在一个人身上。当你在社会的无数条起跑线上还没有选好哪一条的时候，人家早就已经跑出了好远。

于是，你日日都在焦虑。焦虑悬在头顶上的工作任务，焦虑每一条deadline，焦虑日复一日时光的碾压，更焦虑自己的平凡、一事无成，和看不见令人激动的希望的，未来。

眼见身边的人越来越光芒万丈，而自己却一直在默默无闻中灰头土脸。内心的自我怀疑和否定像潮水一样涌来。你失眠、掉头发，只能用夜以继日的努力来抗衡，以使内心获得一丝丝自我的心理安慰。然后，是忙得昏天黑地无暇顾及饮食的胃痛，是连续熬夜后苍白的面色和乌青的黑眼圈，是早上起床时好想大哭一场却只能压抑住所有的情绪去匆匆洗脸抓起包来挤地铁上班。

可是，每一天，你都觉得下一天可能就是天寒地冻、路远马亡，因为你只是个气球，不断试图给自己打气，可你怕自己太累了，累得不想打气的那一天，就一下子瘪下来。

一到二十几岁，人生好像就变成了 ALPHA GO 的一场游戏。多么残忍的游戏，永远在奔跑、过关、奔跑、过关，没有终点，除非你死亡倒下，跌下阵来。

但是，如果你以为写下这篇文章的我，会提供一个解决方案，那么我要说一声抱歉。毕竟很多时候，面对人生的困扰，我们好像根本就没有选择。但我相信，没有选择就是最好的选择，它不会让你犹疑而彷徨不定，所以最重要的，是你选定一个方向，然后静下心来，努力把它做到力所能及范围内的最好。认定一件事，然后尽量把它做到极致。

焦虑或许就是焦虑者的通行证，如果你选择和时间较劲，至少每一寸时光都没有虚度，至少你可以清楚地记得每一个月都是怎样过去的、做了些什么、见了哪些人，有什么值得自己小小骄傲的事情发生。而不是，在时间过去之后，完全想不起来自己的每一天，等到写年终总结的时候，发现今年和去年的差别仅仅是又过了一年。

前路漫漫、瞬息万变，也许获得幸福的可能并不是计划好前面的玉锦繁华，而是充实自己当下的每一天，让每一个日子，和每一个日子里你自己的灵魂饱满而富足。

相反，你应付时间，时间也只能应付你。

二十几岁弥足珍贵，你我一定要算好关于时间、关于年龄的数学题。对每一个你所焦虑的、所害怕的，硬着头皮主动迎上前去，面对它，按部就班，然后逐一解决。在每一项确实的项目里，你也许就会发现，一切，也不过如此。

只要你认真对待时间，就已与它同行，而不再去追赶它。一些事情，即使三十岁、四十岁去实现，也未尝不可。

另一方面，谁说，在图书馆满溢的书香里安静地读一本书、雨天窝在被子里看一场电影、午后慵懒地躺在沙滩上看着蓝天上翻滚的云朵、和喜欢的人一起在夏夜看着星星喝一罐啤酒，这些，就不是人生的富足呢？

善待每一寸时光，我们可以用不止一种的方式。但绝不是日日蹉跎地混日子。

有时过于焦虑的你，需要的，不是再继续打气，那样你只会爆掉。而是适时选择终止 ALPHA GO 的方式——直接按下结束按钮。满世界都是六便士和低头寻找六便士的人，偶尔，你抬起头来看一看月亮，不是也挺好？放空一下，去做你喜欢的事，爱你想爱的人，趁尚还年轻。难道，这不也是年轻人应该做的事？

很多时候，人们焦虑的是，和大多数人挤在同一个评价体系里。所以你只能拼命地努力去够高处的线，再高处的线。在既定的衡量标准下，好像所有人都变成了数字，失去个性，只剩难安。

这个世界上，优秀又成功的人有的是。

但是，只有一个你。

唯有孤独恒常如新

第一次睁开眼的时候，房间里光线昏暗，依稀听到水滴答的声音，也并没有在意，想着就算是窗帘的遮蔽，光线昏暗至此，大概时间尚早，很快又睡过去。再次醒来的时候，却发现房间依然没有往日的明亮，前一晚一个人喝掉太多的白兰地，趴着吐的时候间歇蹲在地上险些在卫生间睡过去，现下头依然昏昏沉沉，有微微的撕扯般的痛感。起身拉开窗帘，原来正在下雨，此时已是上午十点左右。

果然是春天了，这是今年的第一场春雨，我站在窗前有些恍惚，在十六楼的高处，一格玻璃窗里，赤着脚，就这么呆呆站着，然后推开唯一可以打开的窗子。带着雨水的潮湿空气扑面而来，风吹偏雨线的弧度，这风声雨味，有种直入肺腑的清澈凉意。

雨水清冷而掷地有声，海棠和迎春在清圆水泽中显得矜贵，掉落的玉兰花瓣有镇定凄艳的荼蘼。细微处像是听到生命的蚕食声响，教人系恋而不惊动。那一刻，内心非常沉潜，一如潜伏在海洋深处。踩在沁凉的地板上，走回房间给自己倒一杯清水来喝。

上一年一直在忙忙碌碌，通宵达旦地学习与工作，始终处于焦虑状态，终于病倒，然后在这个春天获得意外的休息，于是得以有这短短的闲暇来面对生活，以及自己。

只是依然会失眠。且无论几点才睡着，次日也一定会早早醒来，不管我多么想再次返回柔软沉实的睡眠之境都是无效。我知道我的脑子休息不下来，潜意识一直在工作，我担心着这休息时日的“之后”，我咀嚼着自己的感情梦魅，是的，它们都在我的梦境里纷繁叠沓、慌慌张张、缠绕交错。我在这休息的时日中躲避着现实，可它们时时刻刻都萦绕在每一丝我周身的空气裂缝中。或许我只是自己就把自己吓怕了。

日子总是要过下去。该面对的总是要面对。是的，我知道。

只是内心太无着。

前两日去看病，连续两天都没有挂上号，索性便去公园看花。桃花全都开好了，恰逢天蓝，有小孩子在放风筝。给自己买了支冰激凌吃，也就开心了起来，只是依然会想，如果有一个人陪我一起坐旋转飞椅或者开碰碰车就好了，什么都好。

太阳下山的时候开始往公园外走，已经走了一天，穿着高跟鞋的脚很是酸痛，撑着走到公交站就一屁股坐在了站台的座位上，不想起身。直到夜风习习受不住凉意，这才踏上公交车。是的，天已经黑了。天黑得真快呀。到家一进门便甩掉高跟鞋，想倒一杯水来喝，拎起暖水壶，却听到一声脆响，我还没反应过来是怎么回事，只感觉到腿上的温湿。定睛一看，原来是暖水壶的底脱落了，壶胆掉了下来碎掉，于是水和碎胆溅得到处都是，包括我的身上。还好不是开水。于是换掉衣服、拖鞋，顾不得疲累，开始清理现场。我拎着塑料袋蹲在地上捡着碎胆片，一边捡一边说着“没事的，没事的，会好的”，说着我捡碎片的手就停住了，我竟然又在跟自己说话了。

我在安慰和鼓励我自己，这不仅仅是无意中说出“嗯”或“啊”那样的事情。虽然有时在网上看到好笑的事情，哈哈笑出声来，然后听到自己的笑声在房间里突兀的回音，意识到只是自己一个人在空荡荡的屋子里傻乐时，大概也是这般的心情。

但是，这是我选择的生活，能有一间完全属于自己的房间，我很知足，而且是感激的，虽然我知道要不了多久我就会失去它，尤其我知道要不了多久我就会失去它。

一个人生活，自有自己的节奏。去 24 小时便利店买食物的时候，打扫房间的时候，铺桌布摆放物品的时候，修剪花枝的时候，敷着面膜读书的时候，甚至睡前关掉灯看着窗外的时候，无论一个人做什么，这种节奏就会慢慢流淌出来，让我觉得自己的世界与周围不一样地存在着，让我听到自己。能做这些，有着安静的美好。兀自冷暖，可以嗅到尘埃起伏的气息，大段独处的时刻庞大而茂盛。因为之前一直是凌晨三四点结束工作到家，第二日中午又匆匆出门，无暇顾及生活的任何角落，现下更觉珍贵与珍惜。当然有时会觉得太安静，收拾屋子或者洗衣服的时候会用手机放歌给自己听，民谣、后摇、爵士、古典音乐，电子乐和摇滚乐用来跑步。临睡的时候会听电台，找一些温暖的节目，甚至鸡汤，最好是有磁性的男性声音，会让人感觉踏实。然后告诉自己，面对生活将要到来的，既知无旁路可走、无法控制左右，那就顺应它，要使自己从容淡定、不卑不亢。

对音乐和电台的需要，使一台蓝牙小音箱成为我小小的愿望。

有时躺着看书，并不是因为读到什么，亦没有感到什么，眼泪就不知不觉会流下来，并没有悲伤地、持续不断地流着。持续地温吞、寂寞、无穷无尽。然后，自己莫名其妙地旁观着自己。是的，慢慢的，就好像是自己的旁观者一样在生活着。而如此旁观，做事情便都会有一种仪式感。这种仪式感让人身心端正、目标专注、内心单纯，是一种认真对待的态度，让人对所做之事保有尊敬。同时心无杂念产生的专注，使对周边万物获得注视，于是食物、景色、杂货、植物等诸般种种都获得了突出的感受。

很多时候甚至可以什么事情都不做，不看书，不听音乐，不说话，只是懒懒地靠在床上晒着太阳，就连心里都什么事也不想，只是觉得有如此安静充沛的时间可真是好啊。时间就此被拉长，可心里又知道很快就会被自己这样挥霍掉。外面那个属于所有人的、真实存在的世界，就这样与自己丧失联系。就像几年前，骑行川藏线到达拉萨的第二天上午，我躺在青年旅社天台的吊床上，看着斜对面的布达拉宫，感受日光倾城，只觉周身温暖。但是那样的时候，我是真心诚意的，只想虚度时光。

于是与人相处对对方也不会有所要求，没有需索，坦诚相对，他人不愿交付给予的，那是他人的自由，总归可以自给自足。这样洁净的人际关系。但若你走累了，来到我身边，便为你温上一壶酒，长夜漫谈，或看着你沉睡，如同暗中点燃的小火焰，微微的守护，借以温暖你的梦境。一路充沛的感情，只为在长路漫漫中，端一杯酒给对方喝。

也不是没有去热闹的地方。近日在三里屯辗转两次，一次是与几个朋友吃过烤串牛蛙后，与一个女伴同去酒吧。深夜的三里屯灯火暧昧、人声沸腾、音乐轰鸣，年轻的男孩女孩衣着时尚，借着酒精与音乐舞动着自己的身体，街道上不时有喝多的人歪歪扭扭地走着或问过路的女孩一起喝一杯。在人群中游离了一个小时，便早早离开。凌晨一点多的路口，仍然灯火马龙、车辆拥堵，有黑车司机问，走不走，二十走不走，我一边大步踩着高跟鞋头也不回地过马路，一边喊着“你知道我去哪啊就二十，通州二十你走么”，司机又向我喊“通州十五就走”，我大笑喊回“我怕你把我卖了”。从三里屯回到位于近郊通州区的住处，一路经过长虹桥、国贸、四惠枢纽，灯火逐渐疏落，夜色愈发沉静下来。下车后走在寂静无人的小区中，有种怅然若失的心情。

没想到次日又与另一朋友在三里屯吃饭，一家日料馆，菜品精致，我们选择在院子里坐下来，挨着植物，一壶清酒，缓缓清谈。要了寿司拼盘、凉豆腐、蔬菜天妇罗、烤秋刀鱼、三文鱼面包和铁板牛肉，一样一样慢慢体验着食物带来的新鲜感受。闹市中那样安静的环境，只欠月色明星，偶有微风吹过，便带来植物的清香，于是竟坐了许久，一直坐到庭院的纸灯笼亮起，微醺中不知今夕何夕。

今晚独自去蜂巢剧场看了孟京辉导演的《一个陌生女人的来信》，原本不适合舞台表演的内容，使表现手法更值得赞叹。她是他孩子的母亲，他一直都不认识她，而她爱了他一辈子。我记得那个女人神经质的笑声，记得她在自己的癫狂中跑来跑去，记得她去找他那一路城市背景的旋转和她仅仅穿着黑色内衣、白衬衣、宽大的黑色西装外套时那好看的身影，还有，当她说她为了孩子卖身了时，反复脱下的一条又一条内裤，以及那些无论欢快还是无奈的，所有都是绝望的语气。她言语精巧，婉转眉目下衬一把疯狂秉性，为情披身湿漉漉的衣，温柔而暴烈，润致而惊艳。太过强烈的爱通常只是自己的幻觉。她是他的跟踪者，他的精神病患，是那个幻想失控的人。

而现实，一遍遍教给我们的是，不要再对谁满怀期待。

重新走进人群，东直门的街市灯火辉煌、商场大厦鳞次栉比，陷入车与行人乱糟糟的十字路口，交融互汇着失去各自本来含义的嘈杂人语，我站在那里，犹如遇溺者听见淹没。

怀里抱着意外得来的、来自一家叫做 florette 的精品花店送的两枝白玫瑰，与周遭格格不入地站在地铁里。随着车辆的行进微微摇晃，我靠着车身，茫然地打量着人群，然后越过他们，看着门外划过的夜色。那一刻，我也希望有个人能等在地铁站口，然后拥我入怀。但那不是属于我的戏，当剧院的灯光亮起，人声光影活动，重又回到热闹人世，周围对我而言不过又都只是虚无的喧嚣。如此，嗅闻花香，便该兴尽而归。

从地铁站走回家的途中，楼房的影子绵延相连，自己的脚步声和远处的汽车声叠合在一起，一树白玉兰被黑夜映衬得更为皎洁，头顶有两架飞机相继低低飞过，发出嗡嗡的低音，而我的头发被风吹动敲击嘴唇，那节奏像一曲电子混音。

在这个错乱的城市，到处都是迷路的人。每个人所对抗的力量，是无法预算和估计的。慢慢的，生活成了拼凑的东西。当孤独之外所有能够用来取暖的东西最终都烧完了，覆盖在原来的孤独上，成为更深厚的孤独。最终，人们都只是在这黑夜一般的潮水中，随波逐流。

我假装没有努力，只是害怕承认没有能力

一

“唉，日子太难过，前两天又被领导批评了。”安安约我出来逛街，顺便聊些有的没的，突然说了这么一句。

作为公关公司的设计师，安安最近当然是闲不下来，除了日常项目的各种琐碎维护，夏天的活动还是蛮多的：今天是小龙虾啤酒节，明天是海洋球乐园，前些天刚过了母亲节，马上又是父亲节，总之一堆海报和展板都等着她出方案。

“一天做6个主视觉，我都要疯了，晚上交稿的时候，部长审核没通过，当着大家的面批评了我，还让其他设计师重做一版拿给我看，真的是直接打脸”。安安说着顿了顿：“不过听到他说我因为活儿多了就开始凑合，我反倒……觉得稍稍松了口气。”

其实安安并没有糊弄的心思，每一版图她都用心找了参考、认真地在做，领导当天心气不顺有些为难是真的，但她自己的工作能力确实也就在合格线。

“要是他知道我是努力在做好，还做成了那个样子，恐怕就更难堪了吧。”安安说起来一脸生无可恋。

我明白安安的意思，领导的“凑合”虽然是批评，但于她的心理而言倒像是有了个台阶。

“因为没有认真，所以才没有做好”是我们常用来掩饰的借口，而已

经认真了却依然做得很差，那就是掩饰不过的能力问题了。所以很多时候，我们都宁愿装作没有认真，装作一副不在乎的态度，只是为了掩饰自己的无能。

二

因为一个人做公众号，时间上总会有周转不开的时候，所以前一段时间我在尝试找一个合作伙伴，当时找到一个也做了很久文字工作的朋友，他答应我可以试试。

其实我对身边朋友的文字能力本身是没有怀疑的，可是第一天他告诉我不知道写些什么，第二天他说写了两百字就写不下去了，我就开始有些担心，果然第三天在我的催促下他交上来的稿子，确实不尽如人意。

他也看出我有些为难，只是碍于朋友情面又不好说些什么，所以他干脆自己说道，不满意的话也没关系，但马上又紧接着补充了一句“反正又不是纯文学，这些东西随手写写没什么营养的，我也无所谓啦”。

以前我确实也觉得，有些朋友瞧不起我们这些新媒体写作者，只是因为对纯文学的坚守。但是那两天我连续看了几篇稿件下来，才发现他们的不屑一顾，竟然可能只是因为做不了。

一旦出了状况，有些人就会忙不迭地说，这种东西本来我也没什么兴趣，这个我就是随便写的，或者说我不适应你们这种写作云云。

原来，说自己已经认真努力地去做了一件事，真的需要勇气。因为万一把事情搞砸了，对自己都没脸交代。所以为了避免这种难堪，很多人选择假装不在乎，甚而选择干脆不要动手，他的所有辉煌梦想和规划思路永远都停留在脑子里，一切都看似轻而易举，但就是不把这些思路付诸实际。因为这样他就永远是“有可能成功的”，从而避免了在操作过程中可能会面临的失败。而把一切的可能都尝试了还是找不到出口，只是让当下显得更加难堪和绝望而已。

三

谁也不愿承认自己是平庸的、无能的、失败的。所以这种自欺欺人，我们从小就运用得非常熟练。比如一旦考试成绩很不理想，我们大多会说“我分心了、我去玩了”，但就是无论如何也说不出“我已经认真了，就是考不好”这种真心话来。

你看，大家都宁愿背负着“不学无术”的骂名，宁愿被当成一个坏孩子，也要顶着一副无所谓的表情，假装自己没有认真。否则那就意味着把自己的斤两赤裸裸地展示在众人面前，告诉大家：我拥有的不是明珠，而是石子。

那种大家所害怕的，认真过后依然无能的绝望，我也经历过。

因为读书的时候是艺术生，很长的时间都在画室里学画，我和一个小姐妹自知不足，就每天钉在画室的椅子上一直画到深夜。但是你不得不承认，有些事情是需要天赋的，即便我们很努力了，画出来的东西也还只是凑合而已。

但相对的，有些人天资过人，总有些大神的画，我们拼命努力依然是望尘莫及。

有一天，大神 A 叫大神 B 出去逛街，大神 B 说，我这还没画完呢，大神 A 就笑着看看我们，对他说，怕什么的，你就是随手画两个小时也比他们坐在这一下午画得强啊。然后他们就出去玩了……

当时我和小姐妹被深深地刺痛了，因为我们都很清楚，她说的确实就是事实。

四

但是呢，时隔多年，我和小姐妹以及大神 B 都有些来往，才知道这世上确实是有天赋，但绝大多数人的生活，还不足以到拼天赋的程度。

大神 B 目前在一家餐厅做唯一的设计师，没什么活，薪水很低，而小姐妹虽然也算不上逆袭，但凭借她多年来对绘画的热爱和笔耕不辍的练习，已经成为很厉害的原画师，参加过很多知名游戏和电影的制作，一手漂亮的功夫和简历，走到哪里都没有问题。

虽然在当年的艺考中，小姐妹和我一样都没有去到非常好的学校，她学习的也不是自己最喜欢的专业，但自从上大学以来，她就去报班、蹭课学习原画。虽然刚开始的工作也是设计，但她依然没有停止对原画的练习。

而机会，当然是会给有准备的人，她也终于用自己的能力进入了自己喜欢的行业。上一次我去小姐妹家玩的时候，看到她的房间里都是画册，电脑前还放着手绘板，看着她给我展示她的那些作品，我真的是叹为观止。

但她依然觉得自己很笨，依然知道自己和那些更厉害的人的差距，依然有些焦虑，她怕那些天资聪颖的人稍稍认真就能超越自己很长时间的努力。

但虽然很多东西是我们无法控制的，力所能及的却是在自己的投入上尽力弥补，而靠努力得来的一切也都是扎扎实实地算数。

终于，今时今日，她靠自己的勤奋刻苦成为了真正的大神。她也丝毫不掩饰自己如今的所得都是后天辛苦经营而来的，但反倒是这种执着和韧性，为她镀上了一层熠熠金边。

五

或许我们并没有天资过人，或许我们从前的积累不如旁人，但自欺欺人是没有用的，一味掩饰也改变不了任何现状，我们总是觉得已经认真了还是做不好，其实只是我们付出的努力和时间的累积还不足够多。

承认自己不够好真的没那么可怕，但因为畏怯就停止了努力，才是真的令人羞耻。

实际上我们这一生绝大多数的成绩，都是靠后天的努力获得的，只要你变得越来越好了，没人会真的在乎你从前是什么样子的。大家看的，只是那个被雕琢过后、被你自己亲手塑造出来的你，你在这一路的摸爬滚打和不肯放弃，是更珍贵的东西。

所以，认真和努力永远都不丢人，即使这样还是不如别人的话，也不丢人。至少我们拼尽过全力，我们对得起自己，敢于站上舞台为梦想奋力拼搏的人，本身就值得钦佩。

但在谈论结果之前，请我们先去探索自己努力的上限。

这个世界上永远有人比你优秀，但你所能做的是，让自己飞得高一点。

能飞多高就是多高吧，没准这样一点加一点地上去，就会是很大的一截呢。

我希望，没有人活在别人的希望里

最近看了一段视频，关于年轻人中秋节为什么不想回家，让孩子们说出原因，并面对他们的父亲说出心里话。难能可贵的是，这个活动揭开了所有人对于亲情营造出的情意融融的单一方面，让我们正视两辈人之间的矛盾和沟通。并且，我们看到，这种问题实际是大量存在的，有太多年轻人有话要说。也有人说，实在不敢看。

对于很多家庭来说，父亲不只是因为可靠而父爱如山，很多时候，这座山，代表了某种“强权”，一种巍峨而不可撼动的话语权力和掌控，就像我爸也曾经说过：“家长怎么了，好歹也是个‘长’，就是一家做主的人。”

而“做主”这个词，实在有太深刻的旧社会烙印，时代发展到今天，科技突飞猛进，我们的生活质量早已在从前难以想象的“科幻”场景里，而观念竟然还一直拖夹带锁，两代人在暗流涌动之中实际仍进行着观念的矛盾与抗争。

“他是我的父亲，我爱他，但我无法面对他。”

“爸，我不是不爱你，是尴尬。”

这样的话，说出了多少人的心声。

而很多人在外面拼命工作、努力挣钱，无非也就是想给父母一个证明，给自己一个可以在家中站直腰板说话的地位。无非是想说，爸，我做的选择，并没有错。

也许你已经想起，某次你和父亲的谈话中，那些激烈、挫败，甚至痛苦。

“回家”这个词，充满矛盾，明明不见时会想念，可见面了又难免争吵。因为你想成为的那个人，和你父母想让你成为的那个人，根本就不是一个人。不管你在外面为你的每个小成功、小收获，哪怕是因为自己的坚强和坚持，获得的满足感有多么快乐，对自己的小日子和朋友圈有多少满意，每当你回到家，父亲的责问就如同一桶冷水，永恒的冷水，悬在你的头顶。所有在你的价值观里值得的东西，在父辈的价值观里都变成担忧和责备。

这样的事情，林林总总，大到职业规划、婚姻生育，小到言语方式、发型穿着。莫说同性恋、丁克这样敏感的话题，有人说，都已经 27 岁，每次回家还都是会被父亲拎去剪平头。

他当然是为你好。一如父母所说，没有父母是不为孩子好的。你听了很多的“难道我还会害你吗？”可这一句“我是为你好”，捆绑了多少人，害了多少人。

父母这个“职业”，很少有不出错的。关键在于，时代在变，而父母已经不太知道什么才是真正的“好”，他们的人生格局毕竟也有其自身局限，只能看到自己眼界内的东西。你也曾试图劝解父母，与他们进行一场谈话，或假装无意间说出自己的想法，可最后都发现“没法聊”，于是又变成敷衍，于是你开始躲避，尽量少回家，在电话里告诉他们“我很好”，再无其他。

这个事情真的很残酷，你总要在理想、你想要的生活和亲情之间做出一个选择。你最希望支持你的人，却偏偏站在对立面，成为你最大的阻力和难以逃避的障碍。

自己喜欢的人，父母不满意，自己想闯荡一番天地，他们只想你稳定地做个公务员，这样的情况简直已经是司空见惯，连我写下来都觉得俗气，可是这样的普遍却恰恰说明了事实那广泛的无奈。

每个人身边也都有这样一个人，或者不止一个，从小规规矩矩听父母的安排，努力做一个“懂事”的孩子，被迫放弃所有“任性”的机会，听父母的意见选择了大学、大学的专业，熬过了并不喜欢的四年课题，好不容易就将独立走向社会，父母又早已为工作做好了打算和安排。

我有一个哥哥就是这样，那时，他走到这个人生的分岔路口上，终于想后半生为自己而活，那也是他唯一“叛逆”的一次。听话的好孩子做久了，不比那些一直以来特立独行的“坏孩子”，家里的震惊程度简直如同翻了天。母亲苦口婆心，父亲言语激昂，又拉动七大姑八大姨纷纷向他劝说，告诉他外面打工多么累、工作多么不稳定，家里的安排又是多么清闲。“每天你就坐几个小时，回头再娶个好姑娘，做老师的，一家合合稳稳的，多安逸。”

在这样的轰炸下，哥哥顶着强烈的精神压力，沉默着，还是离开了家，可是家里的电话却是三天两头地打过来。知道了他的职业是做游戏特效，就更加恼怒，说他“没出息”、“家里出门见人都没脸说他是倒腾游戏的”。尤其父亲说：“做游戏和贩毒有什么两样，呸，祸害别人家孩子，社会败类！”

再后来，他母亲就干脆“被他气得心脏病”，他只好乖乖回了老家，面无表情地看家里人为他花钱赔笑脸托关系，终于在事业单位过上了无所事事的生活，成为一个郁郁寡欢的木头人。

而在他做小职员的这几年，他当初的同事们升职加薪、跳槽出国，一步步向前迈进着，去学更多的东西、去更广阔的平台、见更大的世界、成为更有价值的人。

这当然不仅仅是钱的问题，就算那些同事们混得并不算如意的，也是在自己选择的生活中尝尽酸甜苦辣，总好过做一个废了的傀儡。

漂泊不定并没有父辈想象的可怕，而安逸稳定亦不是每个人的追求。

我相信，安全感并不在一份无磕无碰的工作上，安全感也和安逸没有什么关系。获得安全感的唯一途径，是每天自己都有所进步、收获一个更好的自己。

而最可悲的是，放弃了自己最喜欢的东西，成为了一个自己瞧不起的人。

每个人，都是独立的个体，有自己独立的思想和见解。父母与子女的关系，就像这世界上的任何一种关系一样，它应该是尊重对方的选择与个性、保证各自的独立，有各自的生活，不绑架，相互不是对方的生活重心甚至唯一，不能要求其中一方以牺牲自己的人生追求和快乐来满足另一方的心愿。

人生只有一次，一辈子就那么长，只能用来做喜欢的事、追求自己想要的生活、爱真正爱的人。就算终成打击，也不枉风雨兼程、无惧无畏地走这一遭。而用“孝道”的大旗压迫孩子放弃自我，就算你“成功”了，看到他“圆满”了，亦是毁了他这一生，就连相互的关系里，最终也会充满怨气。

父母可以为你做出选择，但最后承担后果的却是你自己。真正想要的东西，就算被全世界打脸也要去尝试，没有必要为了他人的目光而放弃自己的追求。没有人代替你去生活，更没有人可以代替你去后悔。

希望你能和父母完成一场完整的、成年人之间的沟通，试图说服他们，即使父母最后仍不能说出那句“你就放心做你喜欢的事情，只要你开心就好”，也希望他们能够放手，至少不再浇盆冷水、或拖你的后腿。

同时，奉劝父母们能够放手让你的孩子去闯荡，不要让你的格局限制了孩子的未来。即使你有你要说明的道理，也请心平气和，而不是言辞激烈。你需要给孩子的是指导，而不是指令。没有人喜欢被说教，也没有人喜欢被控制，不断的挑剔本身就会令人反感，即使你说的道理是正确的，这也只会使事情激化，使对话成为无效沟通，最后甚至向相反的方向滑去。

也请别再说“我这一辈子都是为了你”这种话，每个人最重要的活法都应该是为了自己，说出这种话并没有什么可骄傲的，它只能说明你人生的错误和失败，并试图让你的孩子去背负起你的意愿和失败。

真正好的父母是，希望孩子拥有一个自我满足、因而快乐的人生，而不是你想象的成功。

有些遗憾的是，很多父母非常的固执，毕竟几十年的人生路走过来，他们已经形成的价值观根深蒂固，并且不愿意做出一点改变，而对此我要说的是——这一生，最重要的，就是为自己而活。过好自己的人生，不过两个字：不管。

因为那个非做不可的梦想太珍贵了，没有人可以用“爱”的名义去阻拦。

只有你才能真正为你自己的人生负责，为了你想要的，请坚持下去。

我希望没有人活在别人的希望里，也希望，你做的一切，只是因为你愿意。

要踮起脚尖，去触摸更好的生活

我是在一个朋友的画展上，认识的阿 May。那天我拿了杯酒，在画廊里无所事事，假装自己能看出那些画的门道一样，来回慢慢地走着。因为除了朋友，到场的人也没什么是我认识的，而我又向来不具有自来熟络的本事，这样假装，不过是为了让自己看起来不那么尴尬。朋友和一小堆人本来在一起聊着，可能是看出我的窘迫，说，笑嫣你过来，我给你介绍一下。

而我，第一眼就被阿 May 吸引住了。

其实要论五官的精致，阿 May 不是人群里最好看的那一个，但她周身携带的气场，却瞬间盖过周围人的光亮。面前的她，穿着质地上乘、剪裁考究的小西装，配紧身蕾丝裙，将细边点缀有水晶的凉鞋踩在脚底，最重要的是那份落落大方，和自信从容。她微笑着和我自然地聊起来，同时又能随时接上其他人的话题，相比之下，我的窘迫更加显得小家子气。

如你想象，阿 May 事业有成、生活富足。然而相处久了，我才知道，原来她竟是出生在一个再普通不过的家庭里的小镇女孩。

她说，自己这一路向上，是因为知道外面有更大的世界、不一样的生活。

小时候的阿 May，家里的条件不好，身上穿的很多衣服都是表哥们穿剩下的，因为她上面没有表姐。大人们总说，衣服能保暖就行，要好看有什么用。在那个年代的观点里，外表美都是肤浅的。确实家里条件有限，阿 May 也没有说什么，只是日日把自己的一点点零花钱攒下来，最后终于买了一条自己喜欢的黄色纱巾。

因为买这条纱巾，阿 May 当时受到亲戚们的嘲笑，批评小孩子太爱美，纱巾有什么用呢，又不能遮风保暖，还不如家里自己织的棉线围巾。因为这条纱巾，不是他们眼里的必需品，所以就是不应该存在的东西。

虽然那样一条纱巾，现在看起来实在是土气，但是对于阿 May 来说，那是当时她所能触及的，最美好的东西。就算身上的衣服是早已洗旧的，可是一旦戴上那条纱巾，她就觉得自己变得美丽，变得和周围的人不一样。它对于阿 May 来说，代表了另一种生活，超越温饱，讲究美感的生活。

从童年开始，阿 May 就一直怀抱一种信念，就是要过更好的生活。在周围的人都俯下身去，在生活的重压下，一步步将就的时候，她希望踮起脚尖去够高一点的生活，更高一点的生活。她伸长着脖子望着愿望，因为有方向，而一步步更加挺拔自信。她相信，她想要的，一直努力都会慢慢实现。

于是，开始她的小目标，从名牌大学，到好的工作，到留学进修、回国创业，从一件得体的衣服、一管钟爱的口红、一支迷人的香薰蜡烛，到一部车、一块名表、一套房子，最终成为所有人眼里的“人生赢家”。

而这些，所有用阿 May 的努力换来的美好物品，都是她想要的生活。它们凝固了她在某一个时间的愿望、努力、辛勤和汗水，它们也从来不是什么身外物，而是阿 May 本人。

那些你渴望企及的美好的东西，都是你努力的可能。它们的意义，就是让我们为了匹配它们而一步步向前走去，让我们通过它们看到世界上的另一种美好。是让我们知道，自己配得上更好的一切。

再想一想很多人概念中的“节省”，又意味着什么呢?

有些时候，我们当然要省，但很多时候，所谓的节省，根本没有意义，它们只是将就、是凑合，是一种“就这样吧”的态度。

像阿 May 小时候受到的教育一样，传统美德被教育得多了，以前我也是个处处都想“省”的人。不知道从什么时候开始，我发现有很多东西，根本没有必要去省。

有朋友问过我，为什么一个牙刷要用上千块的？我说，因为上万的我买不起啊。

这当然是调侃。事实是因为，小时候我生活在农村，一直以来没有对口腔卫生管理的概念，后来牙齿坏掉很多颗。那时家里没有钱，觉得反正不痛不痒的，就没有及时治疗。等到真的痛了，疼痛到人难以忍受的地步，牙神经都已经坏死，不但要花更多的钱去医治，而且再也不是自己完整的牙齿。当初为了省那么一点钱，结果后来代价惨痛。而一千多块钱的电动牙刷，且不说能省下的是多少倍的诊疗费，更重要的是，它换来的是能控制的范围内，最健康的口腔。

再想想，有时老一辈人为了省钱，反复吃加热的剩菜或者过期的食物，结果身体生病、需要治疗，多么得不偿失。

你说，健康要什么性价比呢？

学生时代，我也买过很多廉价的衣服，逛过很多次明珠、动物园，这些东西十几岁的时候也不觉得什么，可是过了二十岁，我发现当我穿上更好的衣服，质量、款式是如此不同，它们那样合体，又是那样光鲜亮丽，能够让我自信地出现在一些重要的场合。而那些便宜货呢，不排除有些喜欢的，但很多都只能被压箱底，放着放着，最后也只能扔掉。后来，我明白，与其花很多没用的小价钱，不如在能承受的范围内，买一件真正喜欢、得体的衣服，买一件是一件，宁缺毋滥，慢慢积攒，这样，钱才是真正的没有被浪费。

就这样，慢慢地，我把自己用的东西，都换成在每一个当下，所能承受得起的，又最满意的物品。生活，也就一点一点地变得更加美好，人也就变得更加自信和快乐。如果钱能买到开心，哪怕是一点点，为什么不呢？如果你不追求美好，过着凑合的每一天，又还有什么资格埋怨生活的糟糕呢？

而很多人，以“节俭”的名义，这里凑合，那里凑合，最终得到的，也只有凑合的人生。

真正精致的生活，是宁缺毋滥，是在力所能及的范围内，给自己最好的。所有退而求其次的、不称心的选择，到最后都浪费了。只有有着宁缺毋滥的心态，才是真正的，把每一分钱，都花在刀刃上。然后努力，去拥有你想要的更好的一切。

人，有欲望，有想要的目标，是这让个世界和你自己前进的最美丽的东西。因为它值得期待，因为它就是具象的梦想，因为它可以让人觉得，活着，是一件特别值得并且有意义的事情。所以，要正视自己的欲望，它并没有什么好掩饰的。

你要相信自己的潜能，并始终努力，去踮起脚尖触摸更好的生活。你心目中的自己值得什么样的生活，你最终就会为自己配备什么样的努力。

为了精致的生活，你不会再允许自己邋里邋遢地活着；为了更好的一切，你会更加努力向前走去；为了那些耀目的光，最终，你会变成一个自带背光的好姑娘。

总有一段路，你要独自承受孤独

晚上从热闹的商区出来，路过旁边的SOHO办公区，已经十点多，大厦里仍有很多窗口亮着白色灯光，想来其中都是正在格子间里加班加点的白领。这个时间，酒吧街开始热闹起来，富二代们的小跑也开始在街上轰响引擎，欢声笑语逐渐弥散在夜色里，而SOHO楼群下一个西装革履的小伙子正在痛哭流涕，拿着公文包，脚下的地面散落着文件。他看起来比我大不了多少，一面打着电话并试图控制自己的情绪，一面弯腰捡着散落的纸张。那个时候，这个热闹的世界，没有人体会到他的孤独和无助。

有时候走在人群之中，或者跟随队伍走在长长的地铁分流里时，我会想，人是多么奇怪，我们每天都会遇到很多人，和很多人擦肩而过，甚至因为城市的拥挤而摩肩接踵、亲密接触，但我们却未曾产生任何真实的交集。每个人都携带着自己的记忆和孤独，成为一个个独立的移动空间，并对其他人的孤独触不可及，只能旁观他人的苦痛。

我在马路边看见过穿着高跟鞋蹲在地上抱头痛哭的年轻女孩，注意过塞着耳机注视着城铁窗外扫过的夜色而一脸漠然的男生，在凌晨的麦当劳里遇到过开着笔记本工作的白领，在24小时便利店门口见过坐在台阶上抽着一根又一根烟的大叔，也曾在高铁上听到一个姑娘打电话说："对不起，妈，这次过节我还是回不去"……我不知道他们正在经历着什么，发生过什么，但我知道，他们正在独力支撑着自己身上那份孤独的重量。

总有一段路，你只有自己一个人走。总有一段路，你要独自承受所有的孤独。而你，除了坚强地站着，站下去，别无选择。

曾有朋友晚上给我发来微信，问我在不在，当我看到时已经过了些时间，再问他，他说没事了，自己正在家喝酒，挺好。说完，他给我发了张照片，上面是一瓶大的牛二，和一瓶小的红星。我问怎么了，他说，就是觉得自己来北京这几年挺失败的，看着别人好像一步步升级提高，可自己换了这么多工作，过了这么久，好像一直没什么长进，钱也没能攒下。

我当然能理解那种当时光飞逝而去，却感觉自己仍原地不动的懊丧，好像除了年龄在长别的都没有任何进步，只感觉时光和破碎的梦想被埋葬在一起发酵，无法停止。但无论我多么能够感同身受，都不能为他带来一点有效的安慰，既不能解决他的痛苦，又不能从根本上让他脱离那种一个人漂泊在外的孤独。实际上，当时我甚至不知道该怎么回话，因为深知安慰的匮乏，又知道该劝告的话他本人又何尝不清楚明白。那种时候我觉得自己像是一个透明人，看到他，理解他，却不能给他温暖的拥抱。于是，我最终也只能回复一句，别喝得太多，早点睡觉。

于是大多时候我们所能做的好像只能是撑着，一直咬紧牙关撑下去，告诉自己挺过去总会好的。我的小臂上有一排刺青的文字，因为不是英文，总有人会问我写的是什么。其实那是德语诗人里尔克的一行诗：有什么胜利可言？挺住意味着一切。

大概是因为人生中有太多时候需要我们死扛，保持住腰板直立的姿态，不轻易放弃与言败，所以我把它文在身上，作为对自己的支撑，给我以力量。我们必须相信一些东西，才不至于在度日时突然掉进深渊，哪怕那些东西本身并不值得我们的信赖。

有时想想，悲凉的是，好像我们所有的强硬，实际都在体现着内心的纤弱。虽然身披黄金甲，但早已心如豆腐渣。所以总有些人是这么奇怪，他们总是尽量走在前面，看起来虎虎生风，仿佛身后有千军万马。可是等到暮色降临，路边的人家亮起暖灯、升起炊烟，他不敢回头看，因为知道身后空无一人。他一个人可以坚强地挺立着面无惧色，却又会仅仅因为一句安慰就瞬间泣不成声。

每个人都要这般泅渡过苦海，一浪接一浪。有些鱼力气大，时间是站在旁边的厨子，太有把握，甚至懒得补上一刀。而除非我们对痛苦有一种理解，能接受痛苦，并在其中挖掘出自己的力量，否则我们就无法超越它。在这条艰辛的路上，你却只能依靠自己。有些黑暗，终究无法与他人分享，而有些光明给你，你也不一定可以抵达。

我只是希望，在这条路上，你能够始终走得毅然而郑重。“恭恭敬敬地希望，堂堂正正地绝望，骄傲与谦逊都从骨髓中来”。你也要知道，过去发生的事不会再回头，回忆除了为前行总结一无所用，而前方除了继续铺陈开来的黑暗，也必有因你不断挺进而绽放的曙光。

于光影憧憧中相遇

YU GUANGYING CHUANGCHUANG ZHONG XIANGYU

不同的年代，同样的芳华

《芳华》上映过后很久才去看了影片，其实原是不打算看的。

一是因为预告片中的大长腿总给我一种导演作为老男人意淫青春美好肉体的油腻感，画面美则美矣，但就因为太过聚焦和美化，反而失了时代的朴素感，作为女性我有一种本能的抵触。二是因为自己没有读过原著，怕领略起来总会偏颇，所以这篇文章基本只谈电影，对原著按下不表。三是因我个人对革命、战争时期的题材本就不是很感兴趣，作为电影来说，很容易年代感和政治感太强，框架元素也太强。好在《芳华》整体还是值得一观，这里只谈点个人化的感受。

在电影开场前，我的座位前面坐着一对老夫妇，婆婆反复对爷爷说："女儿讲过了，片子里有一段你们炮兵团的片段，看了不要哭"。因为坐在爷爷后面，观看影片时我看不到他的表情，作为90后，我也无法切身体会到那种回顾往昔峥嵘岁月的内心波澜，但我看到了在不同的年代里，青春的同一副样貌。

无论哪个年代，我们的芳华，都是被集体笼罩的。部队也罢，学校也罢，那里是我们的青春，有我们的理想、友情和爱情，但亦有算计、矛盾和伤害。在那个年代的集体，并不如我们想象的高大与正能量，就如我们这个年代的集体，亦不如长辈想象的单纯和美好。

被孤立的少女何小萍

每个集体里都有一个何小萍。

因为莫名其妙的各种原因，她被排挤被欺凌，除了施暴者，大多数人也会选择成为沉默的帮凶。

对于一个外来者，已经抱团的先来者总是很容易把她排除在集体之外，而何小萍就是这个文工团的“插班生”。何小萍的到来，无疑是因为她的优秀，文工团的老师向组织特批了名额，于是她成了这里特殊的一个。而出众的才华，在集体中，天然就是个靶子。

这像不像我们班级中被孤立排外的转学生，她成绩优异、老师喜爱，又孤身一人、无所依傍，那些抱成小团体的女孩子们不免说三道四：她打扮得花枝招展啊，她目中无人啊，她家里穷啊，哎呀你知不知道她还勾引隔壁班的那个谁谁谁呢！

我曾经就是何小萍。

在我因为户籍原因从北京转学回到家乡的高中时期，我就是这样一个与集体格格不入的外来者。

女生们会说我闲话，会酸言冷语，会在游戏环节无人搭伴，会在集体击掌时刻意绕过我的手，会在发练习册时故意砸在我的头上，会把我的被褥从床铺上扔到阳台，甚至会叫对面体校的同学在我走出校门口时从楼上扔下酒瓶。虽然我从没有做过任何伤害她们的事。

我也有反思过是不是当时的自己哪里做得不对，但是后来我明白，特殊本身对于她们而言就已经是不对。一旦她们开始看你不爽，此后无论你做什么都是错的。

何况大家的青春生活都如此压抑，正需要一个发泄的靶子。

何小萍在这部电影里就是这样的靶子。

她刚进文工团，进入宿舍便没有得到一个好脸色。因为容易出汗，很快便又“臭”名昭著。一时拿不到军装，她偷借林丁丁的衣服去照相馆里拍了军装照，只为寄给劳改的父亲，让他有所骄傲。却没想到被发现，立刻成为众矢之的。

后来女生们晾衣服，发现有人在内衣上用海绵垫做了两个胸垫，众人便马上怀疑何小萍，指责她有伤风化、道德堕落，集体向她发起攻击。委屈的何小萍在雨中否认、嘶喊、哭泣，但没有人相信她。

从此何小萍彻底被孤立，连练舞时都没人愿意成为她的搭档。除了刘峰。其实刘峰也不算是对他好。他只是善良，他对谁都好。但这份善良，是何小萍在这个集体中看到的唯一的光。

讽刺的是，那些指责她腐化堕落的少男少女们，却集体偷偷穿起了低胸装、喇叭裤，听起了邓丽君。

后来刘峰因为林丁丁的污蔑被处分，何小萍也失去了在集体中唯一的温暖，更重要的是，看到最善良的那个人却因他人的恶而受到惩罚，这让何小萍对集体彻底心寒。她曾经满怀期待地来到部队开始新生活，现在却完全心灰意冷。在一次演出上，她好不容易得到从前梦寐以求的女一号，却假装生病，主动放弃。也因此，刘小萍被发配到前线成为一名医护人员。她听到这个消息时只有冷笑一下而已。

对于这个集体，她毫无留恋，哪怕接下来她面对的是残酷战场上的血肉横飞。

好人刘峰

“活雷锋”刘峰是时代塑造出来的绝对正面典型，但也是时代塑造出来的悲剧。

刘峰切身地实践着时代精神美德，他大公无私、为人善良、乐于助人。破了的饺子他吃，丢了的牛他找，战友结婚的沙发他亲手做，每次去到北京回来都义务帮大家带家人捎来的物品。所有人有麻烦都找他，但所有人都习以为常，觉得他做好事是理所应当。

没有人真正意识到那种人格品质的善良可贵，除了何小萍。

只有不被善待的人，才真正懂得善良的珍贵。

刘峰有一次令人惋惜的“善良”，是将做梦都想的去大学的机会让给了别人。如果不是如此，他也许将会有完全不同的命运。可在这个命运转折点，他选择了林丁丁。

因为他喜欢林丁丁，不愿离开她。而正是林丁丁，面对刘峰的表白，只为了给自己洗白，就指控刘峰对她猥亵，从此彻底改变了刘峰的人生。

仅仅因为林丁丁的一句话，刘峰被送往前线，之前无数的奖状表彰一张都无法带走。而令人心寒的是，他曾经帮助了那么多人，此时却没有人愿意帮他说上一句话。所有人都对他敬而远之，离去的那天，送他的人只有一个何小萍。

在战场上，刘峰出生入死，痛失战友，还失去一条手臂，一度失去求生的欲望。

故事的最后，已经改革开放，他寒酸没落，却始终保持着活雷锋那一套，脑子转不过弯来。妻子跟别人跑了，民警甚至都动手打起了他这个战士残兵，时代英雄的下场不禁令人唏嘘感叹。

而那时，官二代陈灿摇身一变就成了房地产商到处拿地，嫁给陈灿的郝淑文也成阔太，穗子开起了新书发布会事业有成。郝淑文嘲笑着照片上发胖的林丁丁，竟然拿起刘峰的假手，问，要是他看到林丁丁现在这样，还会想摸么？还摸不摸？

这样的玩笑，虽是无心，听起来却如此残忍，甚至恶毒。

刘峰的悲剧，或许就在于他太善良、太老实，永远把别人放在前面，却毫不考虑自己的利益。就连那条断臂，都是为了救战友而丢掉的。英雄潦倒，好人遭欺，总是令人心酸嗟叹，但无论何时，他都拥有内心的平和与安宁。

而对于坏人，成为一个坏人本身或许已经是老天给他们的惩罚了。

刘峰的善良无疑永远值得人敬佩和尊重，但回到感情上，他也确实不是大多女生们心中理想的类型。刘峰他太不食人间烟火了。他完全是一个模范，而不像是一个活着的人。他将自己放在一个标准的框架里，从不出格，没有缺点，没有放纵不羁的任何冲动，也正因此总显得缺失某种特殊的个人魅力。

除了“好人”，似乎找不到什么别的评价可以给他，也就好像少了那么点“人”的可爱。大概正是因为这样，穗子以为这是林丁丁当初不肯接受刘峰的原因，但我知道，不是。

绿茶林丁丁

如果说其他人对于自己或多或少造成的恶尚不自知的话，林丁丁不是。她就是一个小绿茶。

首先，林丁丁特别会利用自己的女性身份。在别的女生大大咧咧嬉笑打闹的时候，她已经学会了扭捏作态、拿腔作调。她在文工团里有两个备胎，男人们能给她的好处，她统统来者不拒，也包括刘峰给她特殊打来的面条、帮她修的表、为她挑开脚上磨出的泡并背着她拉练。要说她不知道刘峰喜欢她，鬼才相信。她只是允许他们都追求她，又佯装不知，毕竟能给她带来许多便利，而她只要说两句甜话就能让他们欢欢喜喜。

再说，“女人谁不虚荣呢？多一些追求者，多一些珠宝，都好，都是打扮。”

其次，第一个煽动集体与何小萍作对的人，就是林丁丁。只因何小萍偷借了她的军装去照相，她便小题大做、不依不饶，弄得人尽皆知。可她最后偏又要摆出一副宽容大度的样子，趾高气扬地扔下一句“还是给她一个改过自新的机会吧”，好像何小萍应该为此对她感激涕零。

再次，刘峰那天去宿舍找穗子去看他新打出来的沙发，遇到林丁丁。林丁丁自然是知道刘峰喜欢她的，言语之间也都是对刘峰的暗示和撩拨，刘峰一句句要向她表白时结结巴巴，她假意不懂，可看她眼波流转之间的神色，又怎会不知。

只是谁想，一个拥抱，恰巧被两个战友撞见，林丁丁只为了把自己择出来，便跑到领导处编造事实，指控刘峰把手伸到她的内衣搭扣，意图猥亵。这一举动，诬赖构陷，枉顾他人的名誉命运，可以说是非常狠毒自私了。

可是最后呢，她哪个备胎都没嫁。到了他们都没用了的那天，就成为了她口中的老黄历。家里人给她介绍了个华侨，文工团解散的第二天她便急着去办理了签证移民。

刘峰对于她而言，不是“活雷锋就是不行”，而是钱不行。林丁丁不是接受不了活雷锋也有男女之情，她只是看不上刘峰。刘峰充其量只是个木匠的儿子，而她一向务实又自私自利。只可惜为了这样一个女人，刘峰成为她的牺牲品。而她对于自己毁了别人的人生这件事，自始至终都没有一丝愧疚之情。

林丁丁就是我们这个时代所说的绿茶，她看似单纯无辜，但最势力有心机，却又最受男生的喜爱欢迎。

当然，影片中还有很多我们生活中的人物、情节。

比如平凡少女穗子暗恋着陈灿多年，为了帮他补牙，把母亲给她的金项链都送给了陈灿，就如每一个在暗恋中的卑微女孩。而好姐妹郝淑文在得知陈灿原来也是官二代的时候，不动声色地就抢走了穗子的暗恋对象。也许穗子要多年以后才明白，女孩子的友谊总是那么脆弱，而特权阶级的孩子从来不会选择平凡的她们。

总体而言，《芳华》这部电影确实讲了很多，相对于大多国产电影，它的确显得有厚度。得益于剧本，它将青春、人性、集体、阶级等都讲述了出来，但也都浅尝辄止。

不仅是碍于电影篇幅的原因，最主要的是，它将所有的一切都包含在回忆的脉脉温情里，包括残酷。它用镜头的美感刻意去掩饰了所有的丑陋和伤害，又借用穗子的一句句旁白“后来，我终于明白……”将一切的不堪和丑恶最终都变成了浅浅淡淡的原谅。

如我对这部电影的第一印象，它的画面语言太美了。这直接影响到让我不想去观影。因为这种青春的画面美感，是在导演眼中加了滤镜的。它并不真实。最终美掩盖了一切，伤口就变得不痛不痒，作品也因而被削去了力度。

然而这种温情唯一的好处是，在电影的最后，它给了观众一份想要的温暖：刘峰和何小萍，这两个被时代和众人遗忘的失意者终于能够坐在一起相互取暖。此时他们一个肉体残缺，一个精神残破，但终于都找到了内心的一份温暖和安宁。

但他们，也仅仅是相互取暖。他们并没有结婚，也许也根本没有爱——爱是需要能力的，饱受摧残的他们已经负担不起。

任何年代的芳华，永远不会只有天真无邪、嬉笑打闹、壮志踌躇。真正的芳华，是醇香美酒里游弋的毒蛇，是平静水面下的凶猛野兽，是绚丽云层间藏匿的隐隐雷动。

芳华，看似很美，但内里满是尖刺和毒水。

凡·高：我心有瑰宝灿烂如歌，唯有画作为我吟唱

动画电影《至爱凡·高》完全取材于凡·高的120幅原作和800封信件，历时7年，由125名来自世界各地的画家模仿凡·高原作而创作出的65000幅油画组成。

导演Dorota Kobiela说："凡·高在他的一封信中告诉弟弟提奥，'有些话我不知道怎么表达，只有通过绘画表达'，其实这也是我们为什么以这种方式做这部电影的原因。我们想通过他的艺术形式来讲他的故事。"

是的，毕竟，只有作品才能为一个艺术家说话。

对于大众来说，在某种意义上，凡·高的传奇性反而让人忽略了他的作品，喜爱凡·高似乎已经成为某种流行，对于不熟悉他的作品的人，与其说凡·高是一个画家，不如说他是一个偶像。而这部电影让人们在了解凡·高人生的同时，将目光重新放回到凡·高的画作上，感受到其艺术作品本身的魅力。

对于一些曾经对凡·高画作有所了解的人来说，当看到那些为我们所熟悉的画面出现在电影荧幕上，当那些饱满的色彩和短线般的笔触转动起来，当这些画作将我们带回到凡·高曾在其中的生活，无疑是一次无与伦比的惊艳体验。为此我一次次探出身去，瞠目结舌地看那画里的景象成为当下的生活场景，看那画里的人物成为实实在在生活在凡·高周围的人。

而这部影片，如你所能想象到的，创作过程漫长而辛苦。电影开始的镜头是一块虚拟的油画布，主创人员的名字被写在油画上，最终画面转

变为凡·高的名作《星夜》，饱和的蓝色像漩涡一般运动，仿佛要从屏幕中溢出来。Kobiela 说，这个镜头，每帧画面都花了 6 个小时，一共十秒的镜头，三个画家同时创作，他们用去了大约 20 周的时间。也就是说，你正在观看的这 10 秒钟，背后是画家们半年的人生。

《至爱凡·高》用一封无法投递的信件串联起凡·高在去世前最后六周里与他生命有所联系的人们所讲述的故事。于是我们在幕布上看到了凡·高油画里的那些人物：邮差阿尔芒、加歇医生、医生的女儿、唐吉老爹……这些挂在博物馆高墙上、为人们耳熟能详的人物，在电影里活了过来、开口说话，他们共同讲述着那个“怪胎画家”，和他的情感、生活。

作为后印象派艺术大师，凡·高的传奇一生是很多人耳熟能详的故事，故事里是艺术家宿命一般的不祥字眼：穷困潦倒、怀才不遇、疯狂、精神疾病、自杀、死后成名……

这些充满悲剧色彩的情节，使他成为了影视创作的富矿，关于凡·高，有 29 部故事片、78 部纪录片，但用凡·高自己的画作来讲述他的人生，这种大胆的尝试，这是第一部。而难能可贵的是，剧组以追求真实的态度详细考察了各种细枝末节，在影片中力求做到只陈述事情本身，而不去判断，或加以过多的渲染和抒情。

“文森特·凡·高是这个世界上最孤独的人之一。”欧文·斯通在凡·高传记《渴望生活》的前言里这样写道。确实，在凡·高的一生中，他始终无法和外界建立正常的联系。

自童年起，凡·高就没有得到家庭的温暖。在凡·高出生之前，他曾有一个夭折的哥哥，父母把那个小哥哥文森特的名字，连同对他的哀悼与忧郁，一起给了凡·高。后来凡·高尝试过顺从父母的心愿，成为一名艺术品商店销售员、牧师、传教士……但都以失败告终。他考试失败、工作失败、爱情失败、健康失败……偏执孤独，嗓门粗大，惹人厌烦，无法得到承认，甚至被认为是家族的耻辱。而这，仅仅是凡·高悲剧性一生的开始。

他所有的不幸都来自于内心的单纯、孤独和执着。

凡·高27岁时，在弟弟提奥的支持下，才终于拿起画笔开始身为艺术家的创作，他内心那些熊熊燃烧的火焰也终于找到了表达的突破口。他所描绘的金色麦田、绚烂星空、燃烧的柏树和向日葵……其形态、色彩都非常主观化，仿佛那些景象只有他一个人能够看到、感受到。其实，那些都是凡·高的自我和个人意识的体现。

在凡·高的作品里，他的情感饱满和外放得令人惊叹，田野、咖啡馆、房间、农民、鞋子……他几乎什么都画，那些作品的主题那么平凡，但在凡·高的笔下却是那么的特别。那浓烈的色彩、充满生命的律动，展现着他心中那片热烈、狂野却孤独的天地。

凡·高的作品，笔笔都是凡·高。或许，在他的内心，是某种幻象守护着艺术的真实。

但在当时，凡·高的这种画法和他的为人一样，在常人的眼中被视为“疯子”。他跑得太快，把时代远远地抛在了身后，也使得他的作品无法得到世俗的承认。凡·高一生穷困潦倒，全靠弟弟提奥的资助生活和创作，有生之年只以低廉的价格卖出一幅画，而提奥得到的除了一屋子卖不出去的画作之外，也只有贫穷和病痛，这个事实也大大地刺激着凡·高。对于凡·高来说，他很想证明自己也是一个有用、有价值的人，却把唯一爱护自己的弟弟也拖下水。

所有的人都嘲笑他的疯狂和贫穷，高更离他而去，医生刺痛他的心扉，纨绔子弟对他羞辱打趣，甚至就连孩子们都跟在他的身后用石头砸他……可怜的凡·高，就连一只夺食的乌鸦来到身边，都感到高兴不已。

对于凡·高的死因，有两种说法。一是于麦田自杀，但考证下来种种证据让这种说法显得不切实际。另一种情况，他很可能是遭到年轻人的枪杀，只是凡·高为了保护对方而谎称自杀，并请求警察不要因此难为任何人。电影中也对这两种情况作了陈述，但没有给出结论，相对于其他影片和传记的带有情感色彩的渲染，这也是这部影片的负责之处。

但是，对于凡·高来说，自杀和枪杀或许真的没有区别。他总是要死的。一个被全世界拒之门外的人，一个痛苦至深却无人理解的人，一个饱受折磨却没有希望的人，怎么能不死？在这个凉薄的世间，用自己的骨头血肉燃烧殆尽换取的热量，又能够支撑多久？

《至爱凡·高》在考证线里探寻着凡·高的人生，它没有波澜起伏的情节，也没有大量的情感渲染。但是，当凡·高回眸的那一瞬间，伴着《Starry starry night》响起，我已泪流满面。

后来的我们，没有了我们

一

没想到会因为一场电影哭得那么厉害。

不记得是从什么时候开始落泪，但是情绪一直在积蓄累加，看到后来，因为一直抑制着自己想要号啕大哭的冲动，所以几乎全身都是在颤抖着。

直到影片最后的彩蛋播放，刘若英唱起《后来》，路人们纷纷在镜头里对着曾经的TA说出那一句心里话，我实在忍不住跳了起来、捂着脸跑出放映厅。去洗手间洗脸的时候发现，双眼竟然都已经哭得肿胀。

因为在朋友圈里晒出了电影票，有些朋友问我好不好看，我还是觉得无法回答，因为这真是一件太主观的事情。它确实只是一部商业电影，但它也确实打动了我。

人们在书中、电影中看到的那些被打动的部分，其实都只是看见了自己。

北漂生活的地下室、鼎好电子城、摆地摊逃城管、舍不得打车站在冬夜的冷风中，和困苦中艰难又单纯的爱情，包括它最后无法继续走下去，这些都是一部分人的回忆。

朋友说，看着电影，就想起当年自己和男友在旧货市场花80块钱拖回一只旧沙发，还坐在三轮车上迎风哈哈大笑的日子。

“当时我们说，如果有一天我们买了房子，一定要把这只沙发带过去。后来他走了，我带着那只沙发自己搬了两次家。再后来我放下，把它留在了一个出租屋里。决定不再带它走的那天，我在沙发上一个人静静坐了好久。那时他已经和新女友去看了新房。”

我曾爱过你，想想就心酸。

或许穷过、爱过、错过、共同打拼过的人，才最懂得其中的万般滋味。

《后来的我们》就像一篇散文式的慢小说，它没有特别波澜起伏的情节，没有很明显的包袱，剧情就在平淡的讲述中一点一点推进，但它展现出的就是曾经的我们，那些属于青春年少的生活和感情岁月。

二

这是一场跨越了十年的爱情故事。

十年之前，两个在北京生活的年轻人，在过年回家的绿皮火车上相遇。

早早就出来打拼的方小晓（周冬雨饰）在不同的服务业之间来回转圜，凭着一点乐观和努力，在北京独自奋斗，却始终没什么起色。彼时的她，带着点单纯的“世故”，最大的愿望是嫁给一个条件还不错的人，搬进一套北京的大房子。

而井柏然饰演的林见清即将大学毕业，带着点对未来的憧憬和对游戏行业的热爱，更因为方小晓回眸时的那“一眼万年”，决定留在北京干出一番事业——虽然他知道她想要的是什么，所以只是看着她恋爱又失恋，却绝口不提自己的喜欢。

现实中的他们一次次被生活摔打磕碰得狗血淋头：方小晓每次兴冲冲的“真爱”到头来不过是可有可无和欺骗，而林见清的才华始终无处施展，只能靠去地下通道里摆摊卖黄色光碟、做游戏客服，来赚取一点微薄的薪水。

但是当时的他们，贫困却也幸福着。因为相互陪伴，终于走到了一起，也因为足够年轻，所以不遗余力地相爱。

他们在地下室的隔断间里一起抽烟喝酒聊天大笑，度过了许许多多难熬的日子。他们共同吃一碗泡面，开心得像吃了一顿大餐。他们抠抠索索地在等不到公交车的夜晚打了一次车，也骄傲得不行，对着夜空喊话说“北京，我就要发了”。他们把别人扔在楼下的二手沙发搬回屋里，幸福得就像有了一个家。

生活不易，北漂很难，但只要紧紧拥抱对方，仿佛就能够相互取暖。

三

因为遇到那个“能为你上九天揽月、下五洋捉鳖”的林见清，方小晓懂得了什么才是爱，不是新手机和大房子，而是一颗肯为你全心全意的真心。她说，我好想时光就停留在现在。

可是时光从不会为谁而停止，也不会等着一个人长大。

日复一日的贫困、被房东勒令赶走的冰冷、被家乡同学冷嘲热讽的聚会，以及看不见未来的每一天里，生活的打击和鸡零狗碎，都重重累积着压垮了林见清的信心和斗志。

那个曾经笑嘻嘻地拧开地下室的灯光，自豪地说“这里什么都有”的男孩，那个曾经豪言壮语地说等有钱了要买八套房子的明媚少年，已经逐渐变得低沉、阴郁又敏感。

他开始在社交软件上撩拨其他的女生，开始戴着耳机躲进游戏的世界，开始对小晓的话置若罔闻保持沉默，开始酗酒闹事打架斗殴，开始怀疑自己，也觉得自己给不了她想要的生活和未来。

“说什么你不在乎，你不就是觉得我做不到吗？”酒醉后的林见清对小晓吼着，但是那时的他，已经不知道小晓想要的幸福是什么。

于是分手自然而然地就发生了。

不是因为某一件事，没有出轨、没有背叛、没有最后的大吵大闹和声嘶力竭，也不是不能跟你过穷苦日子。而是两个人走着走着，突然之间觉得不快乐。

不过就是累了、走不动了，那个坎怎么也跨不过去了。精疲力竭的两个人，其实都在等着火熄灭的那一刻。

于是那一天，小晓吃完面，红着眼眶对戴着耳机疯狂点着鼠标的林见清说："我给你留了半碗面。见清啊，我要走了。"

她走了好一会儿，他才反应过来，一路狂奔着追到地铁站，看着她的脸，却没有勇气跟上车去。两个人面面相觑，没有说一句话。

于是"滴滴"的响声过后，车门关闭，站台上那一道黄线，就此成为了"从前的我们"和"后来的我们"的分界线。

四

十年之后，小晓和见清又在过年的飞机上相遇。因为飞机停飞，他们骤然多出了一晚共处的时间。

明明面对面的时候，那种熟悉感是那么的相近，可是他们却不可能在一起了。

正如歌词所唱："十年之后，我们是朋友，还可以问候，只是那种温柔，再也找不到拥抱的理由……"

在这一晚，林见清问了个无数个"如果……会怎样"，可惜没有如果。现实只是在见清妻儿的视频查岗中，小晓趴在床边地上躲来躲去的尴尬窘境。

"哈哈哈，太搞笑了，原本我可以做正宫的，现在却被误会成小三！"

小晓故作爽朗地笑着，笑着笑着就哭了。我的眼泪也又一次涌了上来。

是啊，后来他事业有成、家庭美满，可却不是和她的后来。

也许我们都曾想象过如果有一天再和曾经的最爱相见会是怎样的情景，我们会变成什么样子、做出什么样的反应，会说什么话，又会有什么表情。可现实中的我们却再也没有遇见。电影或许只是满足了我们的一个想象，并试图给出一个答案。

是会有遗憾的，可我们也早已释怀，遗憾的释怀就是，其实我们也无需一个后来。

曾经他说着非她不娶，她说着非他不嫁，后来也都一笑了之。

我们走过同一条街，最终是要回到两个世界。

一开始观影我很疑惑为什么电影中“当下时间”的部分，所有的画面都是黑白的。直到听到见清讲解游戏的设定：如果伊恩永远找不到凯莉，那么这个世界就会只剩下黑白。

凯莉走后，游戏世界成为一片废墟，弹幕上的留言是用户们满屏的对不起，还有类似“XXX，我不等你了”的话语。

因为这个以两人情感故事为原型的游戏迅速在网络上走红，见清赚到了第一桶金，他买下了一座大房子，也正式加入了顶级的游戏团队。但是小晓再也不会回来了，他的生活也再没有了色彩。而小晓始终一个人继续漂泊着。

有些深爱只能有一次，因为我们再也没有精力去陪一个人长大了。

五

放弃一个深爱的人是什么感觉？

大概如同一个网友所说：就像一把火烧了你的房子，你看着那些残骸和土灰的绝望。你知道那是你的家，但是已经回不去了。

我们总是在最无能为力的年纪，遇到了最想相伴一生的人。最终故事的结局就只能是，又深情又无用地爱过。

“后来，我总算学会了如何去爱，可惜你早已远去消失在人海。后来，终于在眼泪中明白，有些人一旦错过就不在……”

时光是残忍的，但也是温柔的，最终它磨损掉了那些情感与现实冲撞时的矛盾和阴暗，让当年摇摇欲坠的自尊心、微不足道的物质基础、因为爱和在乎带来的无可奈何的灼伤，都只剩下浅浅的泪痕，最终一切只留下深深的记忆与怀念。

我曾爱过你，一直记着你，但是已经放弃你了。

没有句点，已然是最好的结局，又何必误会故事没说完。

电影的最后有一个小小的“happy ending”，是在游戏的通关设定里，凯莉回来了，整个世界重新变成了彩色，两个小人儿手拉着手走向了他们有阳光的大房子。

“我要买 8 套房子，客厅里放上你最喜欢的大沙发。”

这一切，都只能在游戏里实现了。

可是，即使后来的我们再也没有我们，也请各自安好。即便我们再也不会相见，也请记得，曾经我对你的好，都是满腔真心。

不管结局怎样，没有辜负过彼此就好。想不辜负此生，太难。

你的情敌，只是过去爱我的你

一

很多人说，《超时空同居》讲述的是一个关于物质还是爱情的选择题，确实如此，但好像也不只如此。

在电影的开头，2018 年的谷小焦（佟丽娅饰）为了回到过去的家，在房产中心不断相亲，谁能买下她童年的那栋别墅，她就嫁给谁。那个人可以是中年油腻秃顶男，可以是猥琐又丧偶的暴发户，可以是任何一个人，但即便如此，她也始终不能得偿所愿。

而在 2008 年的时空中，陆鸣（雷佳音饰）是个有才华、有远见却始终无人赏识的穷小子，拿着一张设计图纸到处找投资说“10 年后这里一定是 CBD”，但没有一个人相信。

这两个居住在不同时间、同一个屋子中的人，在一场时空错乱后相遇，并逐渐爱上彼此。那时的他们以为，所有的苦恼不过都是“没钱闹的”，而这样的感情也势必要经历金钱的考量。

就在此时，一个腰缠万贯的房产大亨出现了，他可以为谷小焦买别墅，可以给她一张张高额度的黑卡，可以满足她想要的一切物质，但他提出的唯一条件就是：你要离开陆鸣。

而这个人其实并不是别人，他就是 2018 年的陆鸣，只不过他已改名为陆石屹。

听起来这是个完美的选项：谷小焦选择陆石屹，除了拥有房子，除了能保护陆鸣不被时空吞噬，其实她更多对自己的心理劝诫就是陆石屹反复说的那句“我和陆鸣是一个人”。

在这里面好像没有第三者也没有背叛，但2008年的陆鸣问了一个问题却道出了核心：“你确定未来的我还是我吗？”

彼时的谷小焦不知道陆石屹是用染了鲜血的手发家的，也不知道在这10年里他早已变得冷漠无情、铁石心肠，但她能感觉到的是，明明是一样的眉眼，但陆石屹的目光里对她没有一点点爱意——其实他只不过是担心谷小焦会改变他的人生轨迹而已。

二

如果仅仅是从前的谷小焦，可以说她得偿所愿。但是现在的谷小焦，她已经看过了爱情最好的样子。虽然陆鸣只能在她想吃烤鸭的时候拿上花生米配豆干、只能在她想吃巧克力蛋糕时用黑芝麻粉撒在馒头上，但是他陪她疯、陪她闹、陪她笑，永远站在她的身边，呵护她的每处脆弱。

而2018年的陆石屹，能给她的只有一个永远也等不到人的空房子。

来的还是陆鸣。他假扮陆石屹用最后一次到2018年的机会来看望谷小焦，说水管该换了、门也该换一个……这样的关切，即使是在努力克制着，当然还是被谷小焦识破。两个人强忍着满眶热泪，他说：“如果以后的我对你不好，我就，我就打我自己”，说着他捶起了自己的大腿。

但其实很多人都是这样吧，你们曾经彼此深爱，他也曾经是掏心掏肺地对你好、想给你他能给出的最好的爱，也曾是真心实意地说过会让你快乐——可是时间在往前跑，人在被事业、环境或者新的人际关系等等际遇改变着心态，清晨睁开眼是新一天的工作和没还完的房贷，最终爱情一点点被退后压缩，他也终于慢慢地变成了另外一个人。变成了一个，不再爱你的人。

不知道从什么时候开始，那个人再也没有陪你开玩笑，再也没有陪你瞎胡闹，没有了笨拙但充满真情的告白，也没有了细微处的体贴与关心，甚至就连他看向你的眼光，都是冰冷而无动于衷的，又或是充满厌弃。

曾经互诉衷肠、无所不谈、嬉笑打闹的两个人，如今出现在一个家里，竟然成为最熟悉的陌生人。你认不出他来了，而你之于他，也不过变成像房间里的桌子、椅子之类必然存在但毫无感情色彩的物品。

人明明还是那个人，但是我们不知不觉间把爱情消耗没了，我们变得不再认识彼此。这是关于“后来的我们，什么都有了，却没有了我们”的另一种阐释。

当初我们一心想要更优渥的生活，但现在，你却会不由得怀念过去的他。从 2008 年穿越来 2018 年这栋大房子里的陆鸣，更像是谷小焦们的一种想象：若是过去的你，该有多好。

三

我怀念的是，是无话不说；我怀念的，是一起做梦；我怀念的，是争吵以后还是想要爱你的冲动。

但在曾经的那些时光里，我们拥有过幸福却不自知。

这已经不是物质和爱情的较量，而是过去的我们和现在的我们的一场对弈。没有什么第三者插足来抢夺爱情，我们终于也不是输给物质，而是输给了日渐贫瘠和无法再去爱的心态，输给了我们丢掉的初心。

可是在曾经的岁月里，我真实、勇敢、一片赤诚，因为你一点点暧昧的表示就会怦然心动。而曾经的你也并非如此，我见过你的温柔、忍让、呵护至极，那才是“怎么会爱上了他，并决定跟他回家”的根本原因。

如今我爱的是你，但又不是你，你不知道你最大的情敌就是曾经那个爱我的你。只是对这变化，我既无法抱怨，又是那么的无能为力。

多希望你能想想当初：想想往日时光里的你、我、我们，以及为什么我们相爱并走到一起。想想当初我们眼神中的宠溺、爱慕、期待和喜悦，想想我们曾心心念念着要全然去爱一个人冲动，和那种生怕给 TA 的不足够或不足够好的心情。想想那颗纯粹的、本真的、热烈的初心。

物质当然要努力争取，但别因此就把爱人丢掉了，别把爱的能力丢掉了。毕竟我们想要的幸福，并不仅仅是一个冷冰冰的大房子而已。

也不要等到明天拥有得更多再去爱，那样我们永远也攒不够爱的资本。我的确希望明天会更好，但那“好”里，应该包括我们互相爱着的每一天，是在爱里为了共同的期待和未来才去努力的每一天——所有的一切都应该是附加值，而我们相爱，才是这一切开花结果的初衷所在。

女儿国：躲过一劫，亦是错过一生

世上安得两全法，不负如来不负卿。《西游记女儿国》讲的就是这么一个故事。

小时候看西游，喜欢看师徒四人与妖怪打打杀杀、斗智斗勇，不免觉得女王太过噜苏，对唐僧纠缠不休，耽误了他取经之路。甚至认为该剧情之劫在于唐僧后来被蝎子精掳走，女儿国国王算不得一劫。

长大后才明白，情劫才是唐僧最难过的一关，因为其他劫难纵使再千难万险，唐僧亦是心志坚定，只有当他遇到女儿国国王，才是唯一一次真正动了心。

于是后来便不免对《女儿情》中的那句“说什么王权富贵，怕什么戒律清规”念念不忘，故事中有那些关于心动的克制、关于进退间的两难、关于情与理的纠缠，更有爱而不得的伤神、不舍和决绝。

如果说 86 版西游中，女儿国中的情，都是一切尽在不言中，那么《西游记女儿国》里，则是让唐僧真真切切地爱了一回。只有知道情为何物，方能打开离开女儿国的大门。这种设定虽然不免被观众吐槽，但亦是合情合理。

毕竟，不经历贪嗔痴，又如何懂得断舍离。

爱情中真正的放下，也该是经历过真情婉转间的百转千回，在竭尽全力的渴求之后，终于悟得茫茫平息之后的平静。

当然故事的最初总是明丽的。在电影的开篇，师徒四人行舟于茂林绿水之间，彼时春林初盛、春水出生，唐僧与西凉女王不期而遇。断崖一见，四目相对间，两人就被一份命中注定的情缘牵在了一起。

她骑着麋鹿，站在不知所措的唐僧面前，笑嘻嘻地只一句："你——是男人？"少女怀春的那点天真无邪、那点好奇大胆，瞬间都表露了出来。

春风复多情，吹我罗裳开。这份心动直接又率真，蓬勃又坦荡。与老版西游里雍容华贵、端庄典雅、眉目含情的女王不同，电影中赵丽颖所饰演的女王是一个单纯、明媚、心地赤诚的少女，她与国师间的矛盾冲突，与唐僧之间的爱恋，更像是一个动了初心的女孩想要突破妈妈的严防死守执意去与心爱的男孩约会。

在西梁女国，男人只是古老的传说，是祖训里不可沾染的毒物，是外面未知的世界，更是她的好奇。而他就这样出现了，有一点好看，有一点木讷，还有一点温柔，她还不知情为何物，就决定就是他了。所以她见到唐僧的第二面就直接说"我想你了"。怎么就不行呢？她的确喜欢唐僧，但她的爱，在这个起初，和唐僧的关系并不大。她是一头撞见了爱情，爱上了爱情，而无论他是不是唐僧。

于是为了这场爱情，她做了所有不该做的事。

在西梁女国，男人是死罪，可她设法救下了师徒四人。为了爱人的安危，一向听话乖巧的她不惜站到国师妈妈的对立面，甚而违背祖训。身为国王，她本该保守本国的秘密，却带着他们找寻消失的典籍和国土的出口。甚至当唐僧被放逐到茫茫无边、回头无岸的苦海之上，她也毅然决然地扑了上去，即使面临生死未卜的前路，她也甘愿同他风雨同舟、无怨无悔。

终于，当九死一生、精疲力竭的两人看到女儿国的大门出现在苦海的尽头，她说，我要和你一起走，我舍我的荣华富贵，你守你的戒律清规。

到这时，我们不能说女王对唐僧没有爱。但之前种种，更多的，是她爱上了爱情，也爱上了在爱情中，那个奋不顾身的自己。就像我们每一个人的初恋。

而在这个故事中，看似被动的唐僧才是先动心的那一个。

在国王一次又一次的相救和陪伴中，面对她的天真和纯善，他不知不觉间动了真情。

落胎后，她陪他一字一句手持树枝默写经文，两人一前一后倒走在蜿蜒的山路之间，她全无杂念，他却内心百转千回，不敢直视她的笑容，也不敢多看她一眼，笔下的字无论如何也写不端正。

在苦海中泛舟，他们脱离了一切世俗，没有规矩，没有他人，没有责任，也没有未来，他只要听从本心，便认定了身边的那个女子，奄奄一息间对她承诺道：若有来生。

甚至当西凉国门豁然出现，面对孙悟空的质疑，他亦决定带她上路。纵使悟空骗他喝下了落胎泉，试图阻断他的妄念，可在这一刻，唐僧还是落了袈裟，再也无法披上僧衣。

孙悟空打得了妖怪，但却挡不住深情。

只可惜唐僧注定不能带女王远走高飞，无论是他还是女王，最后终是要面临大爱还是小爱的抉择。他们的身上，都有推卸不开的责任。

女王一旦离开女国，所有的草木、建筑、子民，包括她自己，都会顷刻间化为石像、灰飞烟灭。而唐僧则背负着西天取经、普度众生的职责。

直到西凉女国因忘川河神爱的执念险些覆灭之际，陷在两难之间的二人，看到沉沦于水火之中的万民，才终于坚定了内心，决定担起自己肩上的责任。一如看似不懂情爱的国师，其实也曾经深爱，只是为了自己的职责，甘愿放弃了爱情，守护起女王和国土之上的万民。

其实相较于这个关于责任的宏大解释，我却更喜欢当女王苏醒时，轻轻说的那一句：“我梦见你蓄起了长发，我们一起慢慢变老，可是，你不快乐。”

真正的释然，从不是迫于外界种种的衡量，而该是来自内心对彼此的坦然和成全。

最深的爱，也不是执念，而是可以放下执念。

所以只有当女王亲手为唐僧系上袈裟，那件穿不上的衣，才终于不再脱落。只是就此，也就意味着，从此他有他的路，她有她的国。而两人之间，也永远再无来生。

唐僧取经，一路九九八十一难，是他度众生，亦是众生度他。

西凉女王教会了唐僧，何为爱。而唐僧教会了女王清醒和成长。

他们度的劫，都是自己。

有时候，我们还在期待爱情的开始时，一切就已经注定了尽头的分离。有时候，相爱的人并不知道，当他们还在爱着时，就已经走在了背道而驰的路上。

当袈裟无法系上，孙悟空曾劝唐僧带着袈裟上路，说时间长了，情也自然就淡了。但唐僧说："如果时间真是一剂良药，那这世上，就不会有那么多医不好的苦难、舍不下的别离。"

女儿国这一关就是如此，唐僧虽是躲过了一劫，但也因此错过了一生。

"既生苦难我西行，何生红颜你倾城。如何抹去你身影，如同忘却我姓名。"

那一年，他离开女儿国。当着百官的面，她对着他的背影大喊"唐玄奘。下辈子娶我可好？"夕阳下，风沙漫天看不见他的表情。僧人不语，勒马短暂停留。风声喧嚣，她在城头微笑流下两行清泪。

这一年，他圆寂，千佛诵经，万众朝宗。他只笑着留下一句莫名奇妙的"好"。

故事的美和痛，最终都是关于错过。

七月与安生：你是我无力成为的自己

我一向记性不好，忘记了第一次读到这个故事是哪一年的事。

只记得当年，安妮宝贝的书还是老师眼里的禁书，因为它们“颓废”。而我，还会给喜欢的书籍用旧报纸包上书皮。

这本收录了《七月与安生》的《告别薇安》自然如此。

我记得，自己是在一个燠热的夏天读完的这本书，然而我只记得我喜欢这本书，却完全不记得书里讲了什么，这也是每当有人请我推荐书籍时，对于我来说，最尴尬的事情。于是，在去看电影之前，我只好又一次打开书籍，重新读了一遍原著。一旦读起来，那份熟悉的感觉就又回来了，慢慢地，故事的轮廓也呈现在脑海里。

简单来说，这是两个女生，一对闺蜜，同时爱上一个男生的故事。但这么说也不太对，男生只是故事转合的必须，重要的是两个女生之间不解的爱恋、矛盾的纠缠、懂得与谅解。

电影对小说细节的处理，做了很多改变，比如安生是在七月介绍之前就认识了家明，比如家明的玉牌一直戴在安生的身上，成为七月与安生之间可见的隔阂，又比如七月与安生两次险些撕起来的情节。但最重要的，是在小说中，七月始终是七月，那个安静安稳淡然的白玫瑰，而安生也始终是安生，那个一生不羁漂泊得支离破碎的红玫瑰，而在电影的最后，导演却让七月与安生交换了命运。

这也使得电影比原著还要惊艳。

电影中的三重结局来回转合得颇有新意，也让故事的结局有了更多的可能，并且，每一个可能都很合理，都穿成一条线。在故事的开始，我们一直以为是七月的讲述，到最后才发现，原来是安生的记录。而在安生用七月的笔名写成的小说里，她给了七月一个自由的结局。在这个结局里，七月并没有死，而是走遍世界的天南海北，开启另一个人生。这可以说是安生对于七月的希望，同时也可以说，是安生，对自己的救赎。

在电影里，这两个看似截然不同的女孩的相爱，也许正是因为，对方是那个自己无法成为的，另一个自己。就像朝九晚五的人会渴望浪迹天涯，而醉生梦死的人也希望有一个家。也许每个女孩的身体里，都同时住着一个七月和一个安生，就像白天鹅和黑天鹅，她们始终是一个人性格的两个方面。

七月与安生，只是因为家庭的不同、成长环境的不同，一个甘心于安稳的环境和人生，害怕改变，希望在小城、父母和男友的保护下，宁静淡泊，安稳一生。但她对安生的爱，正是她没有勇气迈出的道路：那种无所畏惧、爱恨直接的人生。而另一个，从童年起因为对爱的缺失，对自我本性的放纵，始终漂泊不定，七月所拥有的，她也始终无法企及。

但是，命运就是这样捉摸不定，总会有那么一件事、那么一瞬间，让你脱离原有的轨道，走向背离的方向。终于，一番激烈的矛盾过后，家明离开，而伤痕累累的两个女孩重新选择自己的人生，走上截然相反的道路。

独立孤独久了的安生寻求一个可以让自己落脚的地方，一个能够保护自己的地方，于是安生稳定下来，抱着一堆书籍去上课，和一个普通但温暖的男人生活在一起，一脸知足和稳的笑容盖过了过去所有的创伤。而七月，亲手策划了自己的“被逃婚”，才终于不用再装成一个楚楚可怜的弱者，才得以离开家庭和小城，看遍世间风景。

七月说，安生，跟我走。安生说，七月，留下吧。

最终谁都无法再带走谁。

其实那时，七月也怕安生真的跟自己走，而安生也怕七月真的留下。

这世间，有那么多美丽的风景，也有那么多一起看风景的人，但是没有一个人像你。电影海报上摘取的台词是：我恨过你，但我也只有你。因为她们就像对方的影子，根本摆脱不掉。

但故事里残忍的，不是闺蜜横刀夺爱，而是人心底的自私，是那一个七月把孩子扔给安生的结局，逼迫另一方去承担双方所有的责任。就如七月曾说，我在意的不是我男朋友把项链送给你，而是我原来爱自己比爱你更多。

七月确实一直算得很清楚，也一直藏得很深，“真的聪明的人，是不会让别人觉得你聪明的”，而相比之下，安生只是因为太无助，而喜欢依靠、喜欢表现得像一只张牙舞爪的小兽。这个结局，其实远比死亡可怕。但是，安生写下它，她更爱七月，希望她能活着，而自己去承担这一切。

在那个她写下的结局里，当初叛逆的孩子收获了平静，而象牙塔里的姑娘，也终于鼓起勇气向生活挑战。这些年的闺蜜拉锯战，其实也是她们自己心灵成长的路途。

只是，两个少女，其实都终结在 27 岁。

也许，所有的少女，都终结在 27 岁。

记得很深刻的是，七月离开家的那一天，将长发剪短至耳际，拥抱母亲说：对不起，妈，我无法过上你想让我过的那种生活了。而母亲说，漂泊也未必不会幸福，但话说回来，女孩子，选哪一条路会不辛苦呢？

前任 3：世间最痛，莫过于原本可以

比“不爱了”分手更痛的，是明明两个人彼此深爱，却不知不觉走到了形同陌路。

《前任 3》就讲了这么一个故事。

有时我们在彼此相爱的时候，就已经向各自的方向渐行渐远，有些感情，在一起的时候就埋下了分开的种种引线，只是当时我们无知无觉。最后抱着一颗被碾得支离破碎的心，在辗转难眠的午夜，在酩酊大醉的街头，对着城市的夜晚叹息，试图梳理过往的所有脉络，思考“我们的感情到底是哪里出了问题”。

这大概是最让人遗憾的了——我们仍然深爱，互相惦念，却无缘继续走下去了。等到很久之后回过头来，才发现原本可以。

最后一次争吵，仅仅是导火索

孟云和林佳都不记得到底是为什么分手了。

可想而知，最后一次争吵，不过是生活中鸡毛蒜皮的小事，它并不是关键，关键是在过去的长久岁月里，一次次累积下来的伤心和失望。孟云和林佳走到分手，是有根源可溯的。

林佳陪孟云从一无所有到创业，再走到事业上升期，两人多年共同经历了许多大事小情，感情的深厚也是毋庸置疑。何以走到这样的结局？

我想，两个人的不同步，可能是最致命的。

上升期的孟云忙于应付工作，加班和应酬使他经常忽略女友林佳，他觉得，林佳如果能给他多一些的理解和体谅就好了。当时的他或许会想“因为没时间陪她这点小事就要分手，真是不可理喻”。确实，在孟云一路向上攀登的时候，林佳没能跟上他的脚步、成为同样事业型的强者，他们一个将注意力都放在工作上，另一个则更在意双方的感情，这使得他们终于无法同步。

可是林佳面对的又是什么？孟云不知道林佳怕黑，在他深夜不归的日子里只能彻夜点灯一个人睡，更不知道荏苒的岁月和无暇关照自己的男友，给对方增添了许许多多的不安和焦虑。她已经不再年轻，而他在努力向前奔跑，跑得离她越来越远，她也就愈发不安。林佳需要孟云在自己的身上投放更多的注意力才有安全感，而孟云会觉得林佳是越来越不懂事。这对于当时互相无法体谅对方的他们来说，根本就是一个矛盾的命题。

记得在另一部电影《她》中有这样一段台词：我们都在成长，一起改变，但这同时也是最艰难的部分。一起成长，但要试着朝同一个方向，一起改变，但要试着不让对方害怕……

是啊，有多少人，就是在这样的成长过程中，因为无法同步，而走失的。

孟云错过了林佳需要陪伴的很多个时刻，她的孤独和不安他没有照顾到，也不会理解。他只是一次次给林佳画着未来的大饼，但从没有注意到“现在”，也没有想到林佳只有通过现在才能去确定未来。

他忘记了答应过林佳的出国旅行，五年来都没有实现。在他一无所有时承诺的，等到换了大房子，就和林佳一起养一只狗的温馨蓝图，也被抛到脑后。他留给林佳的只有一个空荡荡的房子，和一个见不到的人。

而在林佳看来，不管是物质和心理，她在意的不是有多少，而是百分比。“我，到底占了你百分之几”？于是当她感受不到孟云在意的每一个时刻，爱都在渐渐凉下去。

孟云习惯了林佳对自己的照顾、体贴和理解，慢慢把这些都当做了理所当然，却未曾想到林佳在一次次的失望中，慢慢积攒成了绝望。

你只在意我旅游的全身照是不是别人拍的，却注意不到我胸前的海豚项链是我们爱情的象征。你只看到另有关心我的人开车把我接走，却看不到我像一个精神病一样在 KTV 里苦苦找你。你只看到门口那一双男人的鞋子，却不知道我有多心痛，当我受着病痛折磨的时候，来到身边的人却不是你。

你仍是我的软肋，却不再是我的铠甲。而这并不是一朝一夕的事情。

一个以为不会走，一个以为会挽留

抛开上面的根本原因，其实林佳和孟云是有很多机会把这次分手挽回的。

最开始，两个人只是在赌气。林佳故作样子要搬出去住，来回搬了三次行李箱去房间，却磨磨蹭蹭不收拾，只是想引起孟云的注意，换一个挽留。另一边的孟云也坐不住，明明观察着林佳的一举一动，却装作毫不在意。

他们都在等待对方先服软，成为揽下错误的一方，而这样的僵持不下，却导致了假戏真做：林佳搬走了。到最后，林佳还是没等到那句“别走了”，而孟云也没听到那句“不如这次算了”。于是就成了真的。

其实林佳走的时候还故意留下了一些东西，就是给孟云一个再去找她的机会和台阶，她到底是还爱着，也不是真正想分手的。可孟云还是碍于面子，直接把那些东西都快递了过去。

嘴上说了再见，心里还是思念。两个人都爱着也惦念着对方，在分手后几乎都心有魔障，可那份碍于面子、不肯低头的僵持，却一直持续了下去。

两个人都觉得，谁先联系了，谁先说了软话表达出了自己的爱，谁就是输了。都不退让、都不主动，都期待着对方去挽回，于是两个人都僵在那里，丝毫没有台阶可下，又哪里来的重逢？

在感情里，所谓的输赢，真的那么重要吗？

如果两个人思念焦灼时，有一个肯拿起手机拨过去，而不是盯着对方的朋友圈观察任何的蛛丝马迹；如果林佳生病时，孟云能够把药亲手送过去，而不是借助于丁点的手；如果在 KTV 里孟云不是碍于面子躲起来，就不会眼睁睁看着林佳上了别的男人的车，也不会在借着酒劲终于把心里的思念喊出来后，又悄悄撤回……如果谁能踏出一步，扔下面子，也许结局都会不一样。可对方一次次强装出来的“不在乎”，反而让彼此更加心凉。

看着这么多的阴差阳错，我都忍不住叹了一口气。说一句“我错了，你回来吧”或者“我还是爱你的”，真的就那么困难吗？

两个人就在这场比谁憋气更久的游戏里，终于把对方推得越来越远，再也没有重新开始的可能。

在电影的最后，两人信守当初说过的分手承诺，孟云把自己装扮成了至尊宝，站在最热闹的街道上大喊一万遍“林佳我爱你”，而林佳狂吃令自己过敏的芒果，被推进了急诊室。

一开始看到这个画面的时候，我还期盼他们能知道对方，能回过身去，可看着看着，我明白了，到这里他们是真正的放弃了。孟云每喊一句“林佳我爱你”，说的都是“林佳再见了”，林佳吃的芒果也是如此。这是一场仪式。他们只是想和对方、和那一段感情，好好告个别。

从此之后，各奔西东。一切都回不去了。

爱情里的出场顺序，真的很重要

林佳用整个青春让孟云学会爱、学会陪伴，可是最后得到这些的，却不是林佳。

当林佳离开之后，孟云会陪伴王梓各种玩耍，给她足够的温暖、快乐和关心，而这都是他对林佳的愧疚和补偿，都是他在上一段感情里学到的东西。这就是所谓的前人栽树后人乘凉吧。

“我觉得我捡了一个大便宜，遇到这么好的一个大叔，可是我也知道，是林佳让你变得这么好的。”王梓哭着说道。

只有紫霞真正离开了，至尊宝才懂得那份没有被珍惜的爱，才能真正成长为孙悟空。

而孟云和王梓在一起，不过是因为她太像林佳。不仅是因为她和林佳一样喜欢小狗、喜欢煮面的时候把鸡蛋打碎，更是因为她像从前的林佳，眼里都是对孟云毫无顾忌也无所畏惧的爱。

可是真正的林佳，在日夜彼此的消耗中，早已磨掉了那份稚嫩无畏的光彩。在希望一次次落空的伤感之后，那种不怕受伤的支持，她再也做不到了。

所以林佳看到王梓的第一眼，心态就崩了。在孟云身边那么多的“韩式半永久”都未曾让她感到威胁，可这一次，她看到了从前的自己。这对林佳太不公平，而对成为林佳影子的王梓，也不公平。

很多时候都是这样，当那个男人终于懂得珍惜，可站在他身边的人，却再不是你。

人的出场顺序真的很重要，有的阶段出现的人，只能互相成长，却无法终成眷属，只能把更好的对方拱手送到别人的怀里。再深的感情也抵不过缘分的交错。

那个看过你单纯幼稚的人注定见不到你在感情里游刃有余的样子，那个陪你酩酊大醉的人注定无法送你回家，那个因错过而离开的人，也注定只能是用来怀念的。

于是一场呼啸的爱情戛然而止，那个因为芒果过敏而浑身长满疹子的姑娘，最后也没能扑向大喊着爱他的至尊宝。

那么多人来人往，给过你刻骨铭心的，终究是离开的那个。既是因为刻骨铭心才离开，也是因为离开才刻骨铭心。

比起孟云和林佳的虐心，我更欣慰于余飞和丁点这对欢喜冤家。嘴上说着“分手后再联系是孙子”，却约了一次又一次的“了断局”，哪怕看似只是为了报复对方，想把在一起的账算清，算到最后才发现，就算东西能还清，记忆和情分也还不清。两个人吵吵闹闹，互相指责，无非是借着吵架的壳，撒着思念的娇。

小时候我们词不达意，长大了我们言不由衷。

同样是端着骄傲和自尊心不肯说破自己还在爱，可是能吵架，总归比冷战要好多了。

我更喜欢我们，想骂的时候就稀里哗啦，想说什么就大倒苦水，至少对方知道自己的想法，只要在沟通就还敞亮还有希望。等到最后没情绪了，就消停住，扔掉可恶的面子，给对方笑容满面的一句：你真行，老子还是喜欢你。

多大点事儿啊！

感情里最怕就是憋着，还死要面子。你不说，我不说，再深的感情也受不了这样长期的折磨。世界这么乱，人群这么挤，有太多的阴差阳错，有时候你一转身，爱人就不见了。到最后你才发现，原来分开的那一面，竟然就是你们见过的最后一面。

别等到无法回头的时候，才发现这世上有一种痛，叫做“原本可以”。

我不是潘金莲：用十年青春陪葬一场执念

《我不是潘金莲》这部电影在上映前就已经炒了很长时间，名字有噱头，又是刘震云的原著，所以也是有所期待的，就去看了看。作为一个非资深文艺青年，我没有读过原著，看着电影才发现这部戏和潘金莲没半毛钱关系，并非我想象的是一部带有女权意识的反击道德绑架的电影，而是关于一个根本无意识的主人公的故事。

这部电影基本上用一段话就能概括：村妇李雪莲为房产和生二胎与丈夫假离婚，没想到前夫假戏真做，领了房后又和别的女人结了婚。李雪莲咽不下这口气，一层层告状，从县法院到市长再到省长，最后告到了人代会去拦首长的车，只为了证明当年的离婚是假的。她这么告了十年，拧了十年，没想到第十年前夫意外去世，她没了告状的理由，也突然发现失去了活下去的动力。

看过一段对李雪莲的扮演者范冰冰的采访，提问中有一句，问范冰冰认为自己和李雪莲有什么共同之处，范回答的第一个词语是：有信仰。这点我并不能认同。李雪莲不是为了什么信仰而一直在坚持，在告状的前期，她是因为自己被背叛、被伤害而选择讨个说法，可后来，我想，恰恰正是因为她已经在这条路上走了太久，如果不走下去，就等于承认过去那么长时间她做的都是错的、没意义的，所以她选择硬着头皮接着一路走下去。

“不然我付出的一切，这么多年来，我都干了什么呢？”

屋子里滚着牛肉汤，在氤氲的沉默里，李雪莲对大清早就来劝说的法院院长王公道留下这句落寞的疑问。其实她也不是问别人，而是问自己。当她这样疑惑的时候，已经觉得自己或许一直是走错了。但这十年来，告状这件事已经成为她的生活支柱，成为她的生活本身，她必然不愿意去接受这个事实。何况，在各级官员的瞩目下，身为村妇的她也在其中获得了难以企及的存在感。

因为时间的累积，告状这件事对于她来说才因此变得更为沉重，甚至早早超过了原发事件本身的沉重，因为这一切已经构成了她存在的意义。在这十年里，她耗费了自己所有的青春，对自家的生意不管不顾，小餐馆生意惨淡，楼上的小旅馆也闲置下来，没有爱和生活，没有温暖和依靠，从一个身姿曼妙的年轻女人，变成一个身形臃肿的中年妇女。这十年里，她为了告状的执念，从未尝过一丝好日子的滋味。而当这个目标被推翻，甚至消失，别无支撑的她便觉得就连活着这件事都难以为继。

我们当然知道李雪莲当初告状的苦衷，因为我们每个人都有过无可奈何的委屈、不服气，甚至是恨意。我们也像李雪莲一样，想要得到个交代，哪怕只是听到当事人，那个他，说出一句实实在在的不违心的话。可是，即使我们再意难平，也只是面对现实无可奈何。因为大多时候我们面对的也像李雪莲面对的那个困局：这些意难平之事只在情理的层面，而法律却无可奈何。因此我们并没有维护自己的武器。

而面对这场伤害和心中的不服气，你会怎么办？我想大多数人都只能吞下这口恶气。而这个故事放在一个不懂法的农妇身上，才有了它存在的合理性。李雪莲代替了我们，给了我们另一个可能——不断去讨一个说法的可能。

即使我相信执念的力量，但也为这个故事中的执念而扼腕痛惜。因为它的注定失败，因为在这个注定失败的执念中，李雪莲放弃了一切生活的可能性。

李雪莲的可悲其实在于，她不懂得及时止损，反而让自己一损再损下去。在她花费时间、花去心血、赌上自己的人生去讨要说法的时候，这个二次伤害是自己带给自己的。最初的不服，是抗争，可持续十年的耗损，是愚蠢。

李雪莲的这十年，就像在一张牌桌上的赌徒，因为输了，又压上时间的价码，反反复复，越输越多，越来越不服，不忍心也不甘心放手，结果将自己的人生全部都押上作为赌注。实际上，对于当初自己的信念，早已越来越模糊。

就算有一天，真的，洗白了自己的委屈，却耗尽了自己本可以重新开始的生活——她本可以将生意开得红红火火，重新找一个爱自己的人，过上平淡温馨的日子——却将自己最好的年华都搭在了一场过去的伤害里，值吗？况且，洗白同样是一种结束，最终李雪莲一样要回到她的难以为继的现实生活的空虚里，她还是会失去生活的目标和价值。

当然，我不是说面对伤害我们只能咽下肚去就完了，你当然可以不服气，将这口气积攒在心里。我们的生活中势必有一些自己十分在意的东西，需要用时间去证明，甚至用时间证明后去改变人们的看法与说法，比如“我不是潘金莲”。

但我想，事情最好的解决方式，不是始终执着在这个注定失败的、得不到任何的事件本身之上，因为在这件事上你再大喊大叫也没有用，结果只能是累计的挫败和懊恼，只能是荒废的时间和浪费的生活。

实际上，证明自己的路还有很多，生活给我们的验证自己品格和能力的方式还有千千万万种，只要你把心中的不服气注解在努力奋进之中，总有证明自己的一天。那时，你也无需再向谁说明自己，也不用再标榜自己的不服气。

在电影的最后，李雪莲终于回到一种常态的生活，在北京开了一家面馆，热气腾腾中忙碌着，表情平静而淡然。在这场淡然中略显沧桑的微笑背后，是一个女人内心曾经的风暴。回首过往的执念，我们不知道李雪莲最终放下了多少，但我欣慰于这个淡然如水的结局。就像我们和我们身边的每个人一样，看似柔软而收敛中，隐藏着挣扎的过往，最终汇入茫茫人海中，成为身边每一个的芸芸众生。

心之所向，无问西东

去看了《无问西东》，是今年我第一个打出五星好评的影片。

“无问西东”四字出自清华校歌中的一句：立德立言，无问西东。作为一个有限时长的命题作业，拍到这个样子，实属难能可贵。重要的是，它让人看到了真心。这部电影显然远远超出了一部校庆献礼片的格局。

影片用四个时空，串联起一百年来清华莘莘学子不同的故事，讲述了不同时代下，年轻人的理想、家国、爱情和人生。

四段故事、四个时代的鲜明特色，虽然故事线不免杂乱，而且各自的故事还都不简单，但主题都是一致的，即在历史与时代的背景下，个体如何保持对自己的真实。

在影片的每一帧画面、每一代的残酷青春里，爱与信仰，真实与善良，理想与责任，都让我为之震撼。它有一种老派的好，因为里面是真正的少年热血、书生意气，儒生的气节和质朴犹在。

而真正的青春本就该如此——歌颂勇气、热血、理想、爱和信念。

虽然这里的每一个词单拎出来，都会让如今的我们觉得“假大空”，但在影片中和时代背景下，它们都是如此的真实。

1923 年，北平，清华园：只问自我

——迷惘的年代，他选择坚守理想

我们的人生，究竟意义何在，求学的目的是什么，该选择怎样的道路？

即使是再伟大的天才，年轻时也会有一段迷茫踌躇的时光。国学大师吴岭澜（陈楚生饰）也不例外。

在那个“实业救国”的时代里，尚是一名学生的他坚持学理，虽然他的物理、化学并不太好，而国文、英语却每次都拿第一。

校长梅贻琦问他：“如此天资，为何不学文？”

吴岭澜答：“最好的学生都是学理的。”

他曾认为文科不够实用，就如今日的我们，在专业的选择上优先考虑的是最火的学科是哪一个、什么学科容易找到工作，而忽略了自身的素质优长，蒙蔽了内心最真实的向往。

直到有一天，吴岭澜听到了泰戈尔来到清华的一段演讲：“你们有什么是可以从自己的民族里拿出来，可以送给这个世纪的礼物，你必须要回答这个问题。你知道自己的内心，你知道自己的文化，你们史册里最永久的是什么。因此我竭我的志诚恳求你们，不要走错路，不要惶恐，不要忘记你们的真心和真性。”

更让他受到鼓舞的是，站在泰戈尔身后的那一群人：徐志摩、林徽因、梁启超、梁思成……他们都是那个时代最耀眼的人，而他们脸上的从容和淡定，也让吴岭澜明白，文化亦可兴国！

于是他幡然醒悟：只有面对真实的自己，生命才有价值和意义。从此他不再为应用而学，而是从心而学，选择了与热爱的文学为伴，在追求真实自我的过程中，不断否定和重塑新的自己。

时光荏苒，十几年后，吴岭澜亦成为一名教师，将这份真心和信念传递了下去。

1938 年，昆明，西南联大：只问盛放

——战乱的年代，他选择家国责任

1937 年 7 月 7 日，全面抗战爆发，战事蔓延的速度超乎想象。7 月底，北京和天津先后沦陷，8 月 1 日，教育部拟定，北大、清华、南开三校组成长沙临时大学。

然而随着南京陷落、武汉告急，长沙也危在旦夕，于是 1938 年梅贻琦先生召开了师生大会，正式宣告学校将为国家复兴做准备：为保存国家文化的命脉，迁移至昆明办学，而学生中如有愿离校参加国防工作者，学校也当尽力介绍。

于是十几位教师，带着三校三百多名学子，开始了教育史上的长征，分为三路，历时两个月，至昆明落脚办学。

“敌人破坏了我们的象牙塔，可是毁灭不了我们三千年来的文化种子。”

因为经费有限，西南联大 124 亩的校园里，只有图书馆和实验室用青瓦做顶，教室只用铁皮。而铁皮屋顶的教室，最怕下雨。漏雨是其次，雨声砸在屋顶上，响声太大。云南却偏偏进入雨季。

电影里，同学们因为雨声轰隆而听不到教授讲课，先生尝试了几次用力喊话没有效果后，干脆在黑板上写下四个大字：静坐听雨。

而这“静坐听雨”的从容，又何尝不是书生的诗意。

即使是在西南联大，学生们上课依然会受到日军战机的袭击，空袭警报响彻天空，所以“跑警报”上课成了常事。硝烟弥漫的年代，偌大的世界容不下一张安静的书桌。警报响起，老师和学生们就拿起书本躲进山谷里，在敌军飞机的轰鸣声中，继续听教授讲述学问学术。

此时的吴岭澜已不再是当年那个徘徊踯躅的学生，而成长为一名淡定从容的国文教授，他在战机的炮火下，给学生们朗诵着曾经为他指点迷津的泰戈尔，将思想与文化的种子播撒进新一代年轻人的心中。

看到这一群人在如此艰难危险的环境中泰然自若地求学求知，也就看到了何为读书人真正应有的样子，何为芸芸学子们，内心该有的坚定和高贵。

那是传奇的年代，这所只存在了 8 年的“最穷大学”，从后世看来几乎保存了全部的国人精华。它虽然只毕业了 3882 名学生，但走出了 2 位诺贝尔奖获得者、4 位国家最高科学技术奖获得者、8 位两弹一星功勋奖章获得者和 171 位两院院士，以及 100 多位人文大师。

而吴岭澜的学生之一沈光耀（王力宏饰），本是一个富家子，他成绩优异、相貌英俊、品性善良，出生于香港名门，本该享受着最璀璨的青春。但国难当头，当他看到人民流离失所、同学身死异乡，再三犹豫之后，不惜违抗母命弃笔从戎奔赴战场。他参加了美国志愿援华航空队，也就是赫赫有名的飞虎队。

沈光耀对生命有特别的热爱，也是未来特别有希望的一个人，但是在时代背景下，他选择了成全别人。

战前，他攒下部队发放的食物，不顾被敌军发现的危险，一次次将包裹空投给贫困的孤儿们。而孩子们每当看到他的飞机到来便欢呼雀跃、争相出门，亲切地喊他和他的飞机为“晃晃”——因为每当他投放过食物后便会晃动飞机的翅膀，给孩子们表演。

战时，他为完成任务弹尽粮绝，同伴们纷纷牺牲，一架架飞机陨落大地，他有两个选择：紧急迫降或者跳伞，然而他的抉择却出人意料：在对一个尚未被击中的同伴用口型说出了“回家”两个字后，他瞄准一艘日本战舰，将马力调到最大，急速下降冲撞，与日本军舰同归于尽。

忠孝不能两全，影片中两次沈光耀母亲的戏都是那么令人心痛。

第一次是母亲收到他想去参军的家书，亲自万里奔走来到联大苦苦相劝。这个一生端庄优雅的女人泣不成声：“你知道为什么当你想来到这里求学，我和你父亲都未曾阻拦？我想让你享受到人生的乐趣，比如读万卷书行万里路，比如享受为人父母的乐趣……我怕你还没想好怎么过这一生，命就没了。”

声泪俱下的场面是世间每一个母亲的缩影。她用所有的人生智慧去阻止儿子，令他发誓，可当他真正牺牲了，母亲却依然是懂他的：当她捧起儿子的速写本，当她为两个即将奔赴战场的同学捧上银耳汤，乱世之下面对骨肉分离的疼痛，她表现出的克制，反而更加令人动容。而当镜头扫到沈光耀家那块“三代五将”的牌匾上，我们才猛然醒悟之前母亲相劝的话语，才明白“绝不从军”的家训。

这并不是一个苟且的富贵人家，而是他们已经为祖国奉献了太多的生命，包括这最后的血脉……

沈光耀奔赴一场劫难，却像去赴了一场盛宴。影片中，他说：“这个时代缺的不是完美的人，缺的是从自己心底给出的，真心，正义，无畏，和同情。”

他选择的不是明哲保身投机取巧的“精”，而是苟利国家生死以的“勇”。

1962 年，北京：只问深情

——疯狂的年代，他选择为爱托底

在沈光耀空投食物救助的孩子中，有一个叫陈鹏（黄晓明饰）的孤儿，如今他已是潜心科研的清华工程物理系的学生。而他有一个痴心暗恋的女孩子，是一个叫做王敏佳的实习医生。

1962 年的清华园，绿树成荫、芳草萋萋，时光那样缓慢，一生只够爱一个人。

章子怡饰演的王敏佳青春美好、朝气蓬勃，她最初的错误，只是为了虚荣撒了一个小谎，最初的烦恼，只是在两个优秀的男人中选择一个。然而因为一封信，她的人生彻底被改变。

那只是一封她为中学老师“打抱不平”的信，然而这个发自善意的举动，却成为她被批斗和污蔑的开始，将她拖入万劫不复的深渊。而她谎称曾为伟大领袖毛主席献过花、合过影，更是成为铁的罪证。

可是试问，谁又没有因为一点小小的虚荣，而为自己的人生加过戏呢？

王敏佳被凌辱毒打至毁容，差点就死了。而就在与她一墙之隔的地方，那个和她一起写下那封信的“同谋”，她心底有的那个少年，却因不敢承认，选择了沉默，换得了在另一旁发表光荣的支边演讲的机会。

他慷慨激昂，收获了阵阵掌声，直至她被众人打到几近死亡，也没有过来看她一眼。一场闹剧结束，人群哄散，即将落雨的黑埋埋天空下只有王敏佳一个单薄的身体卧在地上，满脸血污。

在那个特殊的年代，人性如此残酷、脆弱和无力。素不相识的群众的恶意如滚滚春雷，让人无处躲避，身边质朴的同事转脸就能成为对自己口喊杀伐的暴器，而昔日情谊深厚的伙伴也会选择明哲保身、划清界限。

最后把王敏佳托起的，还是陈鹏。

那个年代的憨厚少年，没有花言巧语，没有拿得出手的像样礼物，但有一片真心的质朴笨拙，他的爱深情而克制。他曾在石粉飞散的夜里为她刻章，在木卷堆积的桌上为她雕花，也曾为她放弃最好的机会，只因“我还有要照顾的人”。如今，他亦愿意带她远走高飞，哪怕她容貌已毁，哪怕这意味着与所有人做对，意味着要和她一起被放逐千里，他也要护她一世周全。

当他带着她来到那个破旧的木屋，为她点上一盏油灯，面对面前这个饱受摧残、厌弃自我的女孩，这个男孩做出了一个男人所能做出的最真挚的告白：“你别怕。别怕往下掉。我就是那个给你托底的人。我只怕你在往下掉的时候把我推开，不要我给你托着。”

看到这里，多少人落泪。只是，他们注定错过离散——陈鹏被派往边疆荒野，参与原子弹的研发制造，辐射过后头发掉落、生死未卜。而王敏佳从爱的接受者蜕变成为施予者，勇敢地走进荒漠，只为见他一面。

纵使结局不会圆满，我们仍能看到，爱，是这个世间唯一的救赎。哪怕身处一片黑暗，你也知道有人在给你托底，那份力量让你不会掉下去，也足以支撑着走尽余生。

而那些批斗王敏佳的人，有些也并不能说是完全的坏人。那不只是个人之恶，更是时代之殇。

举报王敏佳的师母是因为长期处在冷漠的婚姻之中，终于找到了一个爆发的点。可她也不算完全的恶，否则，她就不会用自己打工的所有钱供丈夫读书，更不会在误以为王敏佳死亡之后跳井自尽。她只是对自己的生活和这个世间感到巨大的寒凉和失望，又无知地将它发泄到了错误的地方。而曾在关键时刻抛弃了王敏佳的男孩李想，却牢牢记住了陈鹏的那句“逝者已矣，对活着的人好点”，将自己的愧疚最终回报了出去。他在边疆的暴风雪中将生的希望留给了战友，牺牲在祖国边陲，从此长眠不醒。

现代，北京：只问初心

——功利的年代，他选择善良

被李想救下的两位战友，他们的孩子张果果，同样毕业于清华，如今他在尔虞我诈的职场中焦虑也无奈。

21 世纪，每个人都在看不见硝烟的战争里，小心翼翼地为自己争取利益的最大化。高压与阴谋，冷血与利己，在城市中肆意横行。善良和真诚，正在这个时代成为稀缺品。

张果果深谙规则和界限，在职场里风生水起，“赢”是他一直以来的习惯。但一次次当他表面上装着云淡风轻，实际上内心却波澜汹涌，像极了我们每一个人的矛盾纠结。

一次偶然，他被卷入了公司的高层斗争，不仅被迫离职，同时也被动放弃了此前答应的，以奶粉广告拍摄换取资助四胞胎家庭的援助。在这个点上，他突然面临利益还是良心的抉择。最终，张果果知世故而不世故，还是选择了坚守本心：“对不起，我和他们不一样。”

他帮助被公司抛弃的四胞胎家庭，为他们付医药费、租房子、找工作，但依然有心理防备。当一家人频频来到公司找他，让他误会了他们的来意，不愿被缠上，也曾一次次躲避。可最后，他发现原来那一家人只是想送上四个孩子的胎毛笔，作为答谢的礼物。

真好。即使是在如今这个善良总是被利用，“我弱我有理”的无奈年代，还是有人在坚守着善良，也有人真正地在感恩着善意。

人的一生，到底应该怎样度过？

我想起萧红那句话：“我不能选择我怎么生，怎么死，但我能选择怎么活。”

如果有机会提前了解你们的人生，知道青春也不过只有这些日子，不知你们是否还会在意那些世俗希望你们在意的事情，比如占有多少才能更荣耀，拥有什么才能够被爱。

在成长的过程中，每个人都面临着纷杂的选择，受到万事万物的干扰和阻碍。但是无论外界如何跌宕起伏，都对应自己真诚，坚守美好的德行，让内心充实丰盛，才能勇往直前、无问西东。也正是这些，才使这部电影具有了无声的力量。

而爱、善良和知识，都是一种传承。没有人是一座孤岛。

值得一提的是，在《无问西东》的片尾，有一段“七分钟读懂中国风骨”的彩蛋，其中标记出了在影片中悄然出现、没有情节，但值得每个人敬重的大师。看看他们的名字吧：梁启超、闻一多、朱自清、钱钟书、王国维、冯友兰、陈寅恪、邓稼先……

黑压压的电影院里，当每个人物的原型被揭晓，都引来观众克制而又发自内心的惊呼。

那是最后一代的大师。那些曾经我们在学生时代憧憬过的东西，又回来了，那些飘浮在空中看似虚无缥缈的情怀，就这样有了真正的落脚之处。

只有真正的文化，能让人不畏清贫、困苦、磨难，活成一盏照亮灵魂的灯。

在这个“读书无用论”“精致的利己主义”遍行的年代里，人们太爱问“为什么”“凭什么”“值不值”了。而那些富有理想主义的词汇之所以会让人觉得“假大空”，只是因为我们自己不再相信真心。

但知道自己想要什么的人是幸福的，相信自己所追寻的人更是平和的。我相信，所信即所得。

不要放弃对生命的思索，和对自己的真实。愿你在面对人生的选择时，能守得住初心。愿你在被打击时，记起你的珍贵，抵抗恶意。愿你在迷茫时，坚信你的珍贵，爱你所爱，行你所行，听从你心，无问西东。

绣春刀2：你我皆芥子

众生如蝼蚁，囿于修罗场。

绣春刀，飞鱼服，时隔三年，再次于明朝的乱世浮沉中踏血而来。

前一部的剧情我已经忘记，但记得很清楚的是，彼时看完电影的心情带着沉重感。国产电影，让人心里觉得有重量的，并不多见。也记得那份沉重感是因为看到，大时代背景之下，每一个小人物的命运皆如浮萍、如蜉蝣，在洪流之中草草不由得自己把控。而所谓“小人物”，是每一个个人，甚至包括统治者。

在《绣春刀2》中，不知为何，要把那句“在这样的世道里，想换一个活法”标榜出来。也许是因为这句话听起来有力量。但它是属于张译饰演的陆文昭的，甚至是属于杨幂饰演的北斋的，却唯独不是属于张震饰演的主角沈炼的。

这部电影并不是一个关于英雄的故事，它的好，就在于此。它并非是塑造时代的英雄，而是从中体现了人性的多面。所以，在这部影片里表现的人，没有完全意义上的好人，也没有完全意义上的坏人。而这才更像一个个真实存在的人。

天地不仁，以万物为刍狗。

在电影的开篇，我们看到沈炼与陆文昭身陷死人堆，伤痕累累，万骨曝尸，纵横荒野。这是一片修罗场，身边的人全部倒下，有敌人，有战友，血肉累累、面目模糊，早已分不清谁是谁。而这也并不重要，在权利的棋局中，走卒如同草芥，他们的死，死不足惜。

这是天启七年，明朝阉党横行、社会黑暗、草寇四起，人民生而微贱，命如蝼蚁。

沈炼救下金兵刀下的陆文昭，独独幸存的两个男人一身伤痕，面对夕阳如血下的茫茫尸首，陆文昭流下了泪："几十万人命，像割草一样没了……沈炼呀，要想不这么死，就得换个活法"。

于是，陆文昭重新选择了他的人生——加入信王的阵营，意图暗杀皇帝，摧毁东党，"换一个世道"。

电影的前半部分，他数次救沈炼，其中不能说是没有兄弟之情和还报救命之恩的情分在，但追根究底是因为沈炼是信王计划中的一枚棋子。后来他为信王杀北斋、杀沈炼，亦没有手下留情。

"活到这个岁数，情义、气节都磨得差不多了，要是没这点念想，活着还有什么意思？"

可陆文昭没有想到，在他追杀成为信王眼中的弃子的沈炼和北斋的同时，在他说出这番话的同时，自己亦成为一颗弃子。

"师兄，你还不明白吗？在殿下的眼中，你我皆是破绽。"

当丁白缨吐出露骨的真相，陆文昭终于明白自己已无路可退。在政治漩涡的争斗中，他这样的小人物，可杀可辱。

恍然大悟间，陆文昭明白这一次再也无法逃出这修罗场。他拔剑迎敌，以一当百，刀剑破身亦直立到最后的一刻。此刻，他为的不是胜利，不是活命，而是一场呐喊，一场尊严，直到他和他破灭的信念同时应声倒地。

曾经在敌人面前卑躬屈膝，在官场隐忍献媚，谁都当他是个为了名利不择手段的小人，谁都觉得这样的一个人不足为惧。而在这一刻，他终于披露了自己的真心。

陆文昭虽然不是英雄，也不是恶人。他有过理想，也有过正义。身为一个芥子，他的活，他的死，都不足轻重，但又如此悲壮苍凉。

沈炼则不同。

陆文昭不曾想到信王会杀他，北斋不相信信王会杀她，无非是以为自己不一样。而沈炼，他知道自己只是条狗。

沈炼的活，更像我们每一个普通人。见惯了屠戮杀害，见惯了修罗战场，但无力改变这个世界，甚至无力掌控自己的命运，于是只能逆来顺受。他喜欢北斋画上的蝈蝈，无非是觉得那蝈蝈如同自己，在公鸡的强大势力下卑微求生。

他有自己的想法，所以他欣赏北斋的画，他有自己的温情，所以他饲养着一只猫。但他未曾想过要换个活法，毕竟能活着已经很不容易。

陆文昭心里有变革，北斋心里有情意，信王心里有皇位，裴纶心里有义气，而沈炼心里，只有活着而已，他没什么执念和妄想。

活着尚且不易，其他的一切都太远了，所以沈炼也生不出什么强烈的爱憎。

他不是一个英雄，身为锦衣卫，他甚至算不上一个真正的好人，但他心底却又有一颗无能为力的善良本心。

为了自己和其他几个同僚的性命，他追捕伙伴殷澄，即使知道对方本是无心之失，即使明白对方被捕定然生不如死，但他别无选择，所能做的不过是在殷澄死后为其默默超度。

他为掩盖自己收藏北斋画作的事实，又险些出卖友人静海和尚，但即便如此，亦是可以理解的情理之中。

他本不想卷入这一场风云搅动，他救北斋，亦是一步步被命运无常推动。

起先，他出于好奇，只是想看看北斋到底是何许人也，并没有想要救她。等及见到北斋竟是那日的伞下女子，他不忍，但也没有想要救她。同僚凌云铠意图侮辱北斋，他不忍加不屑，也只是想阻挠这一暴行。凌云铠与沈炼矛盾不断激化升级，二人打斗，他也只是想撕毁凌云凯手中的无常簿。直到凌云凯暴起，出于自卫的一时情急，沈炼这才错手杀了他。可即便杀了他，沈炼的本意也不是要放过原本要抓的北斋的。这样的一场“英雄救美”，放在沈炼身上，合情合理。

沈炼是一个被命运一步步推向不可知的存在，因为走投无路，才不得不反抗。可哪怕他后来抗争，那抗争却也始终像是放弃。

最后那一场大战，于他，于他们，是彻底放弃后的放手一搏。陆文昭和丁白缨陪着自己破灭的信念一起死了，而沈炼能活着，是因为他本没有执念。

是因为，他是死是活，都只是微尘。所以他可以活着。

而那些比他重要的参与者，都只能去他们该去的地方。

所以沈炼的活，也根本不是英雄者的赢。他的生与死，只在那个黄袍加身的人的一念之间罢了。

北斋是剧中一个理想化的人物。她隐居避世，写诗作画，着碧衣，喝青茶，描远山黛，本是一个闲情山水的人，因为一句诗词被满门抄斩，卷入这场风云。在这漩涡之中，她的努力是为了换个世道，一心只为所信而活。然而身为一个女子，她亦是为了爱情——正是他曾承诺给她一个信念，他就是她所信的寄托。

北斋画的公鸡与蝈蝈，既是时局，亦是信王与她。他们二人，只有在画面上才能共存。她虽选择信任信王，但同时心里却又什么都明了。知道自己会被一口吃掉，还是想保留一丝幻想。所以，那幅画中，有她的无奈，也有她希冀的侥幸。

所以当沈炼骗她说信王让她安心画画时，她也只是眉毛一低，说“他从不喜欢我画画”；所以夜里当她听到沈炼与裴纶的谈论，知道沈炼始终是在安慰欺骗自己，知道信王的背弃与杀念，亦不震动讶异。

一切早已心知肚明，只是不愿去相信，只是，心底一阵寒凉而已。

她用性命去保护和相信的人，那个改天换地的人，却连他们之间小小的情愫都不愿去守护。

北斋，既是历史的芥子，亦是爱情的芥子。

后　记

嗨，很高兴你能看到这本书呀。

人与人之间也许会产生种种意想不到的因缘际会，它把茫茫世界中原本互不相识的两个人联系在一起，作者与读者的遇见亦是其中一种，我想这是一个美妙的奇迹。那么，现在，我们已经是朋友了，关于这本书，我还有些话想要告诉你。

《你就是这个世界的不可思议》是我的个人公众号文章的一本合集，有很长一段时间，我一直在那个叫做“苏笑嫣”的公众平台上记录下这些零零散散的文字，也很幸运的，它们受到一些读者的喜爱。大家说感谢我的文字陪伴着他们，走进他们内心的世界，治愈着他们睡前的每一个夜晚，而我想说的是，也感谢大家每一次认真的阅读与反馈，让我看到这些文字存在的意义，你们的接收也给予了我巨大的安慰。现在，这些文章重新以纸质合集的形式出版，并且经过了我的细致遴选。我希望有新的读者能够看到它们，遇见我，更是在其中遇见与你自己相同的部分，对于熟悉的读者来说，也许这本书也便于你收藏属于自己的那部分记忆。

如你所见，这本书一共分为三大部分。“我们爱过又忘记”是关于幽微情感生活的记录，“与世界交手这些年”是对于当代年轻人生活的思考，“于光影幢幢中相遇”是对彼时一些热门院线电影的透视。这些文章，无一不是青年人的视角，无一不是对于青年人的生活现状尤其是情感现状的展示与剖析。也许你会因为某一篇文章，或者某一个句子，从中看到自己的影子。有些文章，或许会给难过的你以安慰，让你知道你并不是孤身一人，也有些文章，或许会给迷茫的你以警醒，助你早日脱离困顿的深渊，哪怕你仅仅是从中获得一种感同身受，我都会感到由衷的喜悦。这些文字或许谈不上“严肃深刻”，但它们绝对鲜活真诚，因为我和你们一样，是无数认真生活的青年人中的一个，所以我在认真地感受着、思考着，也书写着，这既是一种自我泅渡，也是我与你们之间的交换与分享。

这 58 篇文章，22 万余字，我数不清为它们花费了多少时间与精力，这里面有很多朋友的故事，也有很多陌生人的故事。在写作公众号的时候，我获得了一个“树洞”的身份，会在后台看到读者向我吐露心声、倾诉心事，我接纳着他们的秘密，体会着他们的苦痛，有时也分享他们的喜悦。如果说人是孤岛，那么文字成为我们之间的桥梁，我试图隔空拥抱他们。在这些文字与沟通里，我们也一次次感受与厘清自我，而这本书的集结，我算是把那部分时光，以及那部分时光里的所有都交代出去了。无疑，这对我而言又是一次终结与出发，我不会否定走过的每一段路的意义，但我期待你们的确认，我们曾一起抵达过这里。

在我写下这篇后记的时候，正是我 27 岁生日的第二天，而我也已经重新调整与起身，现在正在文学院进行研究生的学习，为了自我的升级，也为了带给你们更好的文字。希望以后你们能更多地读到我的小说、诗歌与散文等纯文学作品，无论形式如何，我想写作是我人生永恒而赤诚的主题。

感谢你选择这本书并且阅读它，希望你能有所得，希望你更有力量，希望我们一同向上前行。这本书的名字我亦为你而选——你就是这个世界的不可思议。也希望我们能在下一本书中相遇。那时，我想我们也都成为了更好的自己。

苏笑嫣

2019 年 11 月 23 日

于北京